著≫長月東葭
イラスト≫東西

獏《バク》

目次

序・届かぬ声 10

第一章・真夜中のお仕事 14

第二章・ようこそ、悪夢のある日常へ 52

第三章・化け物 84

第四章・悪い芽の種 111

第五章・廻る車輪 142

第六章・魔女の願い 176

第七章・必要悪の遺産 214

第八章・はじまりの夢 253

第九章・夢の終わり 305

終章・きみを呼ぶ声 340

デザイン／新井隼也＋ベイブリッジ・スタジオ

〈貘 BAKU〉

夢幻S・W・運用監視部 対悪夢特殊実務実働班

Natogami Yomi

那《な》都《と》神《がみ》ヨミ

P R O F I L E

・瑠《る》岬《みさき》トウヤ
RUMISAKI TOUYA

高校2年生。チームリーダー。
任務では近接戦闘と作戦指揮担当。

・呀《が》苑《えん》メイア
GAEN MEIA

ある“願い”を叶えるために現れた
謎の少女。

・薪《まき》花《はな》ウルカ
MAKIHANA URUKA

高校1年生。射撃部。
任務では狙撃による後方支援担当。

・那《な》都《と》神《がみ》ヨミ
NATOGAMI YOMI

高校2年生。巫女。
任務では剣術による近接戦闘担当。

・犀《さい》恒《づね》レンカ
SAIZUNE RENKA

夢幻S. W. の部長、26歳。
チームの司令官を務める。

序　届かぬ声

――月の冷たい夜だった。

落ちてきそうなほどの、大きな月。夜露が滴るかのように、流れ星が尾を引いて。雪の如く白い星明かりが、骨の芯《しん》から熱を奪っていく――そんな夜の出来事だった。

ヌオリと、月夜を翳《かげ》らす影があった。ズズンと視界が上下に震え、足元がグラグラと縦横に揺れる。

大きな〝獣〟が、影を引いて蠢《うごめ》いていた。それがじっ……と、地を這《は》う者たちを見る。

そこにはいくつもの動かなくなったモノと、三人のまだ動いている者がいた。

ある者は、四肢が千切《ちぎ》れ肉塊と化していた。その血肉の量からして、大人二人のなれの果て。

ある者は、黒服に身を包み、己の武器たる槍で身を支え、震える脚で辛うじて立っていた。

それから肉塊よりも、黒服を着た者よりも、小さな小さな者がいた。

子供が二人。黒髪の少女と、同じく黒い髪をした少年。

少年のほうは座り込み、これは一体何だろうと、〝獣〟のことを呆然《ぼうぜん》と見上げている。

そんな少年を背中に置いて、少女はこの場でただ一人、自分の足で立っていた。

少女の瞳《ひとみ》に、月の光が映り込む。それを挑戦と取るや、〝獣〟がバクリと顎《あぎと》を開く。

「……あぁぁっぁあああああッ!!」

黒服を着た者が雄叫《おたけ》びを上げ、槍を構えて少年と少女を庇《かば》う。迫りくる〝獣〟に向け、その刃を突き立てる。

〝獣〟が咆哮《ほうこう》を上げた。夜を揺らし肌を震え上がらせるそれは、最早ただの衝撃だった。

バキンッ。と鳴り響いたのは、その〝獣〟を前に槍が折れて砕けた音。

「ひっ……や、やだ……助けてッ……！」

槍と共に、黒服の心も折れた。這って逃げ出す黒服の背中が、小さくなっていく。

ああ、そうか。これは〝恐怖〟そのものだ——置き去りにされて、少年はやっと理解した。

恐怖に見下ろされながら、少女が振り返る。少年を見つめる。賢くて、優しい目で。

少女が少女の形をしていた、最後の数秒——その唇の動きだけが、彼の脳裏に深く焼き付く。

——『ねぇ、トウヤ…………』

届かなかったその声が、今も虚空を揺蕩《たゆた》っている——そんな夢を、彼は何度も繰り返し見る。

あぁ、酷《ひど》い夢だ、冷たい悪夢だ……今夜は見ないですみますようにと願いながら、彼はそっと、目を閉じる。

そして微睡《まどろ》んでゆきながら、今宵《こよい》もまた、その合図《アナウンス》がどこからともなく聞こえてくるのだ。

————————————————————————————それでは皆様、よい夢を。

BAKU

KEMONONOYUMETONEMURIHIME

著≫長月東葭

NAGATSUKI TOUKA

イラスト≫東西

TOUZA

貘《バク》

―獣の夢と眠り姫―

第一章　真夜中のお仕事

【……あー、もしもし？　もしもーし？】

ヘッドセットから、ジジッと、雑音に混じって誰かの声が聞こえた。

【聞こえてたら元気にお返事だ、さんはい！　今夜もお仕事ぉ？――】

『『――がんばりまーす……』』

掛け声に応じた新たな声が三つ、静まり返った真夜中の街に溜め息を吐《つ》いた。

【覇気がねぇぞ十代ども！】

最初の声の主、場馴《ばな》れしたOLと思《おぼ》しき女の一喝が飛ぶ。通信環境が悪いのか、雑音が混じり続けている。

『だって行動計画《ブリーフィング》なんて慣れないこと、直前までさせるからっすよぉ……』

『仕事の前に寝そうだった……適性が下がる。面倒臭いのは嫌いなんダヨ』

そう返した二人の声も女性。一人は溜め息を吐き、もう一人はジトリと苦言を呈す。

最初の女の声は咳《せき》払いすると、その声のトーンを数段上げた。

【きみらのためにとびきりデカい依頼をとってきてやったんだ。若いうちの苦労は買ってでもしろって言うだろ？　感謝されこそすれ、文句を言われる覚えはなーい！】

『あーん！　何という余計なお世話っすか！　今夜は休めると思ってたのにぃー！』

『レンカさん、今日は一段とヤる気満々なんダヨ……』

　飛び交う三人の女の通信を聞き流しながら、〝彼〟はここに至るまでを思い返した。

　陽のまだ暮れぬうちから招集があり、普段より早いなと思いながらロビーに入ったのが運のつきだった。いつもならばすぐに現場入りするところ、ぶ厚い契約書の作成だけで夕陽はビルの海へと沈んだ。今回の〝仕事〟は新規の顧客からの依頼であったため、普段より必要な書類が嵩《かさ》んだらしい。

【──どうした、瑠岬《るみさき》。黙ってたら通信テストにならんぞ】

　ふと、名前を呼ばれた。〝不満があるなら今のうちにゲロッとけ〟と、彼にはそう聞こえた。

「……あぁ、すみません。レンカさんが印鑑なんて押してるの初めて見たから気になっちゃって……あるんですね、〝犀恒《さいづね》〟なんて変わった名字の印鑑」

【特注品だよ。きみらも直《じき》に思い知る。印鑑売り場に自分の名前が置かれていない疎外感をな】

「知りたくないなぁ、そんなこと」

【大人になんかなりたくないって？　だったらどうする、夢の国にでも引っ越すか？】

「パスポート持ってないんですよね、俺」

【本気で辿《たど》り着きたい場所があるのなら、身包《みぐる》み捨ててでも、泳いででも行くべきなんだよ、そうしたいって思いが消えちまわないうちに。……さて、定刻だ。通信テスト《ヘッドセット》、問題なし】

　ＯＬの──〝犀恒レンカ〟の声が低くなる。それに併せて右耳から伝わる空気も変わった。

【──各員、状態報告。薪花《まきはな》ウルカ】

『はいはーい！　ポイント移動中、五分で到着予定でーっす。速攻で終わらせるっすよ！』

〝薪花ウルカ〟とコールされた少女の声が、飛び跳ねるように応える。

【那都神《なとがみ》ヨミ、そっちはどうだ？】

『うい……アップがもちょっと足りないけど、一応だいじょぶなんダヨ』

続いて〝那都神ヨミ〟と呼ばれた少女の声が、ゆったりとマイペースに体調を報告した。

【よろしい。……最後に、瑠岬《るみさき》トウヤ】

そして〝瑠岬トウヤ〟と、硬い声で発音された自分の名前を、彼は嚙《か》み締めた。

【リーダーは君。お決まりの仲良し三人組《スリーマンセル》だ、いつもどおりにやればいい。いけるな？】

「はい、役割は分かってますよ。仕事なんで」

【結構。ついでに今夜は、うちに配属された新人管制員《オペレーター》どもの初勤務日でもある。しっかり見せてやれ、うちのやり方ってやつを】

「教育係でもやれっていうんです？　そっちのほうは……まぁ、善処します」

【はぁヤダヤダ、ガキが『善処』なんて大人の虹色ワード使うんじゃねぇよ】

レンカの声がぴしゃりと切り捨てた。彼は肩を竦《すく》めて、ビルの陰から歩み出る。

月が舞台照明《スポットライト》よろしく、瑠岬トウヤを照らしだした。

黒の上下の〝制服〟。首元にはネクタイ。胸回りを飾る飾緒《しょくしょ》。左腕は偏って羽織られた外套《マント》に隠れ、制帽には〝会社〟の社章《エンブレム》が煌《きら》めいて——それは軍服調のデザインの、戦闘服だった。

「行動計画《ブリーフィング》どおり、俺が先行する。ウルカはポイントに到着次第、観測と牽制《けんせい》。ヨミは遊撃」

『瑠岬先輩、先行するならダッシュでいかなきゃ、先にあたしが全部落としちゃうっすよ！』

『うい、遊撃って、要はキツいほうの手伝い……ドジらないでね二人とも。ヨミに楽させて』

そのようにして各自の準備が整うと、ジリジリと雑音混じりに、レンカの声が宣言した。

【それでは諸君、〈夢幻Ｓ・Ｗ・《セキユリテイ・ワークス》〉として、プロの仕事に期待する——状況開始】

＊＊＊オフィスビル十四階＊＊＊

》》》礼佳《らいか》九年。那都界《なとざかい》市、〈夢幻Ｓ・Ｗ・《セキユリテイ・ワークス》〉社、管制室内。

ここは極東の地。二十一世紀の幕が上がって間もなく新たな元号をいただいた島国の、とある地方都市である。

皆が管制室と呼んでいる薄暗い室内の中央に腰掛け、脚を組んだレンカが耳元の髪を払った。丁寧にパーマの掛けられた長い茶髪が宙を舞い、ふわりと香水の香りが広がる。

犀恒《さいづね》レンカ、二十六歳。その気になれば大学生といっても通るであろう鋭利な美貌《びぼう》を纏《まと》ったこの女性が、既に一企業の部長職にまで昇り詰めているという事実に、多くの人間は驚く。

〈夢幻Ｓ・Ｗ・《セキユリテイ・ワークス》〉社。ここ那都界市に本社を置く地元企業として、それなりに名の通っている総合警備会社である。中でもレンカ率いるこの〝部署〟は、特異な業務を専門としていた。

レンカが細い煙草《タバコ》に火を点《つ》ける。先端に灯《とも》った光が、呼吸に合わせて蛍のように明滅する。

照明が落とされている管制室を照らすのは、そんな間接的な光ばかりだった。電算機の赤い電源灯。オシロスコープの波形が放つ緑の発光。冷たく白い、アナログ測定器のバックライト。

それから、壁に張り巡らされた無数のモニターの奥に揺れ動く、無秩序な砂嵐。

「ふーっ……したらば、今回の依頼内容の確認だ」

手にした派遣依頼書をピラピラと振ってみせながら、レンカが告げる。

「主目的《メインミッション》は、当該地域に発生した〝ノイズ〟の除去。交換局の通報によれば、力場内に不正な〈孔《チャネル》〉で侵入した輩《やから》が〝ノイズ〟を放ったらしい。そんな悪戯《いたずら》野郎は〈警察機構〉が身柄を拘束済み。つーわけで、我が社の担当はその後始末。まぁゴキブリ退治みたいなもんだ」

何やら物騒な言い回しを、彼女は何食わぬ顔で続けていく。

「一般ユーザーの接続は交換局《向こうさん》が遮断済みだが、不運なことに善良なる市民の皆様に被害が出ちまった。二十三名、病院送りだ。医者が人手不足でぶっ倒れてなきゃいいがね」

被害者発生事案《こういうこと》は日常茶飯事。モニター前に整前と着席する十数名の管制員《オペレーター》は皆一様に、表情も変えず機材の操作を続けている。

「そして件《くだん》の事故現場――あぁ、〝空間〟と呼ぶべきだな。それを生成している〝人工頭脳〟の筐体名《きょうたい》は〈瞳《ひとみ》〉だ。犯人の目的は、来週開催予定のイギリス大使を招いた外交イベントの妨害だとさ。市内の領事館を襲撃するつもりだったらしい。事案内容はシビアだ。一歩間違えば国際問題にもなりかねない。どうだい諸君、楽しくなってきたろう?」

　レンカの言葉に、管制室には緊張が走る。

　今日の任務はただでは終わらない……そんな予感があった。

【──おーい、レンカさーん。ポイント到着したっすよー】

　と、そこへ。場違いに明るい声がスピーカーを震わせた。

〝現場〟に出た三人組の一人、薪花《まきはな》ウルカの姿が、ちょうど新人の一人が操作を担当するモニターに映し出されていた。画面の向こうで、少女が【やっほー見てるー?】と跳ねている。

　軍服と見紛《みまが》う戦闘服は、着る者が着れば威厳が出るところ、鳶色《とびいろ》の短髪《ショートヘアー》をヘアピンで飾る彼女にはなす術《すべ》なし。完全にコスプレ衣装と化している。下衣《ボトムス》の指定がないのをいいことに、ミニのプリーツスカートに厚手のタイツという出で立ちが、それに拍車を掛けていた。

　そしてそんなウルカの映り込んでいる背景は、正《まさ》にここ、〈夢幻S・W・《セキュリティ・ワークス》〉管制室で。

けれど。レンカたちが息をしているその場に、コスプレ少女なんて存在しなかった。

　ライブ映像はこのフロアで間違いない。が、新人管制員《オペレーター》が振り返り、モニターに映っている場所を肉眼で確認しても、そこにいるはずのウルカはどこにもいないのである。

「人工頭脳〝瞳〟シリーズ一番機〈瞳〉。〝覚醒《かくせい》現実〟との認識乖離《かいり》を嫌うビジネスマンだとかシニア層向けに設計された〝夢信《むしん》空間〟だったな。当然、〝向こう〟にも〝こっち〟と同じビルがある。全く同じ情景の世界が、意識を挟んで二重に存在してるってこった。ややっこしい」

人工頭脳——正式名称、〝夢信《むしん》力場集積装置〟。交換局と呼ばれる管理施設に設置される巨大模擬演算装置《シミュレーター》。コンビニ店舗二階分ほどの金属箱に、微小なガラス配管を敷き詰めて、伝導流体とパルス信号によって人間の脳機能を再現・増幅する、要するに〝夢を見る機械〟。

人間の意識の最深部に広がっているとされた超個人感覚領域、〝集合無意識の海〟……思考実験の産物であったはずのそれの実在が初めて観測されてから、早半世紀近くが経過していた。

空想は技術へと昇華し、個人の夢は機械の集合夢に接続することで、共有可能となった。人々は夢の中でさえ他者と言葉を交わし、触れ合い、情報交換し、社会を駆動させる。夢の中で得た情報を現実へ出力し、現実で実った結果を夢の中へ再入力するということを繰り返す。

人生の約三割を占める睡眠による経済ロスが駆逐され、過去のものとなった世界。

それが、共有された夢の世界——〝夢信空間〟を利用する、現代の生き方であった。

夢信空間へ入るには、〝夢信機〟と呼ばれる装置が必要となる。

レンカが管制室の一角へ目をやると、ムゥウゥン……と、コイル鳴きの音が聞こえてくる。

そこに鎮座する、CTスキャナーにも似た機械式ベッド——夢信機の上では、学生服姿のトウヤ・ヨミ・ウルカの三名が熟睡していた。

そのモニターの向こう《夢信空間》から、レンカたち《覚醒現実》へウルカが言葉を投げかけてくる。

【レンカさーん、ここからやっちゃいたいんすけど、いっすか？　いっすよね別に】

誰が・何を・どうやって《社会人のいろは》を欠いた、フワフワした言い回し。管制員《オペレーター》たちの眉間《みけん》に皺《しわ》が寄る。

ウルカが何を言いたいのか理解できなかったが、なぜだか嫌な予感がした。

「その位置がベストなんだな？」

レンカがウルカへと問う。

【そっす。でも壁が邪魔なんすよ。窓もないし】

ウルカがこくりと頷《うなず》き返す。

「ふむ、なるほど……ちょっと待て」

モニターから目を離したレンカが、観測機材を操作している熟練管制員《オペレーター》の一人を見て、

「オブジェクト破壊権限信号、薪花《まきはな》に出てるか？」

熟練管制員《オペレーター》は光の波形《オシロスコープ》をじっと覗き込んだまま――ただグッと、無言で親指を立てた。

よしよしと、レンカもサムズアップして……ゆらり。

「壁が邪魔だっていうんなら……まぁ、やることはひとつしかねぇよな、諸君？」

「ちょっ」、「それはやばっ」、「やめっ」……焦燥で詰まった新人の喉《のど》に、言葉が引っ掛かる。

「作るの超大変だった警備保障契約書、そいつの五十九ページ、特記事項第六項――『対〈悪夢《ノイズ》〉戦におきまして、不可抗力的に発生したる夢信空間の破損等につきましては、当社は

一切の責任を負い兼ねます』――しょ、しょうがない！　やれ！　ウルカ!!」

レンカのサムズアップが、一転グルリと、真下を向いて――

ドォオンッ!!

突然の大爆音が轟《とどろ》いた。ウルカが懐に忍ばせていた小型爆弾で、夢信《むしん》空間の管制室を爆破したのだ。覚醒《かくせい》現実の管制室と瓜《うり》二つだったはずのそこには、今や壁の大穴から月夜が覗く。

配属されたばかりの新人管制員《オペレーター》の顔が青くなる。

「……ちょ……ちょっちょっちょっ……！　さ、犀恒《さいづね》部長!?　これ、どうするんですか……！

夢信空間の故意の破壊は、覚醒現実の器物損壊と同等の罰則に問われかねない――」

「気にするな。責任は全部、私がとれば済む話だ」

レンカの真剣な声と、その気迫。狼狽《うろた》えていた新人も、気付けば口を真一文字に結んでいて。

中央席から立ち上がったレンカが、ヒールを鳴らして前に出で、管制員《オペレーター》一同を振り返る。

「機械の修理なんぞ、金で解決すればいい」

コッ、カッ。丈を詰めたスカートからすらりと伸びる両脚を、威風堂々と肩幅に開く。

「人の手でどうにかできるのならば、幾らでも時間を掛ければいい」

チンッ、シュボ……。堂に入った仕草で新しい煙草《タバコ》を取り出し、優雅に火を点《つ》ける。

「コストだ何だと、言いたい奴らには言わせておけ……こちとら、人の心を守ってなんぼだ」

レンカの茜色《あかねいろ》の瞳《ひとみ》が、鋭く光った。

「ここからが、我々、〈夢幻S・W・《セキュリティ・ワークス》〉運用監視部・対悪夢特殊実務実働班の領分だ」

＊＊＊ **夢信空間** ＊＊＊

》》》人工頭脳〈瞳〉。接続状況：一般ユーザー、零《ぜろ》。オブジェクト破壊権限保有ユーザー、三。

「——あいえー……やりすぎちったっす」

物陰から顔を覗かせた薪花《まきはな》ウルカが、爆風で吹き飛んだ管制室の有様に舌を出した。

「……ま、いっか。夢ん中だし」

肩の塵《ちり》を払い落としながら、地上十四階にぽっかりと空いた穴の前に立つ。

「……うむ、絶景かな！」

両手の人差し指と親指をそれぞれ直角に組み合わせた四角い覗き窓越しに、夢の世界の景観を望む。そのロケーションに満足すると、ウルカは耳元のヘッドセットへ手を回した。

「レンカさーん、オッケーっすよー。——ライフルくださーい、い、い、い、いい」

人畜無害な小動物のような少女の口を衝《つ》いて出てきたのは、そんな物騒な言葉だった。

【ふむ……型式の指定は？】

これに対して、覚醒現実《レンカ》からは随分と淡泊な応答が返ってくる。

「へい大将、いつもの。〝ウルカちゃんスペシャル〟で」

【拘《こだわ》るねぇ。最近はオートマチックだって命中精度すげぇんだぞ?】

「てやんでいっ。乙女は黙って、ボルトアクション一択っすよ!」

【はいはい了解。論理コイル、信号パターン変調。オブジェクト破壊権限信号増幅、論理的説得力を補強、武装データベース読み出し開始――〈瞳《ひとみ》〉ちゃーん、夢の中への銃火器持ち込み、許可してねーっと…………世界規定、迂回《うかい》完了。五秒後に〈孔《チャネル》〉へ通すぞ、受け取れ】

交信が途切れてきっかり五秒後、ウルカの左腕を覆っていた外套《マント》がモゾモゾと揺れた。そこからヌッと銃口を覗かせたのは、長銃身のスナイパーライフル。少女の腕より遙《はる》かに長い銃身で、闇夜《やみよ》でも狙撃《そげき》できるよう暗視スコープがカスタマイズされている。

夢ならば何でもできるのかと言えば、決してそうではない。人工的に創り出され、数万人もの人間がそれを同時に共有する夢信《むしん》空間は、人工頭脳によってその世界の有り様が規定されている。基本的には夢の内容を破壊することも、破壊へと繋《つな》がる兵器イメージの持ち込みも許可されない。それを可能とする〝裏ルート〟の使用は、〈夢幻S・W・《セキュリティ・ワークス》〉のような国公認の専門業者にのみ与えられている特別な権限だった。

「さて、今日もスーパーヒロインウルカちゃんが、先輩たちの背中をお守りするっすよ」

脊髄《せきずい》反射の独り言を呟《つぶや》きながら、ウルカがライフルと共にその場にうつ伏せになった。ヘッドセットを装着していない側の左耳と、それから鳩尾《みぞおち》とに何やらゴソゴソと器具を取り付ける。

「さーて通信切れてる今のうち、前線の瑠《る》岬《みさき》先輩、覗いちゃおっかなー。失礼しまーっす」

備え付けの二脚《バイポッド》を展開し、銃把《グリップ》から長く伸びる銃床の底を肩の付け根で支える。引き金《トリガー》には指を添えるだけ。両脚を開いて「人」の字に伏せ、全身をしっかりと固定する。

言動こそふざけているウルカだったが、その居住まいはどう見ても手練《てだ》れの狙撃手だった。

スコープを覗き込むと、ウルカの顔からは人が変わったかのように一切の表情が消える。

そして彼女は、望遠視界のその先に、〝それ〟を見た。

「……標的捕捉。南南東三百メートル。《ナメクジボール》三体と、《トロイランナー》が一体」

ウルカの見たもの。それは黒い存在。常夜の闇よりも深い、真黒《しんこく》の異形たちだった。

うねうねとした軟体生物が無数に絡まり合って球体をなし、路上を転げ回っている存在が三つ。そして形状が左右対称になっていない、歪《いびつ》な人間のような形状の存在が一つ。

それこそが、〈悪夢《ノイズ》〉――人工の夢の世界に混入し具現化した、誰かの見る悪い夢だった。

【よし、早速見つけたな。おー気持ち悪《わり》……相変わらず精神にクる素敵なビジュアルだこと】

「メンタルが弱い人なら、見ただけで目眩《めまい》がするっすね。あんなのに襲われて侵食でもされたら、そりゃ心が病んで病院送りにもなっちゃうっすよ、うん」

【ところで、えーっと……そいつらってどいつのことだったっけ?】

通信の向こうで「はて?」と首を傾げるレンカに、リーダー《トウヤ》の通信が助け船を出してくる。

『《ナメクジボール》は〝Case／E-020〟、《トロイランナー》は〝Case／C-015〟ですよ』

【あ、なるほど……まったく、〈悪夢《ノイズ》〉を〝ウルカ式命名法〟で呼ぶのやめてくれないか?】

「だって数字なんていちいち覚えてらんないっすよ！　こっちのほうが覚えやすいのにー！」

スコープから目を離した途端に声を明るくしたウルカが、抗議の声を上げた。

【きみのネーミングだと脅威判定《カテゴライズ》ができないんだよ……データベースにヒット、以降のオペレートはそれぞれの担当へ回す】

レンカが告げるや否や、ジジッと回線が切り替わり、管制員《オペレーター》たちの声が届いた。

【よろしくお願いします。《ナメクジボール《Case／E-020》》、侵食指数3です。攻撃性はごく軽微。瑠岬トウヤ《アタッカー・ワン》による近接駆除を提案します】

【《トロイランナー《Case／C-015》》、侵食指数5。攻撃特性有り。薪花ウルカ《シューター・ワン》による狙撃《そげき》が推奨されます】

「ですってー、瑠岬《るみさき》先輩。雑魚狩りご苦労様です！」

『……当てるなよ？　俺に』

「ん？　それは当ててってフリすか？　先輩のドキドキハートに？　あたしの情熱の弾丸を？」

『馬鹿言ってないでスコープ覗いてろ——お前の腕はあてにしてる』

「はーい！」

先輩《トウヤ》が走り出す足音を確かめて、そして後輩《ウルカ》はスコープを覗き込み、表情と無駄口を消した。

【薪花ウルカ《シューター・ワン》、標的が離れます。狙撃距離四百メートルを超えますが、照準補助が必要ですか？】

ウルカの担当についた女性管制員《オペレーター》が、サポートが必要か確認する。が。

「ふぅー……」

すでにウルカの耳にその声は届いていなかった。ヘッドセットの電源を切る。

肺からいらない空気を吐き出し、全身から無駄な力を抜く。四百メートル彼方でフラフラと歩き回る《トロイランナー》の姿を、スコープに捉えて離さない。

長距離狙撃は、物理計算の塊である。風は言わずもがな、気温、湿度、空気抵抗、そして重力……無数の外乱要素の影響を受けて、弾丸は真っ直ぐには飛ばない。その〝ずれ量〟を正確に計算し、あえて的をずらして発射する。そこまでやって初めて、弾丸は的に当たるのだ。

が、ウルカは照準線《レティクル》のど真ん中で――必ず外れる狙い方で、標的を捕捉し続けていた。

ドクン、ドクン……。

「風は嫌い……弾が流されちゃうから」

ウルカがぼそりと、独り言つ。

「空気抵抗も嫌い……弾速が落ちるから」

ドクン、ドクン……。ドクン、ドクン……。

「重力も、大嫌い……弾が下がってっちゃうから」

その独り言すら、閉口させて。そして彼女は、息を止める。

――呼吸も、邪魔……身体が揺れるから。

ドクン、ドクン……と、先ほどからしきりに左耳に聞こえているのは、鳩尾《みぞおち》に取り付けた器具の音――聴診器越しに聞こえる、彼女自身の心臓の音で。……だから。

――あたしの弾丸の邪魔をするなら……自分の鼓動だって、邪魔ものだ。

【――薪花《シューター・ワン》ウルカ、自律神経変調。心拍停止】

【逆侵食指数、5に上昇。夢信《むしん》空間への演算介入を確認。効果継続時間、コンマ五秒】

【世界規定、曲解開始。空間内物理定数、改変されます――】

……ズドンッ……！

一発の銃声が響き渡った。無人の街並みに、長い残響が木霊《こだま》してゆく。

「――ふぃーっ……と！」

やがてウルカが顔を上げ、胸いっぱいに息を吸い込んだ。聴診器が、再び心音を拾いだす。

必ず外れるはずだった照準の果てでは、完璧なヘッドショットで撃ち抜かれた《トロイランナー》が、靄《もや》となって消えてゆくところだった――吹き荒れるビル風も、空気抵抗も、重力すらも振り切って、どこまでも一直線に飛んでいった弾丸によって。

「……どんなもんっすか！　あたしの《魔弾》は！　はっはっはー！」

その異能は、彼女の特異体質――自らの心拍数すら制御してしまえる、異常発達した自律神経のなせる業《わざ》。〝逆侵食〟。夢信空間という一個の世界に課された規定《ルール》を、機械の見る夢の内容を、否《いな》こうであれと己の意志の力でねじ曲げる行為。

〝弾道を乱す物理法則を、ごく短時間だけゼロにする〟……それが薪花《まきはな》ウルカの夢信特性にして、犀恒《さいづね》レンカが彼女をスカウトした理由であった。

『──ルカ……ウルカ、応答しろ。そっちはどうなった。こっちの駆除は完了したぞ』

狙撃《そげき》を成功させたウルカが鼻歌交じりに右耳の電源《ヘッドセット》を入れると、トウヤの声が聞こえた。

「むふふーん、せんぱーい。片付けてやりましたよ綺麗《きれい》さっぱり！」

『そうか、いくら呼んでも応答がないから気になってた。無事ならいい』

トウヤのそんな言葉を耳にして、ウルカの顔面がにへらと緩んだ。

「……あーれー？　どうしたんすか瑠岬《るみさき》先輩、心配してくれてたんですかぁ？　あたしのこと大好きかよ、困っちゃうなぁ！　がははっ」

スナイパーライフルを肩に担ぎ、上機嫌になったウルカが小躍りしていると。

『──それにしても、通信切ってたのにスコープ越しでよく気付けたな、足元の、二体目に』

がはははははっ！　がははは、がはは…………………は？

……ウルカの呼吸が、思わず止まった。

頭からサァーっと血の気が引いて、嫌な汗が噴き出した。あぁやだなぁ制汗スプレー持ってきてないんだけどなぁ……と、夢の中で現実逃避する薪花ウルカ。十六歳、高校一年生。

……ベタリ。と、壁穴の縁に、ビルを這《は》い上がってきた異形の手。ぞっと全身が凍り付く。

そして視線だけ足元へやった先で……ウルカは、二体目の《トロイランナー》と目が合った。

「ヴォォ……ッ」

真っ黒な口を開けた〈悪夢《ノイズ》〉が、怨嗟《えんさ》の如き唸《うな》りを上げる。

「ぎにゃぁぁ……っ！」

涙目になったウルカが、悲鳴を上げた。

そのとき。

「ヴォ？」

眼前の虚空を、猛烈な速度で何かが擦過した。

《トロイランナー》がウルカから視線を剝《は》がし、瞬時にそちらへ向き直る。

「──何となく、今夜はウルカちゃんがヘマする気がしてたんダヨ──」

頭を下に向け、真っ逆さまに、ウルカの前を、長身の少女が、落下して通り過ぎていった。

一拍置いて、ダンッと地上から衝突音。ウルカが穴から顔を出して見下ろすと、両足で無傷の着地を決めた少女と目が合った。

戦闘服に、深いスリットの入ったロングスカート。左右非対称の個性的な頭髪は、さらに銀色に染められていて悪目立ちする。加えて長身にジト目とくれば、何とも近寄り難い雰囲気で。

「……な、那都神《なとがみ》せんぱーい……」

ウルカのもう一人の先輩、那都神ヨミとは、そんな具合に我が道をいく少女だった。

ウルカの呼び掛けに、ヨミは何も応えない。ただジト目で見上げ返し、膨らませた風船ガムがパンッと弾けたのを合図に、彼女は《トロイランナー》を引き付けて走り去っていった。

無音の中、とっくの前にヨミへウルカのカバーに回るよう指示していたトウヤの通信。

『ウルカ、そういえば「前線の瑠岬先輩、覗いちゃお《最初のお前の独り言》」、通信切れてなかったぞ。覗くな』

「……。…………はい…………サーセン」

こりゃあ暫《しばら》く、肩身が狭い……夢の夜空に瞬く星を数えながら、そう思うウルカであった。

【――那都神《アタッカー・ツー》ヨミ。すみません、そちらの位置をロストしました。現在位置を報告願います】

耳元に、新人女性管制員《オペレーター》の声と、風の音が聞こえていた。

「環状道路に沿って北へ移動中。第三商店街のアーケード前通過ダヨ」

【了解です、捕捉しました】

「うい」

健脚で軽やかに路面を蹴りながら、那都神ヨミは無人の車道を駆け抜けていた。

彼女がビルの屋上から飛び降り自殺未遂《ノーロープバンジー》したのは数分前。奇抜な髪を靡《なび》かせ、据わった目はウルカを睨《にら》んだときのまま。言葉数が少ないことが、不機嫌そうな態度を殊更に強調している。

【薪花《シューター・ワン》ウルカより伝言。『先輩ごめんなさい。怖い顔しないでください』――だそうです】

「……。……。……うーん……ヨミ、別に怒ってないんだけど……」

その伝言を聞いて、ヨミが首を捻《ひね》った。ジト目のまま、風船ガムを膨らませる。

「またウルカちゃん怖がらせちゃった……ごめんね。ヨミ、元からこーゆー顔……」

【あ……。……新花《シューター・ワン》ウルカへのフォロー、こちらで処理しておきます】

業務用の声に気遣いを滲《にじ》ませた新人管制員《オペレーター》に、ヨミが「うい」と言葉少なに肯定を返した。

「それにしても……アイツ、しつこいんダヨ」

ガムをモグモグしながら、タッタと走り続けながら、ヨミが振り返る。

アォオ、アォオ……と、先ほどから彼女を追い立てる呻《うめ》き声が続いていた。

Case／C-015。ウルカが《トロイランナー》と呼ぶ、歪《ゆが》んだ人形《ひとがた》。左右で長さの異なる手足をフラリフラリと揺らしながら、その〈悪夢《ノイズ》〉はヨミを追いかけ回している。

そう、追いかけ回しているのだ。あだ名のとおりのとろい動きにも拘《かか》わらず、ヨミがいくら走っても、《トロイランナー》は後方二十メートルほどにぴたりと張り付いて離れないでいた。

【《トロイランナー》《Case／C-015》は、半径およそ三十メートル内の動く物体に反応・追尾する性質があり、一度捕捉されると自力で振り切ることは困難です。協会の戦績統計では、近接戦の勝敗比率、三対三百四十九……那都神《アタッカー・ツー》ヨミ、非常に厳しいです、この状況は】

「うーん……もちょっとなんだけど……」

困ったように呟《つぶや》いて、ヨミは健脚の速度を一段上げた。《トロイランナー》との差がぐんと開く。そして新人管制員《オペレーター》が検知範囲と話す、三十メートルに届きかけたとき——

「アォォ……ッ」

グニャア……。と、周囲の空気が密度を増した。いや、そんなレベルではない。

重い。空気がまるでトリモチのように絡み付き、ヨミの走力を奪う。ゆっくりとしか動けない。しかも地面に触れている空気がズルズルと滑り、一歩前に進むのに十秒以上も苦戦する。

そうこうしているうちに《トロイランナー》が後方十メートルに迫り、そこでようやく空気が軽くなり、ヨミは再び走り出す。その攻防を彼女はここまで何度も繰り返しているのだった。

一度追われたが最後、決して逃げられない悪夢……これが、遠距離撃破が推奨される理由。

夢の中でも意識は疲労を感じる。圧倒的に不利な消耗戦を強いられていた。

そんな状況が、長く続くはずもなく。

グッニャァァ！

とびきり粘度を増した空気が、ヨミの全身を容赦なく包み込んだ。走ることは疎《おろ》か、歩くことも、呼吸すらまともにできぬほどの、まるで空気が個体と化したかのような。

「アォォォオッ！」

ベタリッ。《トロイランナー》がヨミを掴《つか》んだ。背後から固く抱き締めて、放さない。

【那都神《アタッカー・ツー》ヨミ！】と、新人管制員《オペレーター》の焦り声。

「うっ……あと、ちょっと……」

ヨミが何事か呻くのをよそに、《トロイランナー》が締め付けを強める。

蛸《たこ》の足に絡み付かれたかのような、言葉にできない強烈な不快感がヨミの意識へ流れ込んだ。

【《トロイランナー《Case／C‐015》》による侵食発生！　精神負荷上昇！　〝夢《む》信《しん》症〟の発症リスク域です！】

ヨミの身を案じた新人管制員《オペレーター》が語気を強める。それに対して、

【いいや、勝負ありだ……彼女の勝ちだよ】

レンカの声には、動揺の色など微塵《みじん》もなかった。


「――……だいじょぶ、アップ終わった。この感じ、いい夢見れる気がするんダヨ」


ヨミの声が聞こえてきて。それからグニリと、《トロイランナー》の身体が捻《ねじ》れた。

ミチ、ミチチッ……ヨミを絡め取っていた異形の手足が、一方向に伸びてゆく。

ヨミが再び走り出そうとしているのだ。

【《トロイランナー《Case／C‐015》》の侵食指数は、たかだか5……ヨミの指数、〈悪夢《ノイズ》〉換算で幾らになるか知ってるか？　――7だよ】

何が起きているのか分からない新人管制員《オペレーター》へ、レンカが当たり前のように言って聞かせる。

【逆侵食指数7、人工頭脳の世界規定をねじ曲げる力――統計上の人口分布、十万人に一人。

〝物性改変型〟のウルカの夢信特性よりも、更に希少種《レア》の〝肉体改変型〟……おもしれぇもんが見れるぞ。機械の見る夢なんぞに、あの娘《こ》の夢は止められん】

《トロイランナー》に拘束されたまま、ヨミが走り出す。

「もっとダヨ」

歩幅を広げ、跳躍距離を伸ばし、速度を上げてゆく。トンッ、トンッ、と地面を蹴る。

滞空時間が延びてゆく。《トロイランナー》を引《ひ》き摺《ず》って、更に歪《いびつ》に捻《ひね》ってゆく。

「もっと、もっと……もっとダヨ」

アォォォという〈悪夢《ノイズ》〉の呻《うめ》きは、とっくに悲鳴に変わっていて。

「ヨミ、今日は飛ぶ夢が見たい……飛んでるみたいに、跳び回る夢が見たいんダヨ」

ヨミがそう、呟《つぶや》いて——ブッ……ヂンッ。

夢の世界に、ゴムの千切《ちぎ》れるような音が響いた。そこへ一陣の風が吹き抜けて——ザザッ。

【那都神《アタツカー・ツー》ヨミ、どこですか?!　再びロストしました。救援を向かわせます、現在位置を！】

焦った新人管制員《オペレーター》が、ヨミの安否を確かめると。

「終わったよ」

返ってきたのは、そんなマイペースな声だった。

【……はい？】

「〈悪夢《ノイズ》〉の駆除、終わったよ」

【え？　あの……現在位置はどちらで？】

「環状道路沿い、第三商店街のアーケード前ダヨ」

【捕捉、しました……ですが、この位置は先ほど通過した地点です。いつ引き返したのですか？　いえ、それよりも……あの〈悪夢《ノイズ》〉をどうやって……？】

「？　引き返してなんかないよ」

新人管制員《オペレーター》の問い掛けに、ヨミが手にした得物をクルクル回して宙に円を描く。

「《トロイランナー》を振り切って、環状道路をぐるっと回って後ろから斬り倒した。気持ちよく跳べたから、もう一周してきたとこダヨ」

ヘッドセットの向こうで、新人管制員《オペレーター》の困惑した声がする。

そんなことは気にも留めず、ヨミはマイペースなまま左腕を払った。

バサリと舞い上がった外套《マント》の下、抜き身の打刀《うちがたな》を鞘《さや》に仕舞い込む、カチンという音。

管制室のレンカが愉快げに笑う。

【ははは！　〈悪夢《ノイズ》〉もやすやすと振り切るか。ほんとに自由だな、きみの〝明晰夢《めいせきむ》〟は】

それは覚醒《かくせい》現実では到底不可能な、超々高速の俊足であった。

まるで戯れるかのように。世界の有り様に身を委ね、己の身こそを変えてゆく。

〝夢信《むしん》空間が規定した自身の肉体パラメーターを、強化・変動させる〟……それが《明晰夢》

――夢を自在に操れる、那都神《なとがみ》ヨミが行使する夢信特性だった。

「今日はアップに時間掛かりすぎちゃった。次はもっと、素敵な夢を見るんダヨ」

風船ガムを膨らませ、そうして一人空を駆ける夢を見た少女は、ジト目をにこりと笑わせた。

そこへウルカも駆けつけてきて、通信がにわかに賑《にぎ》やかになってきた頃。

トウヤの担当についていた管制員《オペレーター》が、声を強張《こわば》らせた。

【部長、瑠岬《アタッカー・ワン》トウヤより報告。新たな〈悪夢《ノイズ》〉が発生。こいつはまた、厄介そうですよ……！】


ゴォオオォ……っと風が唸《うな》りを上げて、直後、運河に面した街路樹が一斉に薙《な》ぎ倒された。

「っ……打ち上げムードになってないでくださいよ！　忘れてませんか、俺のこと！」

頭上に降り注いだ木片を頭に被《かぶ》りながら、トウヤが苦い顔を浮かべた。

【瑠岬《アタッカー・ワン》トウヤ、状況を報告してください！】

トウヤの担当についている管制員《オペレーター》の声に動揺が現れている。それもそのはず。

【管制室《こちら》の観測機材には何も反応がありません！　対象を視認できますか!?】

「向こうの暴れようが尋常じゃない。視認どころか振り返るのも命懸けの気分ですよ……！」

【さっきまでのは陽動……こっちが本命!?〈悪夢《ノイズ》〉を持ち込んだ犯人、よほど世間に恨みでもあったようですね……こんな強烈なネガティブイメージなんて……！】

予期せぬ危機が噴出したことに、トウヤと管制員《オペレーター》は揃《そろ》って悪態を吐《つ》いた。

夢信空間は、一度損傷してしまうと修復が非常に難しい。そうなった場合の経済損失は甚大。

〈悪夢《ノイズ》〉掃討に物損なんぞいちいち気にしてられるかというのが、部長《レンカ》のスタンス。だが、それはそもそも『領事館の周辺区画の夢《イメージ》だけは絶対に傷物にしないこと』という前提条件があるうえでのその強気、そして今回の人選という経緯があった。……失敗は、許されない。

と、管制員《オペレーター》との会話に混じって、ゴリゴリと路面の削れる嫌な音をトウヤは耳にした。

ビル陰に飛び込み、衝撃をやり過ごす。物音が消えたのを確かめてからトウヤが顔を出すと、ついいましがたまで立っていた舗装路は土壌が剝《む》き出しになり見る影も無くなっていた。

「……う……ッ?!」

嫌な予感に、再度身体を引っ込める。

再びゴリゴリと嫌な音。トウヤの真横を擦過した衝撃が、ビルの外壁をこそぎ落とした。

首だけ回し、凸面鏡《カーブミラー》に目を向ける。舞い上がる砂煙にじっと目を凝らすと、その奥に、

「……ようやく視認しましたよ……ッ。くそ、何て大きさ……こんなのが隠れて……！」

ミラー越しに見えたのは、月光をその身に透かした、悍《おぞ》ましい大蛇の姿であった。

それはまるでガラス細工か氷の彫刻。薄墨色をした半透明の大蛇の身体は、「そこに何かいる」と分かっているうえで凝視でもしない限り、月夜に溶ける巧妙な保護色をしていた。

【瑠岬トウヤ《アタッカー・ワン》、そちらの視覚情報を元に照会完了しました……対象、Case／B-103です……！】

管制員《オペレーター》の報告を聞くや、トウヤは目許《めもと》を制帽に埋め、はぁーっと重い溜め息を吐《つ》いた。

「クラスBって……見間違いだったりしてくれませんかね……」

【私もそうであって欲しいのですが……残念ながら間違えようがありません】

〈悪夢《ノイズ》〉の脅威度をG~S《八段階》に区分したとき、〝クラスB〟は上から三番目……要するに『かなりやばい』ということである。《ナメクジボール《クラスE》》や《トロイランナー《クラスC》》の比ではない。

シラシラシラ……。

長い舌を震わせているのか、それとも鱗《うろこ》が擦《こす》れ合ってでもいるのか。大蛇の立てる音がトウヤの背筋を冷たくさせる。大蛇は暫《しばら》くその場でトウヤの出方を窺《うかが》っていたが、彼が物陰から一向に出てこないのを認めると、まるで嘲笑《あざわら》うかのように反転して移動を始めた。

「っ……領事館に向かってる……！　ヨミとウルカはどうなってますか！」

【そちらに急行中ですが、先ほどの戦闘の消耗が響いて……到着が遅れます！】

ボロボロになったビル壁に後頭部を押し当て、トウヤはどうすべきか考える。数秒後、

「……前に出ます。俺が引き付けて時間を稼ぐ」

【ちょ……っ、相手はクラスBなんですって！　しかも十人がかりとかで駆除するような奴！】

管制員《オペレーター》の制止を聞き流しながら、顔を出したトウヤが離れてゆく大蛇の背を見る。人工の闇夜《やみよ》にぼんやりと浮かび上がる、その長く透明な尾の先で、被害者《だれか》の破れた上着が朽ちた旗のように揺れていた。

ギリッ……と、トウヤの耳の奥で歯軋《はぎし》りが鳴った。

【瑠岬トウヤ《アタッカー・ワン》?!】

気付けばトウヤはビル陰から飛び出して、大蛇の進路上へと躍り出ていた。

好戦的な大蛇はトウヤの小さな姿を捉えるや、朽ちた上着の絡まったままの尾を激しく叩《たた》き付けてくる。半透明の質量打撃。その読み辛い軌道を認識して躱《かわ》すまでに、トウヤはコンマ数秒の余計な思考を強いられる。接近戦において、そのタイムロスは致命的。

辛うじて直撃は免れたが、至近距離で巻き起こった風の塊が路面の破片ごとトウヤの身体を吹き飛ばす。その衝撃で肺から空気が逃げてゆく。夢の中とはいえ、相当に堪《こた》える痛み。

そのまま寝転がっている暇などなかった。次いで打ち下ろされる二撃目を地面を転がることで回避して、トウヤは三度《みたび》、手近なビルの陰に逃げ込む形となった。

上がった自分の呼吸音の間隙に、シラシラというあの音が聞こえる。どんどん近付いてくる。大蛇はもうトウヤのことを見逃すつもりはないらしい。

不格好でも、こうして時間を稼ぐ……冷却した思考回路で、トウヤが戦術を整理していると。

【――どうした瑠岬《るみさき》、そんな物陰に引っ込んで。ビビったか？】

ヘッドセットに聞こえてきたのは、部長《レンカ》の声だった。

「……そりゃビビりますよ。クラスBなんて、他社合同で戦線張るのが基本ですよ」

【何事にも初体験ってもんはある。君らみたいに若いなら尚更だ】

「参ったな、そんな他人事《ひとごと》みたいに言わないでくださいよ、レンカさん……」

【まぁ、実際他人事だしな。部長なんてやってると、一つ事に構ってられなくてね】

レンカの突き放すような言い様に、トウヤは思わず苦笑する。この人ほんと厳しいなと。

けれどそれに続いた言葉は、先のものよりもずっと身近なものに聞こえた。

【瑠岬、冷静屋の君のことだ。ミスったら会社《うち》の看板に傷が付くとか、ウルカとヨミに迷惑掛けるとか、私が路頭に迷って夜の商売に身を売っちゃうとか、そんなこと心配してんだろ？　あぁ！　あのきれいなレンカさんがあんなことやこんなことに！　ってな】

「……？　……いえ、後半のほうはそんなこと全然思ってませんけど……？」

【え？　何だよ、ついでに私のことも気にしてくれよ……まぁ、つまりだ――いちいちそんな、小難しいこと考えてんじゃねぇよ、坊主】

レンカのそれは、打算も裏も何もない、素直な言葉だった。いっそ大人げないほどの。

【ここまで君は、何もおかしな判断なんてしちゃいない。優等生だよ、つまんねぇほどにな。ウルカとヨミが来るまで守りに徹する……正解だ。リ、リ、リ、リーダーとしては】

レンカが席から立ち上がる気配。ふーっと、紫煙を吐き出す息遣い。

【だがこの状況では、〝リーダー《そんな肩書き》〟なんてただのお荷物だ。さっさと下ろしてドブに捨てろ。今から私が質問するのは〝リーダー〟に対してじゃない、〝瑠岬トウヤ〟に対してだ。返事は？】

一瞬の間。引き延ばされた体感時間。その間に頭を一度空っぽにして、トウヤは潔く、

「――はい」

ただ一言だけ、返事した。

【うむ、よろしい。……では瑠岬、君は〈悪夢《ノイズ》〉が好きか？】

「嫌いに決まってますよ……好きな人なんていやしないんですか」

【私もそうだ。じゃあ瑠岬《るみさき》、君は〈悪夢《ノイズ》〉をどうしたい？】

「……。……駆除したいです。あんなもの、この世から消えてなくなればいい」

【おや、気が合うじゃないか。それで？　君の目の前には、今何がいる？】

「〈悪夢《ノイズ》〉がいます……一人じゃ相手にしたことのない、クラスBの馬鹿でかいやつが」

【なら、答えは簡単だろう？　──ぶっ潰《つぶ》してやればいい。君の手でな】

それは無謀の一言に尽きた。トウヤのことを無責任に焚《た》き付けるレンカのその言い草に、新人管制員《オペレーター》たちが動揺するのが伝わってくる。

レンカの着飾らない、真っ直ぐな言葉。一方それを聞いたトウヤの腹の底では、ぞわりと痺《しび》れが走っていた。それは身体の芯《しん》で熱を放ち、血流に乗って全身を駆け巡る。

──『……じゃあ、悪夢を見ないで済む方法、教えてください』

それは一年前、トウヤがレンカへ請うた言葉。それが答えだ。それ以上も、それ以下もない。

悩んでいたのが馬鹿らしくなっていた。綺麗《きれい》に全ての物事をどうにかしようと考えすぎた。

それは迷いだ。何もなさない、思考の迷路だ。ならばそんなもの、全てドブに捨ててしまえ。

「……師匠、担当についてください──部長なんかやってないで、俺だけを見ていてください！」

言い放った少年の顔は、男の顔。なすべきこと、倒すべきものだけを見る、戦士の顔だった。

【ははははっ！　いいぞよく言った！　十代は十代らしく、ワガママなほうが可愛《かわい》いぞ！】

悪いねそこ代わってくれと声がして、豪快に笑うレンカがオペレーター席に着く気配。

【瑠岬、みんなに見せてやれ。君にしかできない戦法《やり方》ってやつをな――】

――数十秒後。

その場は戦場と化していた。

比喩《ひゆ》ではなく。その言葉が連想させる光景そのままに。

「次！」と、トウヤが叫ぶ。

【きっかり三秒後に次武装転送だ。手元は見るな、怯《ひる》まず突っ込め！】

レンカの声に背中を押され、突貫したトウヤが大蛇《Case／B-103》にとった戦法は至極単純であった。

鳴り響く銃声。炸裂《さくれつ》する閃光《せんこう》。立ち上る炎。煌《きら》めくナイフの残像と、硝煙の臭い。

両手に持ったハンドガンとサブマシンガンが火を噴き、大蛇の身体の一部を削り取る。

一方の大蛇は丸太のような尾でトウヤを吹き飛ばし、彼は激しく地面に叩《たた》き付けられた。

次にトウヤが発したのは、苦しみ踠《もが》く悲鳴でも呻《うめ》き声でもなく、

「……次ぃ！」

雄叫《おたけ》びと共に銃を投げ捨て、トウヤが新たに構えたのはロケットランチャーの威容だった。

彼の戦法とは、正面突破――言葉の意味するままの、真っ正面からの総攻撃であった。

トウヤが発射トリガーを握るより先に、大蛇が尾の先端から鋭い棘《とげ》を生やす。それは刃渡り十メートル超の長大な槍となって、大蛇の素早い動きに乗って高速で突き出された。

ドスリッ。……トウヤはそれを、避けようとすらしなかった。

【ぶ、部長?! 何て真似《まね》させてんですか!? 相手はクラスBの化け物、侵食指数7もあるんですよ!? 中度夢信症《むしんしょう》……いや、こんなに意識を傷つけられたら重症化のリスクも……!】

トウヤの自棄的な闘い方に、新人管制員《オペレーター》が焦燥した声を上げる。が、レンカは止めない。

【いいんだ、やらせてやってくれ】

そしてトウヤも、止まらなかった。大蛇の棘に腹を貫かれたまま、ランチャーを構え直す。

トウヤが狙いを定めようとするが、大蛇は串刺しにしたトウヤを振り回してそれを許さない。

夢の中では腹を串刺しにされようが腕を落とされようが、意識がフィルターをかけるために一定以上の痛みを感じることはない。怪我《けが》を負うこともない。これは夢でしかないのだから。

が、精神だけはどんどん磨り減ってゆく。トウヤの額には玉の汗が噴き出していた。

けれど。最早なす術《すべ》もなくぼろ切れのように振り回されるばかりの状況であってさえ……一度灯《とも》ったトウヤの闘志が弱まることはなくて。

そのとき――ズドンッ……! と、一発の銃声。

弾丸に片目を貫かれた大蛇が、突然のことに怯《ひる》み、動きが止まる。

ハッとトウヤが、運河の彼岸を見遣《みや》ると、

『――ホイ、お届けなんダヨ、ウルカちゃん』

『瑠岬《るみさき》先輩！　サーセン！　遅くなりました‼』

「ヨミ！　ウルカ！」

那都神《アタッカー・ツー》ヨミと薪花《シューター・ワン》ウルカの姿がそこにあった。冷却時間《クールタイム》を経て《明晰夢《めいせきむ》》を再び発現させたヨミが、ウルカを担いで高速移動してきたのだ。

ズドンッ……！　ヨミの背中でウルカが構え、ライフルの二射目が大蛇の尾棘《びきょく》を砕き割る。

大蛇から解放され着地したトウヤに、二人の声が届く。

『瑠岬くん、締めはきみ。がんばれー』

『先輩には、やんなきゃいけないことがあるんでしょ！』

その通信に、トウヤがこくりと、はっきりと頷《うなず》き返した。

前を見る。敵を見る。そしてランチャーのトリガーを、握り締めた。

ランチャーの後部から熱波と爆炎が吹き出し、射出されたロケット弾が大蛇の頭に直撃する。

その瞬間が、まるで写真のように網膜に焼き付き。

転瞬、炸薬が閃光《せんこう》を放った。

軍帽を模した制帽はとうに吹き飛んでいて。続く爆風に煽《あお》られて、少年の黒髪がブワと舞う。

トウヤの真っ黒な髪……その後頭部には、そこだけ銀灰色が混ざり込んでいた。まるで何かに後ろ髪を引かれた名残のように。そして彼の額には、ざっくりと刻み込まれた傷の痕《あと》。

【そうだ瑠岬《るみさき》……私には、君を育てる義務がある。君がもう傷つかないよう、私は君を傷つけてでも強くする――それが、君が私に命じたことだ】

トウヤの傷痕《きずあと》に語りかけるようにレンカが零《こぼ》し、その言葉で彼の背中を強く押す。

大蛇にロケット弾を叩《たた》き込んだ直後の、不気味な間。黒煙が周囲を包み込む。

そして次の瞬間、黒煙のカーテンを掻《か》き分けて、顔の半分を崩壊させた大蛇が、立ち尽くしているトウヤ目がけて喰《く》らいかかった。

絶体絶命……そんな中でもレンカの声援《こえ》は、まるで剣のように鋭くて。

【決めろ――トウヤ！】

次に外套《マント》を揺らしたのは、何かの筒束と、彼の手に収まったスプレー缶に似た物体だった。

――たとえ、この身が磨り潰《つぶ》されても！　たとえ、この身が消し炭になっても！

「――俺が、この悪夢を、終わらせる!!」

……バクリッ。大蛇が、トウヤを喰らった。

ピンッ……そして夜露も凍る静寂に、小さく弾ける、金属音。

刹那《せつな》、トウヤの手の中で手榴弾《しゅりゅうだん》が炸裂《さくれつ》し、爆炎をぶちまけ、筒束《ダイナマイト》を誘爆させた。

耳を聾《ろう》する轟音《ごうおん》。駆け抜ける衝撃波。燃え上がり、そしてすぐに消えた、橙色《オレンジ》の炎。

粉々に砕け散った大蛇《Case/B-103》の破片が、季節外れの雪のように、夢の世界の戦場へと降り積もる。

その幻想を背に。ザクリ、ザクリと、悪夢のなれ果てたる雪原に、足跡を刻む人影があった。

呆然《ぼうぜん》と、新人管制員《オペレーター》の声が零《こぼ》れる。

【……信じられません……夢信《むしん》空間でこれだけのことをして、肉体《イメージ》が無傷なんて……常人なら、とっくに自我崩壊しているはずの精神負荷なのに……】

【瑠岬《るみさき》には、あぁすることしかできないだけだ】

レンカの声が、低く重く、言い捨てる。夢の世界ではトウヤが足元に落ちていた制帽を拾い上げ、ガラスの雪を払い落として被《かぶ》り直しているところで。

【彼には、ウルカやヨミのような優れた夢信特性がない……だが、それを補って十分な〝常識外れの侵食耐性〟がある。一度《ひとたび》恐怖に牙《きば》を剝《む》けば――誰にも、彼は止められんよ】

名は、体《てい》を表す。ならばその逆……体《てい》もまた、名を表して然るべし。

悪夢を屠《ほふ》り、喰《く》らう者――故に彼らは己が異名に、その幻獣の名を背負う。

【――あー、もしもし？　依頼主《クライアント》さん？　ご依頼完了のお電話を差し上げます。ええ、滞りなく。今後とも、夢でお困り事がございましたら――〈貘《バク》〉をどうぞ、ご贔屓《ひいき》に。それでは】

駆け付けたウルカとヨミに手を挙げながら、トウヤが一言、ヘッドセットへと告げた。

「――……状況、終了」

＊＊＊ 覚醒《かくせい》現実 ＊＊＊

機械が見る夢の世界を戦場とする彼らの仕事は、始まりも終わりも遅い。夜に始まり、朝に終わる、人の目には触れぬ仕事。それが〈夢幻S・W・〉《セキュリティ・ワークス》の――通称〈貘〉《バク》と呼ばれる者たちの、日常である。

「今夜は助かったよ、二人共」

水銀灯が我が物顔で世界をポツポツと真っ白に照らす、未明の住宅街。

〈悪夢〉《ノイズ》の駆除を完了させ、夢信空間〈瞳〉《ひとみ》から覚醒現実へと目覚めたトウヤたち三人は、会社から自宅への帰路を並んで歩いているところだった。

「瑠岬くんが危なっかしいのはいつものこと。特に今日の自爆《花火》は見応えあったんダヨ」

ヨミがからかっているのか窘《たしな》めているのか分からない、おっとりとした口調で言う。

「ま、この守護天使ウルカちゃんがいれば？　あんなスケスケの蛇なんてワケないっすよねぇ。ん？　スケスケの蛇……透けてる、スネーク……《スケルスネーク》っすね、奴の名は！」

持ち前の微妙なネーミングセンスを披露しながら、小柄なウルカがトウヤとヨミの周りを仔犬のように駆け回る。

クラスBの大物を一社単独、三人だけで撃破したのは、このチームを結成して以来今夜が初めてのことだった。コンビニ袋をぶら下げる手を握り締め、トウヤはその実績を噛《か》み締める。

「それじゃ、俺はここで。那都神《なとがみ》もウルカも、お疲れ」

自宅マンションの前に帰り着くと、トウヤはそこで二人と別れ、エレベーターに乗り込んだ。

マンション八階に着く。普段はシャワーで済ませているが、今日は湯船に肩まで浸かりたい気分だった。朝食もいつものコンビニではなくもっといいものにすれば良かったと今更思う。

今宵《こよい》はトウヤにとってそれぐらい特別な夜だったのだ。〝目標〟に、また一歩近づけたと。

鍵を開けて玄関に入る。靴を脱いで廊下を渡り、リビングの食卓に朝食を置くと廊下を戻って自室へ。上着をハンガーに掛けてから、そうだ浴槽にお湯を入れなければと浴室《バスルーム》に急いだ。

そして、勢いよく、脱衣所の扉を開けると、

「あっ」

トウヤの耳に、女の声が聞こえた。

「お、おぅ…………おかえり、トウヤ」

その女の格好といったら。解かれたベルトに、脱ぎ捨てられたスーツの上下。まだ袖の通っているブラウスは、しかしボタンが全開で、黒の下着とガーターベルトが丸見えで……。

犀恒レンカはちょうど、ストッキングを脱いでいる最中だった。

「…………」トウヤが無言で、その場に立ち尽くす。

「……おいおいどうした少年……あんまりジロジロ見るなよ。興奮しちゃうだろ、私が」

そう言って、魅惑的に背中を反らせたレンカが決め顔になるより、数秒早く、

「――お風呂入るときは鍵掛けてくださいって毎回言ってるじゃないですか。もうっ」

バタンと、トウヤが扉を閉めた。レンカ渾身《こんしん》のセクシーポーズは無観客試合に終わる。

「なぁー！　淡泊すぎるぞトウヤー！　サービスしてやってんのに、おもしろくなーい！」

「そうやって一昨日も素っ裸だったじゃないですか、何回鉢合わせさせるんですよ……」

「何を言う！　全裸より脱ぎかけのほうがエロいだろ！　分かってねぇなぁ！」

「後がつかえてるんで早く入ってもらえませんかね……」

その後も二言三言やりとりがあって、「それじゃお先ー」と言ったきり、レンカの声は聞こえなくなった。ほどなくして浴室から、水の弾ける音がしだす。

瑠岬《るみさき》トウヤの居住するマンション。その玄関先には、〝犀恒《さいづね》〟の表札が掛かっていた。

一年前から続いている二人の同棲生活は、血の繫《つな》がりも恋愛感情もない、少し歪《いびつ》な日常で。

いっそこれも夢の一部ではないだろうかと、トウヤは時々そんなことを思う。

窓辺を見ると、陽の光が見えた。東の空が明けてゆく――もうすぐ、朝がくる。

それは多くの人にとって、〝昨日〟が終わり、〝今日〟が始まる合図で。

ああ、これは確かに現実だ。ガラス管に伝導流体の通う、機械の見る夢なんかじゃない。血肉の通った世界の、〝本物〟の一部だ――夜の帳《とばり》が自分の瞳《ひとみ》と同じ濃紺色に色づいて、みるみる青く染まっていくのを見守りながら、少年はやっと、そう実感できるのだった。

第二章　ようこそ、悪夢のある日常へ

》》》那都界《なとざかい》市住宅街、犀恒《さいづね》家。午前六時。

結論から言うと、瑠岬《るみさき》トウヤの朝は極めていつもどおりに始まった。

夢での戦闘のため、夜間ずっと〈夢幻Ｓ・Ｗ・《セキュリティ・ワークス》〉で眠っていたトウヤは目が冴《さ》えていた。徹夜で〈貘《バク》〉の指揮を執っているレンカとは、職場が同じなのに生活リズムが正反対。持ち帰りの資料に目を通している彼女に、「夢でやればいいじゃないですか?」とトウヤが言うと、「私は現実主義者だからな」という返事が返ってくるのもいつもの光景。「そういうのってお肌に悪いとか言いませんか?」と彼が問うと、レンカは栄養剤か何かの入った小瓶を振って「最近はな、いい薬があるのさ」と得意げに言った。

『――続いては、夢信《むしん》空間に関するニュースと環境情報です』

テレビの向こうから、アナウンサーがそう告げた。何となく毎朝見ているニュース番組の定時コーナー。それを時計代わりに聞き流しながら、トウヤは朝の身支度を整えてゆく。

『昨夜遅く、夢信空間〈瞳《ひとみ》〉に大型の〈悪夢《ノイズ》〉が発生し、サービスに接続中であった一部の利用者が〝夢信症〟を発症、病院へ搬送されるという騒ぎがありました。〈悪夢《ノイズ》〉はその後〈貘《バク》〉の出動により撃退され、現在は沈静化。〈瞳〉は第三交換局にて夢の調律が行われており、復旧には数日かかる見込みです。――本日の夢信力場の安定指標は青色、悪夢注意報は出ておりません。ノイズのない快適な夢信体験ができるでしょう』

「ニュースになってるんですね、昨夜のこと。何だか実感湧かないです」

「君とヨミが〈貘《バク》〉にきて二年目。ウルカが半年か。いいチームになってきたじゃないか」

「確かにそうですね。俺一人でやってた頃とは比べものにならないです」

「だろ？　二人によろしく言っといてくれな」

トウヤが靴を履き終えて玄関先へ出ると、それに合わせてレンカも見送りに立つ。

「それじゃ、いってきます」

「おう、いってらっしゃい」

その日課はいつからか、彼と彼女にとって、一日を区切る大切なおまじないになっていて。

そんなことを一年と少し試行錯誤して、二人は互いに収まりの良いところに収まっていた。


⋙午前六時三十分。私立西界《にしざかい》高校。

瑠岬トウヤの昼間の身分は、学生である。

始業二時間前に校門を潜《くぐ》り、席に着いていること。それが彼のルーチンワーク。夜は眠ることが仕事であるために課題も予復習もできないから、朝早く行動するのが習慣だった。

まだ誰もいない早朝の教室には、澄んだ空気がひっそりと満ちている。

「……おはよ、瑠岬《るみさき》くん」

そんな二年四組の片隅で、トウヤが一人課題を片づけていると、彼の名を呼ぶ声があった。

顔を上げると、教室の入り口で女子生徒が一人、手をヒラヒラと振っていた。

左右非対称の、校則が緩いとはいえそれはあまりにも目立ちすぎる銀色に髪を染めて。相手に与える印象を三割は下方修正してしまうジト目を、眠たげに擦《こす》りながら。

「おはよう、那都神《なとがみ》。……もしかして、まだ寝足りないのか？」

「うい……帰ってすぐ、道場で朝稽古《あさげいこ》してた。疲れた。立ったまま寝れそうなんダヨ」

そう言って大きな欠伸《あくび》を漏らし、那都神ヨミが自分の席に着く。

トウヤの席は教室の左後列、窓際に面した最も好立地とされる一帯。対してヨミの席はその対角線上、つまりは教卓と廊下に面した右最前列の悪立地だった。

「瑠岬くーん、その席ヨミと替わってー」

「駄目。五限の実技前に寝ちゃうでしょ、きみ」

「はぁー、けちんぼなんダヨ……」

トウヤはノートを見下ろしたまま、ヨミはぼーっと前を見つめたままで言葉を交わす。〝仕事〟を通じて、二人は互いの声だけで意思疎通することに慣れていた。

那都神家は、那都界市と縁の深い一族《この土地》である。ヨミの父親は那都神神社の神主で、剣術道場の師範もしている大らかな人物。あんまりにも大らかすぎて、彼女の奇抜な髪に関しても、「お父さん、どう？」「うん、似合ってるじゃん」で片付いてしまっているらしい。

〈貘《バク》〉としてのヨミの武器は打刀《うちがたな》だが、それは彼女が道場の娘だからこそ。使えるものは何でも使うトウヤの戦法《スタイル》とは違い、ヨミのそれには裏打ちされた技と誇りと伝統があった。

「そいえばさっき、ウルカちゃんに会ったんダヨ。射撃部の朝練してた」

「あ、そう。……？　あいつ朝練なんてやってたか？　いつも遅刻ギリギリだったような」

「うい、こないだから。ヨミがね、瑠岬くんもこの時間に学校来てるよって話したら、急に」

「……。……。ふむ……そうですか」

薪花《まきはな》ウルカはトウヤとヨミの一つ後輩、一年生なので普段校内で顔を合わせることはほとんどない。が、全国的にも珍しい射撃部に所属し、しかもスポーツ特待生枠で入学という異色の経歴を持っているためか、彼女の名前だけは二年生教室にいてもやたら耳に入ってくる。何でも〈警察機構〉が主催する大会で、現役の狙撃手《そげきしゅ》と互角に渡り合う腕前なのだとか。

「……ところで那都神、サインペン持ってる？」

トウヤのその言葉に、ヨミは「うい」とだけ返して極太のサインペンを投げて寄越した。

トウヤはノートを一枚破り、そこに何かを書き込むと、おもむろにすぐ横の窓を見つめて。

――〝覗くなって、昨夜言わなかったっけ？〟

大きな字でそう書いた紙面を、ガラスに押し付けた。

校庭を挟んだ向こう側、射撃部の練習場から、朝陽をチカチカ反射させていた望遠レンズの光がさっと消える。「あ、やべ」と、ウルカの声が聞こえた気がした。

「……。……なぁ、那都神《なとがみ》。気が変わったんだけど、この席替わらない？」

「駄目ダヨ。ヨミ、今忙しい」

急に課題を開いたヨミが、無言の背中で「面倒臭そうだから話し掛けないで」と言っていた。

犀恒《さいづね》レンカはその職業柄、さまざまな業界に人脈《パイプ》を持っている。地元議会の議員から「那都神神社に夢で一人遊びするのが趣味の変わった娘がいる」と聞きつけヨミを見いだし、〈警察機構〉の刑事官から「うちの若いのが女子学生にトロフィー取られて悔し泣きしてた」と小耳に挟めばウルカにスカウトをかけ……それが現在の仲良し三人組《スリーマンセル》結成の概歴である。

では、自分《トウヤ》に関してはどうなのかというと――

そこでふと、生徒が廊下を駆けてゆく足音で、彼の思考は遮られた。

朝の透き通った静寂は、もうじき終わり。空気が熱量を増してとろりと溶け出し、流動を始める。夢見る機械の中を巡る伝導流体のように。ぐるぐる、ぐるぐる、ぐるぐると。

＊＊＊ **特別技術講習** ＊＊＊

》》》同校、五限目。午後一時四十分。実技室。

「――えー、以上が、自我意識境界の格子化による〈孔《チャネル》〉の形成と、その相互接続に伴って生じる集合無意識の論理相転移現象に関する概要であります――」

「「「（いや、分かんねぇよ！）」」」

教壇に立つ技術講師の講義に、生徒たちはげんなりしていた。

「――えー、二十年ほど前まで、社会生活における通信基盤は、電話線あるいは電波を用いた電信《でんしん》技術によって全て賄《まかな》われておりました――えー、それが近年の目まぐるしい研究・理論の発展により、我々人類の脳に秘められた驚くべき潜在能力が明らかにされてきた次第で――えー、睡眠中に特殊な脳活性を生じさせることで、我々は言語・文字および感覚情報を共有するに至り――えー、この〝夢信《むしん》技術〟とは、ある種のテレパシー能力とも言えるものでありまして――えー……」

無数の溜め息が満ちる実技室、今学期の〝特別技術講習〟の内容は、人工の夢を用いた通信技術――夢信技術についての技術史と理論学習だった。

が、生徒たちは乱れ飛ぶ専門用語の前に、トウヤとヨミも含めて頭を抱え込んでいる。

「――先生ぇー、どうせならもっと実用的というか、身近なこと教えてくれませんかー」

生徒の一部がいよいよ授業を抜け出す計画を立案しだした折、一人の男子生徒が手を挙げた。眼鏡を掛けた、機械オタクで有名な生徒。あだ名もそのまま〝ギーク〟である。

「……。なるほど……えー、それではもう少し実際的なお話を。ご質問などありますか？」

ギークの提言により、講師は呪詛《じゅそ》めいた言葉をやめた。教室中がほっと安堵《あんど》の息に包まれる。ギークはこの先三日は英雄扱いだろう。そして彼が質問を口にしてゆく。

「夢信機《むしんき》がなかった頃は、みんな寝ずに働いてたと親が言ってたんですが、本当ですか?」

「はい。夢信機がなければ、睡眠とは非生産的な時間、ロスということになります。そのロスを埋めるため、睡眠時間を削って働くという劣悪な労働環境が当時は横行していました」

生徒たちが目を丸くした。眠《ねむ》りながら夢信空間でもオフィスワークが可能となっている現在と、覚醒《かくせい》現実上での労働のみが生産に直結していた親世代とのあまりの違いに愕然《がくぜん》としている。

「電信《でんしん》技術との差って?」

「電信技術は夢信技術と違い、共有できる情報の質に限界があります。家庭でも電話やテレビなどがありますから、皆さんお分かりでしょう。電信によって共有できるのは、基本的に音声と映像のみ。五感全てを共有できる夢信技術とは比べものになりません。夢信技術も電信技術も開発は同時期に行われましたが、実体験感・臨場感が重要となるライブイベントや、擬似的な旅行まで可能にする夢信技術が多くの場面で重用されているのはそのためです」

「それじゃあ、起きてる間しか誰かと感覚共有できなかった昔は、〈悪夢《ノイズ》〉なんて概念もなかったってことですよね?」

「はい。人間の精神を侵食し、心理的病《やまい》を発病させる〈悪夢《ノイズ》〉は、夢信技術が抱える特有の問題ですからね。ただ、それに似た概念は電信技術にもあります——〝コンピューター・ウイルス〟と呼ばれるものです。皆さんは聞いたことがない言葉かもしれませんね」

ギークの質問に答えながら、講師は黒板に簡単な図を引いて解説を続ける。

「まず〝人工電脳《コンピューター》〟とは、電信技術による脳の模倣装置と言えます。嘗《かつ》ては一人一台この機械を持つ時代が来ると言われていたのですが、夢信技術の発展により一般家庭には普及しませんでした。今では工場や発電所、オフィスなどで稼働するに留まっています。次に〝コンピューター・ウイルス〟とは、人工電脳《コンピューター》へ悪意ある指令《コード》を流し込み、不正な演算処理を実行させる因子を指します。その目的はただの悪戯《いたずら》から金銭目当ての犯罪行為と、多岐にわたります」

そこまで聞いて、ギークは眉根《まゆね》を寄せた。

「……それって何だか、〈悪夢《ノイズ》〉とほとんど一緒ですね？」

ギークの理解の早さに感心した様子で、口許《くちもと》を緩めた講師が言葉を継ぐ。

「そのとおり。電信技術によって作られた〝人工電脳《コンピューター》〟に発生するのがコンピューター・ウイルスであるのに対し、夢信技術によって作り出された〝人工頭脳〟に発生する人為的な悪性因子が〈悪夢《ノイズ》〉というわけです」

「なるほど……そういえば〈瞳《ひとみ》〉が昨日、〈悪夢《ノイズ》〉に侵食されて騒ぎになってましたよね」

「夢信空間が破損したと報道されていましたね。夢信サービス黎明期《れいめいき》の頃は、〈悪夢《ノイズ》〉といえば不特定多数の心理的ストレスが原因で発生する通信障害でしかなかったのですが、近年では意図的に〈悪夢《ノイズ》〉を生成する悪意あるユーザーが増えています。その脅威へ対抗するために、夢信武装執行員――〈貘《バク》〉なんていう職業がなり立っているのですから、凄《すご》い時代ですよ」

トウヤとヨミが揃《そろ》って、〝へぇそうなんだ〟という顔をする。知らぬ存ぜぬという体で。

ギークは目を爛々《らんらん》と輝かせながら、次の質問へ。

「先生……先生は、交換局で働いてたことがあるって、前に言ってましたよね？」

「えぇ、数年ほどですが」

「知ってたら教えて欲しいんですけど……新型人工頭脳の話、何か噂《うわさ》を聞いてたりしませんか？　ほら、何年か前に宣伝しまくってたのに、急になかったことにされたやつ」

それを聞いて、ピクリと講師の眉《まゆ》が上がった。これまでにない反応。

「……あぁ……改元記念機……〝礼佳《らいか》シリーズ〟のことですか。よくご存じですね」

「そうですよ！　第一世代の〈寒月《かんげつ》〉！　第二世代の〈瞳《ひとみ》〉！　そんで最新！　第三世代の〈礼佳《らいか》〉！　『段違いの感覚再現！　夢が今、現実を超える！』って宣伝されてたじゃないですか！　でもオレそのとき小学生で、先行試験やってたときも結局一回も接続できなくて――」

「……っ！」

バサリッ……。

そこでギークの早口を遮ったのは、トウヤがノートを床に落とした音だった。

それまで熱を帯びていたクラスの呼吸が妙な噛《か》み合い方をして、一瞬でしんと静まり返る。

全員の視線が音のしたほうへ集まって――その先にいたはずのトウヤは、既に消えていた。

キーンコーンと、五限目終了のチャイムが実技室に鳴り響く。

「おっと、もうこんな時間ですか」

掌《てのひら》に広げていた参考書をぱたりと閉じて、講師が窓の外を見た。

「こういう景色ですと、時間の感覚が分からなくなりますね」

午後二時。外は真っ暗な夜で、空にはリングを三重に巻いた、知らない惑星が漂っていた。

「えー、それでは、本日の実技講習は終了です。各自、接続遮断してください」

「はーやっと終わった」「このまま帰りてぇ」と、生徒が一人また一人、異星に漂着した教室から消えていく。そして誰もいなくなったのを確かめてから、講師はゆっくりと目を閉じた。


《《人工頭脳〝瞳〟型二十三番機〈花子《はなこ》〉、接続遮断。論理相転移解除。論理コイル漸次停止。脳活性、夢信《むしん》空間から覚醒《かくせい》現実へ認識移行――――皆様、おはようございます》》

……ヨミが目を開けると、そこは見慣れた教室だった。

見上げる天井に、窓外の池の水面が描いた模様が揺れる。鼻先にはつんと、金属の匂い。

枕元には真昼の太陽が照りつけていて、リングを巻いた惑星なんてどこにもなくて。

教室の前に出ている表示は、〝夢信実技室〟。そこはベッドがズラリと何十床も並べられた、広大な保健室とでもいうような教室だった。

眠っていた生徒たちの頭上では、読書灯か無影灯のような形をした夢信機が――人間の意識と交換局の人工頭脳とを結びつける機械が、ムゥウゥンとコイル鳴きしていた。

ふと、窓の外。校庭の方角から、薪花《まきはな》ウルカの声が聞こえてくる。

「あ！　瑠岬《るみさき》先輩、お疲れ様でっす！　ぬぁ?!　な、何怖い顔してんすか!?　今朝のっすか?!　今朝のこと怒ってんですか?!　あれは覗きなどではなく――ねぇちょっとぉ！」

ウルカはそこでトウヤと出くわしたようだったが、彼はそのまま去っていった。

「瑠岬くん……今日も、またあの人の所に行っちゃったんダヨ……」

ヨミが窓から顔を出し、「いつもの。そっとしてあげて」と、校庭のウルカに合図を送る。

……その日、六限目の授業を、瑠岬トウヤは無断欠席した。

＊＊＊ 覚醒《かくせい》現実 ＊＊＊

〝礼佳《らいか》〟という言葉を耳にした瞬間、トウヤは反射的に接続を切っていた。

きっと夢信《むしん》空間という、意識が無防備になっている状態でその言葉に不意打ちされたせいだった。果たして自分はクラス担任かヨミに、気分が悪いから早退すると告げてから出て行っただろうかと、そんなことも碌《ろく》に覚えていないまま、彼は今、市内の並木道を歩いていた。

午後三時。路面に涼しい影を落とす街路樹が、初夏の日差しに鮮やかな新緑を透かす。

――『夢が今、現実を超える』

この島国が礼佳《らいか》という名の新時代を迎えたことを記念して、最新技術の粋を集めて建造された第三世代型人工頭脳、〝礼佳《らいか》シリーズ〟。あまりに精巧な感覚再現性能に、脳が夢を現実と誤認するほどだったことから、打ち出された宣伝文句《キャッチコピー》がそれだった。

よく覚えている。小学校卒業を間近に控えて、テレビが何度もそのＣＭをやっていたから。

それはトウヤにとって最も幸福だった頃の記憶。そして、悪夢のような言葉でもあった。

あの日彼が見た夢は、その安い謳《うた》い文句のとおり、現実を超えた。現実以上のリアルを得た夢が、現実を書き換えてしまった。夢の国行きのパスポートを探すよりも先に。

ならば現実《ここ》は、永遠に年を取らない子供たちの楽園なのか——そんなこと、あるわけない。

現実は現実。ただそれだけである。どこまでもリアルで、優しいことも楽しいことも一瞬の出来事で、問題を先送りにすることしかできない、残酷な世界。

「……暑《あつ》……」

上り坂を歩くトウヤの額に、汗が流れる。まだ六月の梅雨入り前だというのに、今日は季節外れの真夏日だった。遠くから蝉《せみ》の幻聴が聞こえてきそうな。

小高い丘の陰から、白い建物が顔を出す。マンションへ至る交差点はとっくに過ぎていた。

那都界《なとざかい》大学附属病院……独りここまで歩いてきた少年を、その冷たい壁が出迎えた。

≫≫同院内、最上階。〝精神神経科・夢信症病棟〟。

「――昨夜、〈瞳《ひとみ》〉で事件があったろう？　うちに搬送された患者さん、〈悪夢《ノイズ》〉から受けた侵食が酷《ひど》くて、攻撃性パニック症状を発症してね。大分落ち着いたんだけど、万が一のことがあったらいけないっていう判断で、全部の病室に施錠させてもらってるんだ。申し訳ないね」

何事か説明している医者の背中について廊下を歩きながら、トウヤはコクリと頷《うなず》いた。

「大丈夫です。病室の窓、開けてもらってるのが外から見えました。今日は風が気持ちいいから、そのほうがずっといいです」

「うん、うちの看護師たち、みんな〝彼女〟のお世話が好きなんだ。綺麗《きれい》な人だねっていつも言ってるよ。だからいろいろとよく気が付いてくれて、私も助かってる」

穏やかな表情でそう言いながら、医者はとある病室の前で立ち止まった。

白衣から鍵を取り出して、スライド式の扉を開ける。

「それじゃ、ゆっくりしていってあげて」

「はい、ありがとうございます」

医者はそれ以上は何も言わず、背中を向けて去っていった。

トウヤは心の中で頭を下げて、病室に入る。

真っ白なカーテンがそよ風に揺れていた。個室の病室には消毒液の匂いに混じって新緑の香りが満ちていて、病院の裏手にある林から小鳥の囀《さえず》りも聞こえてきている。

それまでずっと張り詰めていた彼の表情が、ベッドの上にいる人を見て、ようやく緩んだ。

「……学校、サボってきちゃった。急に会いたくなっちゃってさ」

──ここはとても、優しい世界だ。……作り物の、優しい世界。

「今日はいつもより顔色いいね、安心した」

──壊れてしまった欠片《かけら》を寄せ集めただけの、優しいだけの世界。

「俺、自信が付いてきたんだ。レンカさんのお陰で。ヨミとウルカのお陰で。みんなのお陰で」

──それでも。あなたがこうして微笑《ほほえ》んでいるのなら。

「昨夜は凄《すご》かったんだよ。聞いてくれる？　聞いててくれるだけでいいからさ」

──せめて、あなたの見ている優しい夢が……どうかもう誰の手にも、壊されませんように。

「────────────ねえ、姉さん──」

……四年間。その病室には、四年間ずっと、眠り続けている少女がいた。

少女の名は、〝瑠岬《るみさき》センリ〟……………看護師たちから付けられた愛称は、〈眠り姫〉。

＊＊＊記録と記憶＊＊＊

》》》データベース参照。事件記録、及び症例記録。読み出し開始。

四年前、礼佳《らいか》五年、一月某日。

とある夢信《むしん》空間で事件が――史上最悪の、夢信災害が発生した。

商業稼働を目前に控え、限定ユーザーを対象に最終調整を行っていた第三世代型人工頭脳、〝礼佳《らいか》〟型二番機〈礼佳弐号《らいかにごう》〉。そこに突如、一体の未確認〈悪夢《ノイズ》〉が出現したのである。

〝礼佳《らいか》〟型の特性である〝脳が夢を現実と誤認するほどの感覚再現性能〟と、その〈悪夢《ノイズ》〉の侵食とが負の相乗効果をもたらし、夢に接続していたユーザーたちの精神を破壊した。

事件当時、現場にて観測された侵食指数は、絶対崩壊値――理論上の限界値であるはずの〝10〟を超え、〝12〟という異次元の値を記録したという。

その被害たるや、凄惨《せいさん》の一言であった。

ある被災者は、その〈悪夢《ノイズ》〉による侵食で夢信症を発症。当初は軽度の諸症状であったためすぐに回復すると思われたが、翌日に失語症を発症、三日後には失読症を併発。更に一週間ごとに五感の機能が次々に失われ、最後には自律神経が機能不全に陥り心肺停止で死亡した。

ある被災者兼加害者は、覚醒《かくせい》直後に自宅を飛び出るや、通行人を刃物で無差別に殺傷。〈警察機構〉との三日間に亘《わた》る攻防の末、当該者は最終的に鏡に映った自身を敵と誤認して自殺した。事後の精神分析により、この人物は重度の夢信症《攻撃性パニック症状》を発症していたと診断された。

ある被災者夫妻に至っては、事件後交換局員が急行したときには既に、機械式ベッドの上で四肢が千切《ちぎ》れて絶命していたという。夢信機の使用中に肉体的損傷が発生するという前代未聞の事態に、本症例は夢信症とすら診断されず、検死結果にはただ〝変死〟とだけ記録された。

前述の変死を遂げた瑠岬《るみさき》夫妻の長女、瑠岬センリは両親の遺体の横から無傷で救助された。が、救助後、一切目を覚まさず眠り続けるという症状を発症していることが判明。脳波の計測により、彼女は一度も途切れない永い夢を見ているということだけが分かっている。

そして当時十二歳で、一家四人で〈礼佳弐号《らいかにごう》〉へ接続していた瑠岬トウヤは、日常生活へ復帰できた数少ない被災者だった――異常な高さの対〈悪夢《ノイズ》〉侵食耐性という、後遺症を負って。

尚、本記録〈礼佳弐号事件《らいかにごう》〉は極秘文書として登録。以後、関係者以外の閲覧を固く禁ずる。メディア各社に対しては、隠蔽《いんぺい》工作を既に完了。本件は〝大規模機材トラブル〟とのみ一般周知させることを徹底されたし。また、事故調査委員会への報告も、これを無用とする――》》

《《十五か月前。礼佳《らいか》八年、三月。

「――瑠岬、トウヤ君だね？」

中学校の卒業証書を片手に、卒業生たちが保護者と並んで校門を出ていくなか、一人無表情で黙々と歩いていたトウヤを呼び止める声があった。

「……誰ですか、あなた」

「犀恒《さいづね》レンカという者です。初めまして」

抑揚を欠いた声のトウヤに、スーツ姿のレンカが堂々と応える。

門出の日、立ち止まっているのは彼と彼女だけで。誰もが皆、二人を置いて通り過ぎてゆく。

「……。……もしかして、遺児支援会に物凄《ものすご》い額の寄付金を寄越した人ですか」

その頃の、十五歳だったトウヤの目には、感情の熱がほとんどなかった。当時の彼は機械のような目をして、生きていることに何の意味も価値も感じていないのが明らかだった。

そんなトウヤの問い掛けに、レンカはただ、「あぁ」と頷《うなず》き返す。

「何でそんなことしたんですか」

「君がご両親の遺産を、お姉さんの治療費以外に使うことを許さなかったから」

「それで、顔も名前も隠して今日まで里親面してたっていうんです？　お金だけ出して」

「あぁ」

「偽善者ですね」

「あぁ……そうだよ」

トウヤの辛辣《しんらつ》な言葉に、レンカは何も反論しない。それが事実だと。

「そんな人が、今更名乗り出てきて何のつもりですか」

「君に伝えたいことがあってね。中学卒業《このひ》がくるまで待ってたんだ」

それだけ言って。レンカは、その場で深く深く、頭を下げていた。

「――『すまなかった』……この三年、私はずっと、君にこの言葉を伝えるために生きてきた」

それから彼女は、わけが分からず棒立ちになっている彼に一つ一つ丁寧に説明していった。

自分が〈夢幻Ｓ・Ｗ・《セキユリテイ・ワークス》〉という民間企業の管理職であること。

あの事件当日、夢信空間《むしん》〈礼佳弐号《らいかにごう》〉へ、〈貘《バク》〉と呼ばれる実働班が出動していたこと。

あまりに強大な〈悪夢《ノイズ》〉を前に、彼らが手も足も出なかったこと。

そして〈貘《バク》〉の一人が、トウヤたちの目の前に駆け付けておきながら逃げだしたこと。

そのせいで、瑠岬《るみさき》一家がどんな目に遭ったのかも知っていること。

「全ては管理者たる私の責任だ。〈貘《バク》〉は、当時の職員はほとんどがあの事件で精神をおかしくして引退した。君たちを見捨てた裏切り者も、私がこの手で処分した。だから、残るは――」

腰を直角に曲げて、下げた頭に目を固く閉じたまま、そしてレンカは、核心を口にする。

「――残るは、君の手で、この私を。犀恒《さいづね》レンカを、どうか裁いてください」

まだ冬の気配が微《かす》かに残る、三月の風が吹き抜けた。梅の花が散り、白い花吹雪が舞う。それはまるで思わせぶりな映画のワンシーンのような、現実味のない光景で。

その中をトウヤが、頭を下げたままのレンカへ一歩近づいた。

「……それは、あなたが俺に、何でもするってことですか」

「そうだよ……金も、権力も、命も。全てをかけて、私が君に、何だってしてみせる」

……現在《いま》、当時を振り返ると、彼女はこのとき死ぬつもりだったのだと十七歳のトウヤは思う。それが生物的な意味なのか、社会的な意味なのか、それとも尊厳的な意味なのかは問わず。

レンカは、トウヤに殺して欲しかったのだ。「だったら死ね」と、命じて欲しかったのだ。

けれど。

「……じゃあ…………悪夢を見ないで済む方法、教えてください」

十五歳《そのとき》のトウヤが申し出たのは、レンカの望んだものとはまるで別の言葉で。

「俺を、〈貘《バク》〉にしてください。いつか、あの〈獣の夢〉を、俺が狩り殺せる日がくるまで――」

その言葉が、彼の生きる目標と、彼女の贖罪《しょくざい》を……今も固く結び付けて、離さない。

＊＊＊ 覚醒《かくせい》現実 ＊＊＊

≫ 現在。礼佳《らいか》九年。瑠岬《るみさき》センリの病室。午後六時。

あれからずっと、トウヤは三時間近く、センリの傍《そば》にいた。

彼の言葉に、〈眠り姫〉が相槌《あいづち》を返すことはない。絹のように細く柔らかな黒髪を真っ白な枕元に広げて、彼女はただふんわりと、穏やかな微笑《ほほえ》みを浮かべているだけである。

その優しい寝顔を見ているだけで、トウヤの心はすっかり落ち着きを取り戻していた。

「――それじゃあ、そろそろ帰るね、姉さん…………また来るよ」

センリの、十八歳にしては小さすぎて細すぎる手を、そっと握って呟《つぶや》く。

枕元の呼び出しを押し、やって来た担当医に礼を言って、そしてトウヤは〝夢信《むしん》症病棟〟を

──夢信空間で〈悪夢《ノイズ》〉に精神を侵食されたことで躁鬱《そううつ》や豹変《ひょうへん》・自傷行為・幼児退行・言語障害・パニック症状などを発症した患者たちをケアする病棟を、後にする。

両親を惨殺し、姉を覚めない眠りに堕《お》とした悪夢、〈獣の夢〉。それを見つけて狩り殺せば〈眠り姫〉が目を覚ますなんて、そんなおとぎ話を夢見れるほど、トウヤはもう純粋ではない。

ただ、復讐《ふくしゅう》に意味なんてないと分かっていても、それが〈貘《バク》〉をやめる理由にはならない。

自分の意志でやると決めて、そして彼にはそれができる──今は、それで十分だった。

「……よっ。やっぱりここにいたな、トウヤ」

トウヤが病院の外へ一歩出ると、傍の駐車場からレンカの声が聞こえた。

「ヨミとウルカから電話があってね。君がフラッといなくなるときはセンリさんの所って決まってるから、探す手間は掛からなかったけどさ」

赤い小型スポーツカーの中で煙草《タバコ》を吹かしながら、彼女はずっと彼を待っていたようだった。

「──いろいろすみません、レンカさん。休みの邪魔しちゃったり、迎えに来てもらったり」

「なーに言ってんだよ少年。未成年に世話を焼くのは大人の道楽だ、気にすんな。っていうか職場も家も同じなんだから、普段からもっと足に使えよ。私も車も寂《こいつ》しいじゃん……」

車に乗り、景色を後方へと流しながら、二人は一路マンションへと向かっている。空はもう夜になりかけていて、昼間の熱気は嘘のように引いていた。

「今夜は〈貘《バク》〉の出動、ありそうですか？」

「いんや？　依頼ゼロ件、今日は平和なもんだ」

「じゃあ俺、休みですね。それなら買い出しと部屋の掃除、やっときますけど」

「あー……それなんだけどさ」

ちょうど赤信号に捕まったところで、レンカがハンドルを指先で叩《たた》いた。やがて、

「……瑠岬《るみさき》、悪いんだが今夜も顔出してくれ。実はヨミとウルカにはもう連絡入れてるんだ」

「？　はい、そりゃ全然大丈夫ですけど……何かありました？」

「私が訊《き》きたいんだよなぁ、それ」

助手席のトウヤに顔を向けて、レンカが肩を竦《すく》める。

「〈警察機構〉から打診が入ってな。どうしても今夜、君たちに集まって欲しいんだと」

そんな話を持ち掛けられるのは初めてのことで。トウヤは「はぁ……？」と生返事するしかなく、レンカも「何がしたいんだか。スピード違反はバレてねぇはずだし……」とぼやいていた。

信号機は未だに二人を足止めしていて、なかなか前に進ませてくれなかった。


》》》午後八時。〈夢幻S・W・《セキユリテイ・ワークス》〉、応接室。

「――きみたちに紹介するのは初めてだな。こちら、改谷《あらたや》ヒョウゴさんだ」

横一列に肩を並べて立っているトウヤ、ヨミ、ウルカの三名。試合開始前のスポーツチームと審判よろしく、コの字に向かい合った位置関係の中央に立っているレンカが、隣の男性を掌《てのひら》で指し示してそう言った。

「どうも、改谷です。――昨日の悪夢騒動、お世話さんでした」

酒に灼《や》かれ、煙草《タバコ》に炙《あぶ》られた嗄《しゃが》れ声。白髪の角刈り、ワイシャツにチノパンツ、その上からフライトジャケットを羽織った中年男性――〈警察機構〉那都界《なとざかい》支局・刑事部・捜査課所属、〝改谷ヒョウゴ〟刑事官が、ニカッと闊達《かったつ》に笑ってみせた。

「……？　……あ、〈瞳《ひとみ》〉に〈悪夢《ノイズ》〉を放出した犯人を覚醒《かくせい》現実側で捕まえた人って」

挨拶《あいさつ》の握手を交わしながら、トウヤが思い当たって遅れ気味の応答を返す。

「そぉですそです！　いやぁワタシ、ロートルなもんでね。近頃の機械はさっぱりなんですわ」

頭を掻《か》きながらヒョウゴが苦笑する。五十代と見える年季の入りようだったが、この刑事官の表情の豊かさはまるで悪ガキのようで。

「夢ン中での犯罪行為の取り締まりなんて、畑違いもええとこでしてね。お宅のボスにはちょくちょく助けてもろうとります」

「みんな、別にかしこまらなくていいぞ？　この人、課長補佐だから。部長《わたし》より格下だから」

レンカがヒョウゴを肘《ひじ》でゲシゲシやりながら、悪戯《いたずら》っぽく言う。

「犀恒《さいづね》さん……公職と民間企業ですよ、比べんでくださいや」

「改谷《あらたや》さんの捜査課《ところ》、夢信《むしん》技術への対応遅れすぎなんですよ。夢信空間で事件があるたびにこっち見てくるのやめてくれません？　毎回泣き付かれる身にもなってほしいんですけど？」

「耳が痛い話ですがね。三日に一度はド派手なスピード違反かましてるどこぞの赤いスポーツカーを、貸しも作らず見て見ぬフリしてるほど、うちも生温《なまぬる》くないってこともお忘れなく」

「……え？　うそ、マジ……？」

レンカとヒョウゴのそんなやりとりは、長年気心の知れている間柄なのが一目瞭然《いちもくりょうぜん》で。

「仲いいっすね、この二人」

「うい……でも、今汚い取引を見ちゃった気がするんダヨ。聞かなかったことにするんダヨ」

勝手に盛り上がっている大人二人を見遣《みや》りながら、ウルカが「大人げねぇな？」と白い目で見て、ヨミは両耳を塞《ふさ》いで「あーあーあー」と言っていた。

「──それにしても、ワタシのほうからお声掛けしといて何ですが……」

挨拶《あいさつ》を終え、皆が席に着くと、ヒョウゴが出されたコーヒーを啜《すす》りながら溜め息を漏らした。

「どえぇ……まっさか噂《うわさ》の犀恒印のエースチーム、お三方とも高校生さんとはねぇ！」

感心と驚きと呆れを同時に出して、ヒョウゴは改めてトウヤたちの顔を順々に見て言った。

「改谷さん……用があるっつったのそっちでしょ？　何でこの子たちのこと何も知らないいんですか。タクシー呼んでやるから帰れば？」

長机を挟んだヒョウゴを横目に、レンカが暗黒微笑を浮かべている。部長の仕事《じぶん》を止めてまで設けている会合がグダつくのが許せない様子で、圧が凄《すご》いキャリアウーマンである。

「ちょっとちょっと、穏便に頼んますよ犀恒さん……こっちも断れずのことなんですわ」

先ほどから急に肩身狭そうにしだしているヒョウゴがぽろりと零《こぼ》したその言葉を聞いて、最初に首を傾げたのはトウヤだった。

「？　改谷さんの他《ほか》にも、誰か来るってことですか？」

「……。……たはは｜、鋭いですわ、瑠岬《るみさき》さん」

トウヤのその問い掛けに、ヒョウゴが困り顔を浮かべて、

「……ええ……実を言うとワタシ、〈夢幻Ｓ・Ｗ・《セキユリティ・ワークス》〉さんとの間を仲介するよう頼まれた身でして。先方《いい》さんと一緒にお伺いする予定だったんですが、午後八時《約束の時間》になっても現れないんですもんなぁ……。場所は連絡しとりますし、受付さんにも伝えとるんで大丈夫とは思いますが」

それを聞いた途端、レンカの表情が険しくなった。冗談抜きの真剣味を帯びる。

「ちょっと待った……〈警察機構〉以外から参加者？　聞いてないですよ、そんな話」

「先方とうちの上層部から、このことは当日この場を設けるまで言うなて厳命でして……」

「上層部？　……おいおい……おいおいおい……」

そこからは一瞬だった。

レンカがガタッと立ち上がる。反応したヒョウゴが座ったまま後退《あとずさ》る。それよりも三倍は速

い動きでレンカの腕が机を跨《また》いで伸びる。コーヒーカップがひっくり返ってテーブルに茶色い水溜まりができる。「ぐぇぇっ?!」という、鶏を絞めたような呻《うめ》き声でフィニッシュだった。

「あ、ら、た、や、さーん♪」

グイと、その手に摑《つか》んだくたびれたネクタイを引き寄せ、レンカがヒョウゴの顔を覗き込む。

「私たちってぇ、年の離れたお友達ですよねぇー? 隠し事はなーし♪ でないと私ぃ……怒っちゃうぞ♡ ――吐けやコラ、ＯＬ舐《な》めんなよ? オゾ?」

それは野性味溢《あふ》れるビブラートのかかったアルト。どすの利いたメンチともいう。

どちらが警察権力の行使者なのか、最早分からぬ構図だった。ただひとつだけ明らかなのは、この場で一番強いのは誰なのかということで。

「「「(……こっわぁ……)」」」

互いに目配せを交わしながら、トウヤとヨミとウルカは、揃《そろ》って口だけをその形に震わせた。

≫≫≫ 一時間後。

会談時刻をとうに過ぎているにも拘《かか》わらず、応接室の顔ぶれは変わっていなかった。

ギイコ、ギィコと、持て余したウルカが椅子を前後に揺すっている。

「むぅ……あたしもう待ちくたびれたっすよぉ……レンカさぁーん、ジュースのおかわりー」

「あー、はいはい……給湯室に置いてあるから、自分で好きなの取ってきなさい……」

レンカがあやすように言うと、ウルカは「わーい！」と駆け足で部屋の外へ飛び出してゆく。

「那都神《なとがみ》……那都神！」

「………………は。うい、だいじょぶ。ヨミ、寝てないんダヨ？」

トウヤに小突かれて、座ったまま目を閉じていたヨミが涎《よだれ》を垂らしながら否定した。

――レンカにどつかれたヒョウゴが白状した話とは、要約すれば次のとおりだった。

仲良し三人組《スリーマンセル》の噂《うわさ》を聞きつけて、とある人物が商談を希望している。ついては指定の日時に〈獏《バク》〉と約束《アポ》を取られたし。ただし、〝とある人物〟について、詮索は一切無用である。と。

「……で？　課長補佐《改谷さん》はその話を課長から代わってくれと頼まれて、課長は部長から、部長は支部局長から押し付けられたってことです？　はっはっはっ……いや何それめちゃくちゃ胡散《うさん》臭《くさ》いんですけど相談してくれたってよかったじゃないですかねぇちょっと酷《ひど》くない？　ねぇ？」

たっぷり一時間かけて根掘り葉掘り聞き出したレンカの苦言が、マシンガンの如く炸裂《さくれつ》した。

「犀恒《さいづね》さん……この話、三重四重の『誰にも言うなよ』がくっついてるやつなんで、くれぐれもご内密に……ワタシゃ今日この時間に、こうしてあなた方を机の前に座らせとくだけでいいて言われとんです、それ以上は何も知らんのですわ。自分でも胡散臭くてやっとれません……」

その話が事実なら、〝とある人物〟とやらは〈警察機構〉の上層部に顔が利くということで。

〝うわぁそんなのと関わりたくねぇ……〟と、レンカの顔が歪《ゆが》んだ。

「お宅の政治に巻き込まないでくださいよ……もぉーっ、改谷《あらたや》さんのこと信じてたのにぃ……」

ふて腐れたレンカが独り言《ご》ちる。それから長机にぐでーっと伏せっていると。

「――むふふー」

そこへ、給湯室を物色しに行っていたウルカが、上機嫌になって戻ってきた。

ウルカは高さ二十センチはある透明タンブラーを両手で支え持っていた。その中身は色とりどりの液体やらゼリーやらクリームで満たされていて、給湯室にあったとは思えない物だった。

「……ウルカ、お前そんなもの一体どこから……」

トウヤが呆れて、そのゴテゴテのデコレーションドリンクを指差すと。

「この人がくれたんすよ、みんなの分もあるってー」

廊下に立っているウルカが、両開き構造になっている扉の死角を更に指差した。すると、

「――はーい！　どぉーもぉー！　お待たせしちゃってすみまっせーん‼」

バァンッ！　と、閉じていた側の扉が勢いよく開かれ、浮かれた調子の声が飛び込んできた。

「いやー申ぉし訳ない！　電車には余裕で間に合ってたんですが、駅前でやたら行列のできてるドリンクショップを見かけましてね？　こいつはお土産にいいぞと思って並んでみたら、二時間もかかっちゃいました！　あ、わたくし、亜穏《あのん》シノブと申しまーす！　よろしくどうぞー！」

それはトレンチコートに中折れ帽《フエドーラ》を被《かぶ》り、黒い丸眼鏡を掛けた、何とも胡散臭《うさんくさ》い男だった。

その男が差し出した名刺は、恐ろしくシンプルだった。

――〈鴉万産業《からすま》〉、〝亜穏シノブ〟――――以上。

白地にたった二行。住所も電話番号もなく、裏面は白紙。

「えーっと……どういったお仕事の方です……？」

最早名刺として機能していないその紙切れを見つめて、レンカが首を傾げた。

「トータルサービス企業です」

シノブと名乗った男が、ゴテゴテドリンクを口にしながら素っ気なく答える。

「はぁ……？　業種は？　どちらの方面で……？」

「トータルな、サービスを、扱っております。しがないサラリーマンでございますよ、はい」

シノブがマナー教本どおりの作り笑顔でそう言い切るものだから、レンカはそれ以上突っ込む気にもなれなかった。

このどう見ても二十代の若い男は、自己紹介する気がないということだけ分かった。

六月だというのにコートのボタンまでびっちりと留めている。席に着いても脱帽せず、握手は手袋越し。黒い丸眼鏡のせいで表情も読めなくて。

「あ、今『胡散臭い』って思いました？　いやー、よく言われるんですよねー、安いスパイ映画のコスプレみたいって！　わたくし、そんなに変ですかねぇ？　あ、そんな警戒していただかなくて大丈夫です、飲み物に毒なんて入ってませんよ？　ハハッ」

この珍客に困惑しながら、トウヤは横の大人たちを見る。

レンカは怪訝《けげん》に目を細めていて、ヒョウゴは眉間《みけん》に皺《しわ》を寄せていた。

「んー……右の方から瑠岬《るみさき》トウヤさん、那都神《なとがみ》ヨミさん、薪花《まきはな》ウルカさん、ですね！」

藪《やぶ》から棒に、シノブに順々に指差されて名前を呼ばれ、三人はぎょっとした。

「……どうして、俺たちのこと――」

「知っていて当然です、皆さん有名人じゃないですか。あ、サイン貰えたりします？　ハハッ」

誰も笑わない応接室に、シノブの笑い声だけが響く。

大遅刻と突然の登場を果たしてからこの方、何がしたいのかまるで分からない。

にっこりと、レンカが満面の笑みをヒョウゴへ向けた。目が据わっていた。

「……ん、んんっ。亜穏《あのん》さん、お土産をいただくんはこの辺にしといてですな。そろそろー、ご用件のほうに移っちゃあいただけませんかねぇ？　皆さんお忙しいんだし……」

こりゃワタシ、立つ瀬ないですわ……と、顔を引き攣《ひ》《つ》らせたヒョウゴがシノブに催促する。

が、シノブは飄々《ひょうひょう》とした態度を崩さず、その後も無駄話を続けるばかりで。

「――よろしい。もう結構」

とうとう痺《しび》れを切らしたレンカが、長机を叩《たた》いて立ち上がった。

「この商談、ご縁がなかったようです。亜穏さん、お引き取りください」

トウヤたちに「悪かったね、無駄足を踏ませた」と謝り、席を立たせる。〝あちゃー……〟とやっているヒョウゴに一瞥《いちべつ》を投げ、レンカが先頭になって応接室を出て行こうとしたとき。

「おっと、それは困りますよ」

シノブが尚も食い下がった。物怖《ものお》じもせず、けろりと。空気も読まずに。

「何がお困りなんでしょうか？　時間の無駄だって言ってんですよ、分からないんです？」

いよいよキレそうになっているレンカに対して、

「何だ、お分かりじゃないですか、犀恒《さいづね》さん」

その男は――教本どおりの完璧な作り笑顔を浮かべた。

「ええ、そのとおり……本日御社へお伺いしたご用件、全くもってそのとおりでございます！」

……ジジッ。と、館内スピーカーから雑音が漏れた。

「わたくしの役割……それは、あなた方と無駄な時間を過ごすこと――つまりは時間稼ぎです」

黒い丸眼鏡が、ちらりと下がる。

「如何《いかが》だったでしょうか。楽しんでいただけました？　わたくしの、営業トーク……ハハッ！」

そう言って口角を上げた自称サラリーマンの目は――微塵《みじん》も笑ってなどいなかった。

……………………ピーンポーンパーンポーン。

そのとき、館内放送の呼び出し音が鳴った。

『――……シノブ、ご苦労様。準備できたわ。もういいわよ？』

スピーカーから聞こえてきたのは……知らない声。

直後、レンカは社内連絡用の固定電話に飛び付いていた。

「……管制室！　今の館内放送、発信フロアを特定しろ！　外部から侵入されているぞ!!」

『――あら、そう。それは大変ね？』

館内放送と、受話器から……同じ声が同時に聞こえた。

「っ!?」

受話器を叩《たた》き付けると、レンカが別の内線へ繋《つな》ぐ。

「警備室！　管制室へ急行！　侵入者だ!!」

『――ふぅん。随分賑《にぎ》やかなのね？　この会社』

「……っ?!」

また。受話器から、また同じ声が聞こえた瞬間……レンカの顔から血の気が引いた。

何か……何か、まずいことが起きている。そしてレンカが自ら管制室へ向かおうと振り返ったとき――彼女の視界に、走り去る彼の背中が見えた。

「瑠岬《るみさき》！　待て！　瑠岬っ!!」


瑠岬！　と呼び止めるレンカの声を無視して、トウヤは全力疾走していた。

向かう先は、〈貘《バク》〉の心臓部たる管制室。いても立ってもいられなかった。

連絡の取れない警備員に代わって自分がどうにかしようとしたのではない。〈夢幻S・W・《セキュリティ・ワークス》〉に何者かが侵入した事実について、彼はそんなこと、どうでもよかった。

声――館内放送で響いた、その声だ。トウヤの関心は、そこにしか向いていなかった。

酷《ひど》く懐かしい声だった。眠りの中で何度も聞いた声。四年前に途絶えて、それきりの声。

――『ねぇ、トウヤ………』

あの悪夢の中で、聞こえなかった最後の声。今も虚空を揺蕩《たゆた》っているはずの、その声が――

体当たりする勢いで、トウヤが、管制室の扉を開けた。

「――姉さんっ!!」

……出動要請のかかっていない管制室は、今夜は当直担当が数人しか詰めていなかった。

そんな管制員《オペレーター》たちも、亜穏《あのん》シノブの話術によって外へと追い出されていた。

今、ここにいるのは、トウヤと。もう一人だけ。

「――ふぅん、そう。あなたなのね」

透き通った、氷のような声。モニターの白光に照らされ、亡霊の如く、人影が浮かび上がる。

真っ黒な長い髪と、夜のようなワンピース。華奢《きゃしゃ》な身体を、車椅子に乗せて。暗紫色の瞳《ひとみ》が、じっと少年を見た。射貫くように。

「初めまして。わたしは、呀苑《がえん》メイア……わたしは、この世の全てに裏切られたの。だから、あなたに会いに来てあげたわ、瑠岬トウヤ」

虚空に消えたはずの少女の声が……四年前《悪夢》の残響のように、目の前に零《こぼ》れ落ちていった。

第三章　化け物

目の前の光景が信じられず、トウヤは一歩前に踏み出した。

「姉さん……姉さん！　何で、どうして……?!」

そこには姉が。〈眠り姫〉が。瑠岬《るみさき》センリの姿があった。四年振りの肉声を発して。

が、トウヤのその問い掛けに。

「？　なぁにいきなり？　分からないことを言うのね、あなた？」

車椅子の少女が細い首を傾けた。元から冷たかった声と表情に、不機嫌なものが混ざる。

「私が知っているのは、瑠岬トウヤ、あなたの名前と顔だけよ。他《ほか》のことなんて知らないわ」

〝トウヤ〟と、もう一度自分の名前を呼ばれて。彼はふらりと目眩《めまい》を感じた。

何なのだ、これは。何が起きているのだ。

姉さんはこんな、人を見下すような、見限っているような物言いはしなかった。瑠岬センリは、もっとずっと温かな人だった……と、トウヤは自分の記憶とのあまりの食い違いに戸惑う。

記憶喪失？　意識の混濁？　四年も眠り続けていたから？　いや、そもそも担当医からは「回復の見込みはない」とずっと言われてきた。それがどうして、今になって突然……？

そのとき。トウヤはハッと気付いた。

女の、暗紫色の瞳《ひとみ》。それだけが唯一、彼の記憶と異なっていた。

姉《センリ》の瞳は、薄紅色なのだ。

今はもう閉じた瞼《まぶた》の奥に隠れて確かめようもないけれど。幼い日の記憶に焼き付く姉の瞳を覚え違えたりなどしない。絶対に。

「……誰……。……誰だよ、お前……！」

何十秒もかけて、ようやくその結論を導き出して、トウヤが掠《かす》れた声で呟《つぶや》いた。

「？　〝呀苑《がえん》メイア〟と、さっき教えてあげたでしょう？　馬鹿なの、あなた？」

メイアと名乗った少女が小首を傾げると、そのたびに長い黒髪がさらりと肩から滑り落ちる。

トウヤは目を離すことができないでいた。その女があまりに病弱で、可憐《かれん》で儚《はかな》くて……瞬《まばた》きした瞬間に、幻のように消えてしまいそうだったから。しかし、それにも増して。

センリの顔で、センリの声で、それなのにセンリではないと、センリの存在が否定されたこと。それが何より恐ろしくて、悲しくて、悔しくて……トウヤは呆然《ぼうぜん》と立ち尽くしていた。

「……メイア……？　誰だよそれ……何なんだよ、さっきから……！」

「あなたに会いに来てあげたって。わたし、そうとも言ったでしょう？　何度も言わせないで」

トウヤが怯《おび》えた声を出すのを余所《よそ》に冷たく言うと、メイアは車椅子の車輪に手を掛けた。

ほとんど力が入らないのか、両腕を酷《ひど》く重たそうに動かして、ゆっくりと近づいてくる。

「瑠岬トウヤ……あなたは、わたしの――――」

白を通り越して、いっそ白銀《はくぎん》のような細指がトウヤに伸びる。そして彼が後退《あとずさ》ったとき、

「──瑠岬《るみさき》！　無事か!?」

犀恒《さいづね》レンカが駆け付けた。彼女は亜穏《あのん》シノブの腕を背中に捻《ひね》り上げ、盾のように前に立たせて室内の様子を窺《うかが》う。その後ろに応接室の面々が続いた。

「な……！　瑠岬、センリ……!?」

メイアの姿を目にしたレンカが、驚愕《きょうがく》に目を見開く。

「違います、レンカさん……こいつは、姉さんなんかじゃない！」

青い顔をしたトウヤが悪夢を振り払うように否定した。メイアはそれを、じっと見つめて、

「……ふぅん。随分楽しそうなのね。どうなの、シノブ？」

「ハハッ……そう見えます？　呀苑《がえん》さん。貴女のほうからは見えないでしょうけども、只今わたくし背中にスタンガンを押し付けられてまして、割と洒落《しゃれ》になってなバババババァアッ」

レンカの「黙ってろ！」という怒声と共に、バチバチッと放電の火花の弾ける音がした。

「穏やかじゃないですなぁ。一応ワタシ〈警察機構〉ですんで、あんまり派手に傷害沙汰起こしちゃいかんですよ犀恒さん………さーてお嬢さん、抵抗はよして大人しく──」

レンカの横を抜けて、警察手帳を取り出したヒョウゴがメイアに近づこうとすると、

『──それ以上近づかないで？』

ジジッと、周囲に雑音。それに続いてスピーカーから声がした。

『乱暴は嫌いなの。まずはお話から始めない？　暴力の出番は、その後からでもいいでしょう？』

それはメイアの声で間違いなかった。が、当の本人の口は閉じられたままで。

「腹話術ですか……？　そんな手品……いちいち驚いてたらやってられませんてこの仕事」

ヒョウゴはメイアの警告を無視し、尚も車椅子へと近づく。

そして年季の入ったその手が、少女の細い手首を掴《つか》もうとした瞬間――バヂリッ！

壁のモニターから音が爆《は》ぜた。更に元々消灯していた蛍光灯が瞬間的に明滅したかと思った直後、それは粉々に弾けてヒョウゴの目の前にガラス片を降り注がせた。

「おぉっと⁈」

ぎりぎりでガラスの雨を躱《かわ》したヒョウゴが、慌てて飛び退《の》く。

『……ふふっ。あら、危なかったわね、おじ様？　乱暴は嫌いって、わたし言ったじゃない』

モニターが数枚暗転《ブラックアウト》して一層暗くなった管制室に、無表情のメイアの笑い声がスピーカーから続く。その背後では空っぽの夢信機《むしんき》が、ムゥウン……とコイル鳴きしていて。

「……まさか……！」

何か悪い予感を覚えたレンカが、手近の機材を手荒に操作する。そこに舌打ちが続き、

「有り得ない……統合システムの制御を奪っただと⁉　一体……そんなこと、できるはずが」

『できるわ。だってあなたたち、物凄《ものすご》くいい設備を揃《そろ》えてるんですもの。医療用クラスの超高精度論理コイルに、ほぼ全ての電気系統が統合されてるビルシステム。最高級のおもちゃね』

まるで機械と一体化したかのようなメイアの冷たい囁《ささや》きに、皆が驚愕していると。

「ハハ……ッ、あぁそれ、呀苑《がえん》さんの得意技なんですよ……っ。この方、少々個性的な体質をされてましてね……触れもせずに夢信機《むしんき》を経由して、機械に悪戯《いたずら》できちゃうんです」

先ほど喰《く》らったスタンガンの痺《しび》れに苦悶《くもん》しながら、シノブが自ら種を明かす。

「おっと、皆様にはご紹介が遅れてしまいました。こちら、呀苑メイアさん——わたくしの、ご主人様でございます……んーふふ」

口許《くちもと》だけに営業スマイルを浮かべて、そしてシノブは、勝ち誇るようにして付け加えた。

「人質《商材》は、そうですね……不肖わたくし亜穏《あのん》シノブと、〈夢幻S.W.〉様そのもの、といったところでしょうか。——如何《いかが》です？　この御商談、是非とも、ご検討いただきたく……ハハッ」

そのやりとりの間、トウヤは碌《ろく》に言葉を発することもできないでいた。

——こいつは……魔女だ……。

メイアという存在に絡め取られてゆくのを感じながら、彼はただ、そう思った。

〈夢幻S.W.《セキュリティ・ワークス》〉、〈警察機構〉、そして〈鴉万《からすま》産業〉——三つの組織が一堂に会し、今宵《こよい》設けられた商談の席。この場は誰もが身じろぎ一つせぬ、緊迫した空気に包まれていた。

『……それじゃあ、まずはシノブを返してもらえるかしら？　召し使いがいないと困るのよ』

その空気を支配しているのは、車椅子に乗った魔女。メイアが機械の声《スピーカー》で要求する。

『先に言っておくけれど、さっきので力加減が分かったわ。次はそこの電算機《大きな箱》の中身を焼き切っちゃうから、よぉく考えて判断してちょうだい？』

その発言に合わせて、夢信機がムゥウゥンッとコイル鳴きの唸《うな》りを強める。虚勢《ブラフ》ではないと。

「……いいだろう。ただし、その魔法を解くのと引き換えだ。さもないと……分かるな？」

声を低くしたレンカが交換条件を提示する。シノブの眼前でスタンガンが火花を飛ばした。

『ふふっ。強気なのね、あなた？　そういう人嫌いじゃないわ……えぇ、約束してあげる』

レンカの凄《すご》みに対し、メイアは全く怯《ひる》まない。病弱そうな身なりで恐ろしく堂々としていた。

メイアがにこりと作り笑顔を浮かべる。それを合図にレンカがシノブを放し、同時にメイアは夢信機の遠隔操作を止める。コイル鳴きが消え、電気系統が自律制御を取り戻していった。

「あ痛《いた》た！　……ふぅ、いやはや、飛び込み営業の辛いところですね、ほんと……」

解放されたシノブが「労災下りませんかねぇ」と零《こぼ》しながら、メイアの背後に回り込む。正《まさ》に召し使い然と傅《かしず》き車椅子を前進させると、魔女はレンカに手が届く距離にまで近づいた。

「大事な会社《ビル》をおもちゃにしたこと、謝罪が必要かしら？」

「結構だ。そんな上辺だけのもの、求めちゃいない」

「ふふっ、あらそう？　ごめんなさいね？」

声の在処を己の声帯に戻して、メイアが怪しく微笑《ほほえ》む。

「わたし、凄ぉく弱そうでしょう？　だから脅《こう》迫しないと、お話を聞いて貰えないと思ったの」

「見かけによらず大胆なことで……それで？　そうまでして話したかったことというのは？」

レンカの問いを聞きながら、そこでちらり、メイアはトウヤへ視線を投げた。

容姿だけ肉親に瓜《うり》二つの、知らない女。そんな視線に晒《さら》されて、彼はぞくりと困惑を覚える。

そして次にメイアの口から発された言葉に、トウヤ以外の全員もまた、困惑した。

「――ねぇ？　わたしを、〈貘《バク》〉に雇いなさいな」

ぴくり……と、レンカの眉《まゆ》が揺れる。

「……。……その個性的な体質とやらで、機材メンテナンスでもしてくれるとでも？」

「違うわ、何を言ってるの？　わたし、機械のことなんて何も分からないわ」

車椅子からレンカを見上げて、メイアが小首を傾げる。それから、トウヤを指差して、

「この人と――トウヤと同じ所で、働かせて。今日はわたし、それをお願いしにきたの」

「……は？」

メイアのその発言に、思わず間抜けな声を漏らしたのはトウヤである。

「うい……？　ねぇねぇウルカちゃん、ヨミ、もしかして寝てたんダヨ？　超展開、説明求む」

「那都神《なとがみ》先輩、大丈夫っす！　一番ついて行けてないのあたしなんで！」

ヨミとウルカも呆気に取られているなか、眉を寄せていたレンカが溜め息を吐《つ》いた。

「……『話にならん、帰れ』と言いたいところだが……はぁ、そういうわけにもいかないか」

「あなた、お名前は？」

「犀恒《さいづね》レンカ」

レンカのことをじっと見つめて、メイアがふんふんと一人納得するように頷《うなず》く。

「レンカ……うん、素敵な名前だわ。ねぇレンカさん？　わたし、あなたのこと割と好きよ。だってわたしが言うよりも先に、あなた、わたしの言いたいこと分かってくれるんだもの」

「さすがに電算機をお釈迦《しゃか》にされちゃあ、商売上がったりなんでね」

「それじゃあわたしのお願い、聞いてくれるのね？　嬉し――」

「待ってください！　俺は反対です！」

そこに割って入ったのはトウヤだった。その声は震えていて、明らかに動揺している。

トウヤの脳裏に、〈礼佳弐号事件《あのゆめ》〉の光景が鮮明に浮かんでいた。十四歳のセンリの姿が。恐怖そのものでできていた〈獣の夢〉から、トウヤのことを守ってくれた優しい瞳《ひとみ》の輝きが。

大好きだった姉さん。今も優しい微笑《ほほえ》みを浮かべている〈眠り姫《姉さん》〉――辛くてどうしようもないとき、トウヤはセンリのことを想うだけで、どれだけ救われたか分からない。

だから、許されない、認められない――その思い出を穢《けが》しかねない、魔女の存在など。

「こんな……こんな奴！　駄目なんです、絶対に！　追い出してください、レンカさん!!」

「瑠岬《るみさき》、落ち着け。まだ私は何も決めちゃいない」

「落ち着いてられませんよ！　こんなことって！」

「それでもだ、落ち着け！　たかが他人の空似で動揺しすぎだ、馬鹿者ッ!!」

レンカが一喝入れて、トウヤはどうにか「……すみません……」と落ち着きを取り戻す。

ふぅーっ……と、レンカはもう一度溜め息を吐《つ》くと、シノブのほうをちらと見た。

「……何が目的か知りませんけど、あなたの役目はここまでのお膳立て……ここから先はお好きにどうぞ……ってことですか、亜穏《あのん》さん」

「……はて？　一体何のことです？　わたくし、そんなこと一言も言ってませんよ？」

「てめぇの顔にそう書いてあんだよ、舐《な》めやがって」

「おや、いつの間に落書きされたんでしょうかね？　ハハッ」

惚《とぼ》けるシノブに大きく舌打ちして、レンカが頭を掻《か》き毟《むし》った。

——得体の知れない組織からやってきた女が、いきなり「わたしを雇え」と言ってきた。しかもそいつはトウヤの意識不明のお姉さんにそっくりで、そのせいで彼が酷《ひど》く怯《おび》えている。おまけにこの魔女は、その気になればビルをコンクリートの箱に変えられるときた。どうする……元はと言えばレンカ《自分》のミス。それによって弟子《トウヤ》とかけがえのない財産《チーム》に不穏な輩《やから》を近づけてしまった……その焦りはやがて、レンカ自身へと向いて、

「……あー、全員ちょっと、耳塞《ふさ》いでてくれる？」

すぅーと深呼吸したレンカが、皆の見ている目の前で、唐突に頭をゴミ箱に突っ込んだ。

「——ああああー畜生ッ!!　めんどくせぇなぁぁあ!!　クソッタレぇぇえええッ!!!!!」

ＯＬが吠えた。とてつもない声量だった。一同がぎょっと一斉に跳び上がった。

「………………ふぅぅーっ…………。…………っしゃおら！」

ゴミ箱から頭を引っこ抜き、皆のほうを振り返ったレンカの顔はすっきりしていた。そして、

「一発採用試験を行います。今から。ここで。うちの子三人ぶちのめせたら合格。それができなきゃ黙って帰れ、二度と顔出すな。以上！」

＊＊＊ 夢信《むしん》空間 ＊＊＊

》》》午後十時三十分。人工頭脳〝瞳《ひとみ》〟型十八番機、〈千華《ちか》〉。

それは歴史と人の温《ぬく》もりを感じさせる、煉瓦《れんが》の壁が連なる街並みだった。夜の高速道路を流れてゆく外車たちが、無数のヘッドライトで知らない国の輪郭を浮かび上がらせる。

〈千華〉が見る機械の夢は、〝島国の人々が憧れる、ここではないどこか遠い西の国〟――ステレオタイプな西洋建築群は、覚醒《かくせい》現実には存在しない街だった。

街の中心には、古代の闘技場を連想させるスタジアムが構えている。遠く夜空では花火が上がっていて、耳を澄ませば数えきれない人々《ユーザー》の気配。

今宵《こよい》の〈千華〉は、華やかなナイトパレードの夢を見ていた。

そんななか、人払いされたスタジアムの中央に、人影が浮かび上がる。

「――管制室へ。こちら三名、接続完了」

黒の軍服調の戦闘服に身を包み、夢信空間に降り立ったトウヤが覚醒現実へと告げた。

【了解。受験生のほうは準備にもう少しかかる。瑠岬《るみさき》、那都神《なとがみ》、薪花《まきはな》はその場で待機】

雑音混じりに、レンカの声が指示を出す。

【今病院に確認を取った。センリさんは病室にいたよ……呀苑《がえん》メイア、やはり全くの別人だ】

それからくしゃりと、髪を鷲摑《わしづか》む音がして、

【……すまん、きみたちを面倒なことに巻き込んでしまった。事前にもっと精査すべきだったのに、〈警察機構〉の紹介だからと油断した……まさかビルごと交渉材料にされるとは……！】

毒突く声が聞こえる。普段は強気なレンカだが珍しく責任を感じているようだった。

「レンカさんの責任じゃないですよ。こうなったら、俺たちがどうにかしてみせます」

最初の動揺から立ち直ったトウヤが、努めて声を硬くして言う。

「うい、要はヨミたちが勝てばいいだけの話なんダヨ」

「このウルカちゃんに黙って瑠岬先輩にお近づきたぁ太《ふて》ぇ奴っすよ！　鉄拳制裁っす！」

〈鴉万《からすま》産業〉は欺瞞《ぎまん》と力に訴えてこの状況を作り出した。シノブとメイアは、トウヤたちを何らかの思惑に巻き込もうとしている——そんな嫌な予感が、皆の頭から離れないでいる。

責任と立場上、レンカが打てる手は試験《これ》しかなかった。ならば俺たちがやるしかないと、トウヤは自分たちの役割を再確認する。

この場で魔女を打ち負かせば、それで全て丸く収まるのだ。

「それにしても……言いたかないっすけど、車椅子《あれ》で本当にやり合う気なんすかね？　あの子」

眠る直前までメイアに「がるるー！」と謎《なぞ》の威嚇《いかく》をしていたウルカが、ぽつりと零《こぼ》した。

「うい、夢信《むしん》空間も万能じゃない。特に身体能力は、現実の認識に物凄《ものすご》く引っ張られるんダヨ」

ヨミがぼーっと、花火の遠景を見上げながら相槌《あいづち》を打つ。

そんな彼女らへ、トウヤが念を入れるように言った。

「油断するなよ二人とも。歩けないなりに手があるから、この条件にケチが付かなかったんだ。あいつも、特性者——夢信空間を逆侵食できる力を持ってると見るべきだ」

【そういうこと。かわいい部下に押し付ける形になって面目ないが、きみたちを頼らせてもらうぞ。……——よし、接続準備、整った】

待機していた三人にレンカが告げ、それに続いて管制員《オペレーター》たちが作業状況を読み上げていく。

【四番ベッド、論理コイル起動……出力安定。自我意識境界、格子化正常に進行中】

【境界面、〈孔《チャネル》〉捕捉。集合無意識領域、深度調整クリア。投射開始】

【那都界《なとざかい》第一交換局、接続コード発行を確認。人工頭脳〈千華〉、ルート確保。ロックします】

【同調完了、論理相転移開始。自我意識名《センス・オブ・セルフ》〝呀苑メイア〟、コンタクト】

【模擬戦に伴い、当該対象者にターゲットネームを付与します。コール、〝ウィッチ・ワン〟】

そして。

「——わざわざ会場まで用意してくれて、お礼を言うわ。どうぞお手柔らかに……ふふっ」

〝ウィッチ・ワン〟こと呀苑メイアが、小首を傾げてそこにいた。

「呀苑《がえん》、メイア……！」

その女が姿を現したのを認めて、トウヤの声と視線が険しさを増した。

「ふふっ。まさか現実《あっち》で会ったその日に夢《こっち》でも会えるなんて思わなかったわ、トウヤ」

メイアは覚醒《かくせい》現実と同じ、黒いワンピースに車椅子という出で立ち。細い指を口許《くちもと》に当て、魔女はクスクスと笑う。

「こそこそ会社に忍び込んで、立て籠《こも》りの真似《まね》までして……何がしたいんだよ、お前は！」

「だから言ってるじゃない。わたしは〈貘《バク》〉に入りたいの。そのためにわざわざシノブに頼んでこんな遠くの街にまで来たのよ？　大変だったんだから」

「じゃあその大変な思いってやつ、帰り道でもっぺんしてもらうっすよ！」

「ウルカちゃーん、噛《か》んだらメ。どーどー、ハウスハウス」

四者が見つめ、または睨《にら》み合うなか、レンカの声が試験ルールについて説明を始める。

【会場はそのスタジアム内。一対一で、攻撃によって相手に膝《ひざ》か背中をつかせれば勝利とする。受験生は三勝するまでに一敗でもすれば失格。公平のため、試合の順序はくじ引きで――】

「いらないわ」

そこで不意に、レンカの説明を遮って、メイアが突然言い放った。

【は？　何を――】

「ルールなんていらない。面倒よ、そんなもの。全員でかかってくればいいでしょう?」

ヘッドセットを外し、メイアがマイク部を唇に当てて囁《ささや》き掛ける。

「……そのほうが、誰が一番強いのか、はっきりするんだから……ふふっ」

それだけ言うと、メイアはヘッドセットを放り捨てた。返答なんて聞く意味もないと。

夢信《むしん》空間そのものに、ジジッと雑音が走るかのような重たい沈黙が降りた。そして。

【むっ、かぁーっ……!　腹立っつぅーっ!!　聞いたなお前ら、ガチンコがお望みだとさ!】

夢の世界の遠い夜空に、示し合わせたように花火が咲いて、

【——試験、開始ぃ!!】


レンカの鳴らしたゴングと共に、トウヤ、ヨミ、ウルカの三人は素早く動いた。

【瑠岬《アタッカー・ワン》トウヤ、カウント三十後に基本陣形へ展開、包囲戦実行を提案】

女性管制員《オペレーター》のガイドに従い、トウヤとヨミが両翼へ展開、ウルカが後方の客席へと走り去る。

【ターゲット、呀苑《ウイッチ・ワン》メイアの戦力評価に関しては、ここまでの言動と外見的特徴から中遠距離型と推測。類似事案として《トロイランナー》《Case／C-015》を仮定し、現場指揮を実行してください】

「実戦態勢《フルオペレーション》はさすがにやりすぎかもしれませんけど……構うもんか!」

【ええ。ケンカ、売られちゃいましたからね。やっちゃってください】

メイアは言ったのだ。「全員でかかってこい」と。

それは管制員《オペレーター》も含めた〈貘《バク》〉という組織集団に対して、個人で相手してやるという挑戦状。

そこまで言われて引き下がる道理はない。

トウヤが中距離、ヨミが近距離位置に構える。後方視界外のウルカから『狙撃位置確保《ポイント》！』の合図を受け、トウヤがバサリと左腕の外套《マント》を払った。

そこから覗いたのは銃身が不格好に短く、口径が異様に大きな銃。

「一撃離脱《ヒット・アンド・アウエイ》、足止めは俺が。ヨミ！」

トウヤが引き金《トリガー》を引くと、発煙弾が真っ白な煙幕を噴き出して視界を覆った。

『うい、任された』

突撃の指示に、ヨミが踏み込み姿勢を取る。外套《マント》に覗くのは、鞘《さや》に収まる打刀《うちがたな》。

【那都神ヨミ《アタッカー・ツー》、《明晰夢《めいせきむ》》発動。肉体パラメーター改変。運動イメージ、加速します】

ヨミが一陣の突風と化し、煙幕を掻《か》き分け、その白刃をメイアに向けて振り抜いた。

煙幕越し、ジャリンッと飛び散る火花。衝撃に弾け飛ぶ、車椅子と人影。それはトウヤの頭上を越えて数十メートルも宙を舞い、バックスタンドに激突して停止した。

「……呆気ない……？　いや、あれだけ凄《すご》んでおいて、この程度で終わるはず……」

夢の中での戦闘は、怪我《けが》のリスクが生じない。代わりに精神負荷が蓄積すると、俗に〝夢信《むしん》酔い〟と呼ばれる二日酔いに似た症状が現れるが、まだ立ち上がってくる可能性は十分ある。

念には念を。トウヤが銃を構え、バックスタンドへと振り向きかけたとき、

『瑠岬《るみさき》先輩！　――――ダメです！　目を離しちゃ！』

狙撃《そげき》位置に身を隠しているウルカの通信《こえ》が、トウヤを引き留めた。

それと同時に、女性管制員《オペレーター》の緊張した声が割り込む。

【瑠岬トウヤ《アタッカー・ワン》、警戒してください！】

ジリッ、ジリジリッ……彼の振り向いた先、バックスタンドに叩《たた》き付けられぐったりとしていたのは、銀髪の人影……それが全身を砂嵐のように歪《ゆが》めて、ふっと消えてなくなった。

【那都神ヨミ《アタッカー・ツー》………………行動不能!!】

「……なっ……!?」

「――――……ふぅん……いいセンスしてるわね。あの変な髪の子」

薄まりつつある煙幕の向こうから聞こえてきたのは――氷のような冷たい声だった。

「凄く自由で、純粋に夢を楽しめる子なのね……素敵よ。ええ、とても素敵」

ビリッ、ビリリッ。ヨミの一太刀に切り裂かれた服を、自ら破り捨てる音。

「だから、余計に残念ね……そんなに自由なのに、見かけなんかに惑わされちゃうだなんて」

そして、ザッ。と、地面を踏み締める気配があった。

晴れた煙幕の向こうには、魔女が――斬り掛かったヨミを車椅子ごとバックスタンドまで吹き飛ばしたメイアが、自らの足で立っていた。

「っ……!?　何で……現実《あっち》じゃ、身体が……?!」

「ええ、不自由よ？　だからわたし、夢の中でくらい自由でいたいの。当然でしょう？」

ワンピースを破り捨てたメイアの姿は、覚醒《かくせい》現実での印象とは全く異なるものだった。股上の浅いパンツスーツ。フリルに飾られた袖なしのブラウスからは、しなやかな肩と二の腕が覗いて。踵《かかと》の低い革靴と相まって、それは非常に活発的な印象をトウヤに与えた。

「私ね？　現実《あっち》ではスプーン一本まともに持てないのよ？　一人じゃ寝返りも打てないわ――トウヤ、あなたに分かる？　この気持ち……牢獄《ろうごく》なのよ、わたしの身体」

ぴっちりとした革手袋を右手に嵌《は》める。チィィ……と勿体振《もったいぶ》るように、ジッパーを閉める。

「本当に、本当に本当に本当に……息が詰まるわ。だからね？　わたしは夢信空間《こっち》では自由でありたいの……いいえ、自由なの！　他《ほか》の誰よりも……どんなものよりも……！」

トウヤの頬に、つっと汗が流れた――これは、夢の中のはずなのに。

――夢信《むしん》空間の肉体《イメージ》は、覚醒現実の認識を反映する。それが基本。でも、こいつは違う……！

『瑠岬《るみさき》先輩！　射線通します！　伏せてっ!!』

ウルカの警告を耳にするや、トウヤは素早く身を転がした。その間も、彼はメイアに対する自分たちの評価が致命的に間違っていたことに、嫌な汗が止まらなかった。

――こいつは……現実に、絶望しきってるんだ……！

ズドンッ……！　腹の底に響く銃声。ウルカのライフルが、猛獣の牙《きば》にも似た弾丸を放つ。

チュインッ。と、空気の裂ける小さな音。

狙い澄まされていたはずのヘッドショットは、小首を傾げたメイアの真横を掠めただけで。

「………見ぃつけた……」

——こいつは、絶望と願望が、大きすぎて……肉体なんかとっくに、置き去りにしてる……！

「ッ……ウルカッ!!　駄目だ！　そっちの位置がバレ——」

トウヤが急ぎ振り返ったときには、既に走り出したメイアの背中が遠く小さくなっていた。

『こんっのぉ！』

ヘッドセットの向こうから、ウルカの焦燥した声だけが聞こえた。


ズドンッ……！


「——何で……何で当たんないのよ?!」

二射目も外して、ウルカがギシリと歯噛《はが》みした。

こちらへ走ってくる魔女との距離、およそ二百メートル。その姿を照準線《レティクル》に捉えたまま、ガシャリッと遊底《ボルト》をスライドさせる。空薬莢《やっきょう》を排出し、次弾を装填《そうてん》。

ドクンドクンと、聴診器が心音を拾う。鼓動と呼吸が噛み合う狭間《はざま》、己《おのれ》が限りなく静止したその瞬間に、ほんの僅《わず》か、指先に力を込める。

「——ふふっ……あなた、複雑な弾道の計算を無視して、直感で答えだけ分かっちゃうのね」

ズドンッ……！　銃声が響くと同時、メイアが跳んだ。それは高さ十メートル以上の大跳躍。

「でも、ざぁんねん。わたしの自由までは、計算できなかったわね？」

世界規定。人工頭脳が夢を縛る根幹パラメーター。メイアもまた、容易《たやす》くそれを曲解する。

「――また外す……!?　あたしが、三発も連続で!?」

ウルカの表情が普段の無邪気さを忘れて悔しさに歪《ゆが》んだ。が、その直後、

「けどね、あんた……そっから先、逃げ場ないんだから！」

ガシャリッ。四射目を装塡《そうてん》しながら、ウルカが銃口を上向けた。

宙高く跳び上がった魔女。それは薪花《シューター・ワン》ウルカにとっては、単純な放物線運動に過ぎない。

ドクン、ドクン、ドクン、ドッ――。

ウルカの心音が、止まった刹那《せつな》。

「……撃ち落とす！」

ズドンッ……！　……――ックン、ドクン、ドクン、ドクン。

僅《わず》かコンマ数秒。その間、弾道を乱すあらゆる物理定数が無に帰した。ウルカの意志が夢をねじ曲げ、ここに《魔弾》を顕現させる。それは寸分の狂いも無く、正確無比にメイアに届く。

その、着弾の間際…………魔女がふふっと、楽しげに笑って。

「――《掴《つか》みなさい》」

ガシッ……グルンッ。

メイアの落下軌道が、突如として変化した。放物線を描いて落ちてゆくだけだったはずのそ

れが、空中で直角に曲がって水平方向へ。しかも加速して。

まるで、風に乗った猛禽類《もうきんるい》のように。

「はぁっ?!　何そ――」

ズイッ。

「……ダメよ?　あなた。そんなに、答えばっかり急いじゃあ……」

《魔弾》さえも外したウルカの耳元を撫《な》でたのは――長い黒髪と、湿った囁《ささや》き声だった。

ズドンッ!!

それは至近距離からのボディーブローだった。下腹を拳《こぶし》に撃ち抜かれ、ウルカの身体が浮く。

「ッ……ぇあ……っ!?　――」

ジジジジジッ、ブツリ………そしてウルカも、砂嵐に溶けて消えた。

中遠距離型という管制員《オペレーター》の分析は、甚《はなは》だ誤り……その魔女は、得物すら持たぬ、近接特化型《インファイター》。

「あら、もう起きちゃうの?　折角盛り上がってきてたのに……」

指を咥《くわ》えるメイアの表情は、遊び相手が帰ってしまって残念がる子供のようで、

「まぁ、いいわ……《摑《つか》みなさい》」

ガシッ……ググッ。メイアが全身を屈《かが》めて、力を溜める。それから――ドンッ。

まるで大砲だった。溜め込まれた力が弾けた瞬間、メイアはとてつもない速度で宙を飛び、走ってきた道のりをあっという間に引き返す。そしてザリッと、真横で着地音がして――

「──ふふっ。二人っきりになっちゃったわね、トウヤ？」

「っ……うわぁぁあ！」

出鱈目《でたらめ》な機動でとんぼ返りしてきた魔女へ、トウヤがナイフで斬《き》り掛かった。

メイアはそれを難なく躱《かわ》すと、一歩下がった踏み込みからボディーブローを撃ち放つ。

ズドンッ!!　メイアの拳がトウヤの身体を持ち上げた。

「う、ぶっ……！」

「ふふっ、わたしの勝ぁち……さぁ、約束どおり──……あ、ら……？」

グラリ……。急な立ちくらみを覚え、メイアは不思議げに小首を傾げた。

左手を自分の脇腹に伸ばす。そこにはトウヤの手があって、トウヤの手にはナイフが握られたままで……その刃が、メイアの腹部に根元まで突き刺さっていた。

「ッ……自分が、強いってこと……知りすぎだったな、お前は……」

己の拳が一撃必殺であることへの、深い理解と絶対の自信。それは裏を返せば、〝反撃〟がそもそも想定されていないということ──それがメイアの、唯一の隙だった。

トウヤがハンドガンを握る。それを、硬直しているメイアの胸部に押し付けて、

「俺の身体《イメージ》は、化け物だから──我慢比べの後出しジャンケンなら、絶対に、俺が勝つ」

「……ト──」

パァンッ。

零距離からの発砲。銃弾がメイアの胸を貫き、その脚からガクリと力が抜ける。

そのとき。ガシ……ッ。トウヤに襲い掛かったそれは、奇妙な感覚だった。

「!?」

身体が突然、動かなくなった。

「……《掴《つか》みなさい……》」

トウヤが棒立ちになっているところに、脚に力を入れ直したメイアが顔を寄せる。

胸を撃ち抜かれても尚、魔女は己のイメージを強固に保ったままでいた。

「あぁ、トウヤ……トウヤ……やっぱり、わたし……あなたに会いに来てよかったわ……」

彼の頬を撫《な》でる彼女の瞳《ひとみ》には、うっすらと歓喜の涙が浮かんでいて、

「だって……あなたは、わたしの——〝願い〟なんだもの」

「……何を……？　……うっ!?」

ズッ……ドン！

トウヤの鳩尾《みぞおち》にメイアの拳《こぶし》がめり込んだ。零距離発砲のお返しと言わんばかりに。

「トウヤ、わたしね？　あなたのことをずっとずっと捜していたの……」

ズッ……ドン！

「最初の一年は、あなたの名前も思い出せなくて……」

ズッ……ドン！

「それから、あなたの顔を思い出すのに、二年かかったわ……」

ズッ……ドン！

「それがちょうど、去年のことで……ここまでくるのに、四年もかかってしまったわ……」

ズッ……ドン！　ズッ……ドン!!　ズッ……ドン!!!

ヨミとウルカを一撃で強制覚醒《リタイア》させた拳に何度も何度も撃ち抜かれ、それでもトウヤの意識は途切れないでいた。……確かにそのしぶとさは、化け物と呼ぶほかにない。

ならば俺を四年も捜していたという、この女は何だ――熱に浮かされながら、トウヤはメイアを見つめる。脳味噌を溶かしていくようなその熱は、彼の額の傷痕《きずあと》から発していて。

そしてトウヤの霞《かす》んだ視界が、それを捉えた。メイアの背後に。

「……ねえ、トウヤ……わたしね……わたしもね……あなたと同じなの――」

《摑みなさい》と。魔女はそう言ったのだ。命じたのだ。唱えたのだ。呪ったのだ。その背に生えた……三本目の見えない腕に。虚無すら摑む、醜く大きな、骨だけの、《魔女の手》に。

それは明確な世界規定違反。そんなもの、夢の中にもあり得てはならなかった……つまりは。

「瑠岬《るみさき》トウヤ……………わたしも、化け物なのよ……ふふっ」


――うわぁあっぁぁあぁぁあああああああっ

ベリッ。ベリベリッ！

……異形の手をどうやって振り払ったのか、彼は覚えていなかった。肉どころか魂まで剝《は》がれてしまいそうな痛みを味わったことだけ、うっすらと覚えている。

メイアを抱き締めていた。喜びでも、悲しみでもなく。愛情表現などでも、断じてなく。

それは逃がさないため。叫び声を上げていた気もする。ヘッドセットの向こう、レンカの声も掻《か》き消して、どうやって三脚付きのガトリングガンなんて手にしたのかも分からない。

メイアの細くて柔らかな身体を、強く強く抱き締めて、押し倒すようにして。固定されたガトリングガンの銃口に、彼女の背中を押し付けて、起動スイッチを押していた。

何千発と、横殴りの鉄雨が降った。魔女を、トウヤ諸共《もろとも》貫いて。

勝ったのは、どちらだったのか……気を失った彼には、それすら分からなかった。覚えているのは、背中に回された細指の感触と、火薬の爆《は》ぜる音に混じる、氷のような声だけだった。

「……ふふっ……ふふふっ……ふふふふふっ……——」

＊＊＊ 覚醒《かくせい》現実 ＊＊＊

⟫⟫⟫ 三日後。那都界市《なとざかい》、住宅街。

検査入院と精神分析《カウンセリング》、それから退院手続きを終えて。瑠岬《るみさき》トウヤは一人、大学病院からの家路についているところだった。

あれから。死闘の末、トウヤは深い眠りに沈んでいた。

目覚めたのは二日後の夕暮れで、ちょうどレンカが見舞いに来ていたときだった。

「……どうなったんですか……？」と喉《のど》をこじ開けてみたけれど、彼女は彼の額をそっと撫《な》でて、「気にするな、今は休め」と笑うだけだった。

退院の際、トウヤは姉の病室を訪ねた。瑠岬センリは何も変わることなく眠り続けていた。〈眠り姫〉の優しい寝顔と、魔女の冷たい作り笑顔——他人の空似でこうも似るものか、そしてこうも違うものかと考えてから、彼は頭を振ってあの女の記憶を追い出した。

そして現在、時刻は午後四時。彼は並木道を三十分ほど歩き、三日振りの自宅へと帰り着く。鍵を取り出し、すっかり見慣れた扉を開ける。ほっとしながら、玄関を潜《くぐ》る。すると。

「——だぁーもぉ！　マジかよ、全部水洗い不可じゃねぇか！　気付かなかったぁ……」

リビングのほうからレンカの声が聞こえた。何やら悲鳴じみていた。

「——三日ぐらいなら別に洗濯なんてしなくていいと思うだろ普通」

トウヤが訝《いぶか》しげに首を曲げる。

「レンカさん……？　レンカさーん、今戻りましたよー」

「——掃除が云々《うんぬん》は今出す話じゃあない！　トウヤが帰ってくりゃ片付けてくれる！」

電話でもしているのだろうか。レンカは彼の帰宅に気付いていない。

「——ったくもう世話の焼ける……何がそんなに面白いんだかね……」

靴を脱いで廊下に上がり、リビングへ向かってトウヤはゆっくりと歩いていたが——

「――……………………（ふふっ）……………………」

「……え……」

その幻聴が聞こえた瞬間、トウヤは走り出していた。

実際、それは願望に過ぎなかった。幻聴であってくれ、気のせいであってくれという。

そして往々にして、嫌な予感というものは、願望よりも遥かに、真実に近いもので……

ドタドタと床を踏み鳴らし、トウヤはリビングへ飛び込んだ。

「おっ、噂《うわさ》をすればか。おかえり、トウヤ」

食卓に頬杖《ほおづえ》をついていたレンカが、にこやかに片手を上げる。

それと。

「おかえりなさい、トウヤ。随分遅かったのね？」

同じ文句が、もう一度。

「……………」

あぁ、今酷《ひど》い顔してるな、俺……と、トウヤは現実逃避するように、ぼんやりと思った。

だって、しょうがないじゃないか。と、続いてトウヤは自分に言い訳をする。

「なぁに？　変な顔して。可笑《おか》しな人ね？　ふふっ」

――魔女に「おかえりなさい」と迎えられて、まともな顔でいられる奴が、どこにいる。

「……………た……ただいま……」

第四章　悪い芽の種

　コチ、コチ、コチ……。

　壁に掛けられた時計の針が、沈黙を叩《たた》いていた。見上げた時刻は、午後四時十分。

　帰宅してからまだ十分しか経っていないのかと、感覚の乖離《かいり》を恨めしく思う。まるで時計が、目を離している間は「コチ、コチ」と音だけ鳴らして止まっているのではないかというほど。

「……………どういうことなんですか、これは……」

　長い沈黙を破り、瑠岬《るみさき》トウヤの低い声が秒針の音を掻《か》き消した。

　食卓を挟み、彼の正面には犀恒《さいづね》レンカが掛けている。タンクトップにショートパンツ、髪は団子に丸めて。口寂しいのか、火を点《つ》けていない煙草《タバコ》を口先に咥《くわ》え、プラプラと揺らしながら。

「ん？　んー……そうだな、ふむ……端的に言えば――」

「――一緒に住むことになったんだ、うむ」

　再び、秒針の音がやたらと大きくなる間があって、
　コチ、コチ、コチ……。

　……………………………バンッ！　と、食卓を叩いてトウヤが勢いよく立ち上がった。

「なん――」

「『何で』なんて、そんなつまらないこと言わないでくれないかしら、トウヤ？」

そう口を挟んできたのは正面のレンカではなく、食卓右端からの声だった。

トウヤが努めて視界の外へ追い出していたもの。二脚しか椅子のないリビングに座す三脚目。それには大きな車輪が付いていて、その上には全身真っ黒な人物が座っていて。

呀苑《がえん》メイア……それは未だに信じられない光景だった。

トウヤの「なぜ」という問いを、魔女が拒否する。否定する。つまらないと。彼の実の姉に生き写しのその姿とその声で。彼の居場所と思い出を同時に浸食しながら。

ならばと、トウヤは玄関を指差して語気を強めた。

「……出てけよ！　今すぐ！　お前なんか！」

その怒鳴り声に、しかしメイアは怯《ひる》みもしない。睨《にら》むトウヤを見上げて、不思議そうに、

「？　どうして？」

「っ……どうしてって……！」

「だって、わたしが出て行かなければいけない理由なんてないでしょう？」

メイアが小首を傾げる。疑問と共に身体が傾いてしまうのが、彼女の癖のようだった。

「あー、まぁ座れ、トウヤ。ゆっくり説明しようじゃないか。晩飯までまだ時間あることだし」

取り乱すトウヤとは対照的に、レンカは落ち着いたものである。いっそ気楽そうですら。

酷《ひど》く不服そうな顔を浮かべながら、トウヤが渋々椅子に座り直そうとする。

「おっと……いや、ちょっと待て」

と、そこで急に、レンカがトウヤを制止した。彼女の表情が急に真剣味を帯びる。

「！　何ですか、レンカさん？」

もしやこちらの心情を察してくれたのだろうかと、トウヤが微《かす》かな期待を抱いた直後。

「立ったついでに、冷蔵庫からビール出してくんね？」

「あら、それならわたしはお水をちょうだい。冷たいのは嫌《や》ぁよ？」

「…………」

ふらりときながら、トウヤが回れ右する。冷蔵庫を開けて缶ビールを取り出し、ウォーターサーバーからグラスへ常温の天然水を注ぎ……それらをテーブルの上へドンと叩《たた》き付けた。

「……酔っ払う前に！　何があったのか全部話してもらいますからね！」

＊＊＊三日前：覚醒《かくせい》現実＊＊＊

「――瑠岬《るみさき》！　瑠岬ィッ!!」

管制室のモニターに摑《つか》み掛かる勢いで、レンカが叫び続けていた。

それを搔《か》き消すのは、火薬の炸裂《さくれつ》する轟音《ごうおん》と、立ち籠める硝煙の渦。

夢信《むしん》空間〈千華〉のスタジアムには、互いに固く抱き締め合うトウヤとメイアの姿があった。

ジジッ、ジジリジリッ、ジジジッ……固定砲台と化したガトリングガンに蹂躙《じゅうりん》され続ける二人の肉体《イメージ》が、砂嵐に霞《かす》んでは元に戻ることを繰り返す。何度も何度も、何度も何度も。

「瑠岬《アタッカー・ワン》トウヤ、精神負荷急上昇！　侵食値7.3……7.7……8.2……ッ！　め、滅茶苦茶です!!」

男性管制員《オペレーター》が緊迫した声を上げる。トウヤの精神情報を読み上げるだけで苦しげだった。

レンカが唇を噛《か》む。

「強制覚醒《かくせい》信号！　二人共だ！　叩《たた》き起こせ!!」

「ダ、ダメです、信号受け付けません！　何なのよこれ……論理コイルは正常なのに……！」

機械式ベッドを操作している女性管制員《オペレーター》が手で口を塞《ふさ》ぐ。異常な事態に狼狽《ろうばい》を隠せない。

【――出てけよぉぉぉおおおっ！】

騒然としている管制室に、爆音の狭間《はざま》から叫び声が聞こえた。

トウヤの声だった。全身を細切れにする弾丸の嵐の中で、それはまるで幼い子供のような。

【……ふふふっ……ふふふっ……】

それに混じって、メイアの声が微《かす》かに聞こえた。

魔女が笑っている、こんな状況で……レンカも思わず絶句する。

【もう俺――奪――な！　姉さ――い出――壊さな――！　もう――だ！　嫌な――よぉ!!】

トウヤの絶叫が途切れ途切れになっていく。ブツリブツリと、雑音が酷《ひど》くなっていく。

「侵食値、9.5に迫ります！　限界域まで残り0.5ッ！」

「侵食値《ぜったいほうかいち》10に近似していく……こんなの、臨床論文で読んだことしか……」

管制員《オペレーター》たちは茫然自失《ぼうぜんじしつ》となっていた。皆がもう、ただ傍観することしかできなかった。

そして……しん…………………………と。――何も聞こえず、何も動かなくなった。

数分間にも及ぶ連射で焼き付いたガトリングガンの銃身が、空気を灼《や》いて白煙を上げている。周囲には夥《おびただ》しい空薬莢《やっきょう》が散乱していて、芝生の緑を覆い隠すほどであった。

その中で、先に膝《ひざ》をついていたのは――トウヤだった。

ぐったりと頽《くずお》れ、とうに意識を失って、それでもメイアにしがみついて離そうとせず。その姿がそのまま、〝執念〟という言葉を体現しているかのようだった。

それから……

「………どうなった……魔女のほうは……」

固唾《かたず》をのんで、レンカが管制員《オペレーター》に問うた。

「呀苑《ウイッチ・ワン》メイア……行動不能。こっちも〈千華〉に接続したまま、意識が飛んでます……」

メイアもまた、既に終わっていた。両の拳《こぶし》をだらりと垂らし、開いた瞳孔《どうこう》で天を見上げて。

メイアが未だに立っているのは、ただトウヤが彼女を離さないでいるからにすぎなかった。

凄絶《せいぜつ》。あまりにも。

「……うっ……また吐きそうっすよ、こんなの……」

メイアに敗れ、夢信酔《むしん》いを催してトイレに駆け込んでいた薪花《まきはな》ウルカが、顔を青くする。

「レンカさん……これ、どっちが勝ったことになるんダヨ……？」

那都神《なとがみ》ヨミが、頭痛でふらつく頭へ手をやりながらそう尋ねた。

「……ルール無用という話だったが、両者ノックアウトではな……」

自身まで夢信《むしん》酔いになったかのように頭を振りながら、レンカが溜《つ》め息を吐き、

「〝相手に膝《ひざ》か背中をつかせること〟だ……認めざるを得まい、こんなものを見せられては」

呀苑《がえん》メイアの勝利――――そう、一発採用試験の結果が宣言されると。

「――はい、はいはい！　はーい！　おぉ疲れさまでごっざいまーぁっす!!」

重苦しかった管制室に、軽快な声と拍手が鳴り響いた。

一部始終を静観していた亜穏《あのん》シノブが、満面の営業スマイルを浮かべて前に出てくる。

「いやはや驚きました！　えぇ、えぇ！　まさか呀苑さんと相打ちにまで持ち込むとは！」

自称サラリーマンの調子の良さに頬をピクピクとさせながら、レンカが歪《いびつ》に笑い返す。

「……それで？　そちらの条件は何なんですかね……亜穏さん？」

「？　はて？　条件とは？」

「惚《とぼ》けないでください。お宅から、〈鴉万産業《からすま》〉さんから呀苑メイア氏を〈夢幻《う》S.W.《ち》〉へ移籍させる……そういうお話でしたよね？　弊社に何の見返りをお望みなんです？」

「……あ！　あァあァ、なるほど！　呀苑さんのお願い、お聞きいただけると、そういうことでございますか！　いやぁわたくしてっきり、いちゃもん付けられて追い出されるものだと！」

「女には二言があるとおっしゃるわけですか………もう一発イッとくか？　あ？」

「お、おぉっと……これはマジなやつでございますね。せっかくですが遠慮しておきます」

スタンガンの火花がバチバチと飛んだのを見て、シノブがさっと両手を挙げた。

「ふん……で？　何が欲しいんだ？　移籍金か？　派遣契約か？　それとも人材交換《トレード》か？」

「いりませんよ。そんなもの」

それまでの調子の良さを跡形もなく消し去って、無表情になったシノブが即答していた。

内心身構えていたレンカから、思わず変な声が出る。

「……はえ？　……じゃあ、他《ほか》に何が……？」

「？　別に？　何も？」

シノブがきょとんと、肩を竦《すく》めた。

胡散臭《うさんくさ》い言動とは裏腹に、この男は何も求めないと言う。レンカが真意を測りかねていると、

「――シノブ、どうなったのかしら？」

背後から聞こえてきたその声に、レンカの困惑は消し飛んでしまった。

驚いて振り返ると、機械式ベッドの上ではっきりと覚醒《かくせい》しているメイアと目が合う。

「呀苑……!?　もう意識が?!　馬鹿な、瑠岬《るみさき》ですらまだ眠っているのに……！」

「あら、わたし、合格したのね？　良かった、これでトウヤの傍《そば》にいられるわ」

ベッドに横になったまま、メイアがレンカの言葉を無視して嬉しそうにそう言った。

何かを見ている魔女の視線を追い、レンカが顔を下に向けると――

「――なぁッ?!」

それはレンカの胸元、第三ボタンまで開いているブラウスから覗く谷間。そこへ気付かぬうちに、赤い縁取りの紙切れが挟まっていた。慌てて引き抜いてみると、それは手紙であった。

【拝啓、〈夢幻S・W・《セキュリティ・ワークス》〉運用監視部・対悪夢特殊実務実働班、部長、犀恒《さいづね》レンカ様。このたびの貴女《きじょ》の並々ならぬ御情熱と御慧眼《ごけいがん》とに敬意を表し、ここに呀苑《がえん》メイア様の身元引受人となる権利をご進呈致します。彼女のお世話に関する細目につきましては、資料一式を一階受付様にお預け致しましたのでご査収ください。どうぞよろしくお願い致します……あ、次はおっぱい揉《も》ませてもらっていいですか? 敬具】

「ッ～～～……あのクソサラリーマン、どこ行った!?」

レンカが手紙を握り潰《つぶ》して顔を上げたときには、既にシノブは消えていた。あの男が管制室から出て行ったのを誰も気付かなかった。顔を真っ赤にしたレンカが監視カメラの記録を虱《しらみ》潰《つぶ》しにチェックしたが、どれだけ探しても、シノブの姿は死角に隠れて一切残っていなかった。

「……あんっの野郎ぉ……おちょくりやがってぇーっ!!」

＊＊＊ 現在：覚醒《かくせい》現実 ＊＊＊

「――と、まぁ、ざっとそういうわけだ」

現在に至るまでの経緯を話し終えたレンカが、缶ビールをグビリと呷《あお》って締め括《くく》った。

「〝そういうわけ〟？　どういうわけですか。〈貘《バク》〉に雇うどころか、同居って……!?」

三日前のことを子細に聞かされても尚、トウヤの表情から動揺と困惑の色は消えないでいる。

「そりゃ私も責任感じてるさ。〈鴉万《からすま》産業〉を会社《うち》に入れなきゃ、こうはなってないんだからな」

シノブから手渡し（？）されたという手紙を突き回しながら、レンカが唇を尖《とが》らせる。

「でもな、女の子なんだよ……こんな不自由な身体でさ、シノブ《召使い》に雲隠れされて、どうにかしてやらんわけにもいかねぇだろ。手紙《こんなもん》置いてかれちゃ、〈警察機構《改谷さん》〉に預けるのも後味悪いし」

「……。那都神《なとがみ》とウルカはどうなって……何て言ってるんですか、今回のこと」

「あぁ、二人なら酔い止め飲んで、その日のうちに帰ったよ。負けたショックと入院中の君の姿を見たのとで、ダブルで凹《へこ》んでたが。さすがに呀苑を引き取ったことはまだ話してない」

「もう全員いろんなところがボロボロじゃないですか、それ……」

「それなんだよなぁ……あらゆる面で負けちまって、拳《こぶし》を振り上げる先もない。……まぁ、そう邪険にしてやるな。呀苑《彼女》、以外と可愛《かわい》いとこもあって隅に置けねぇんだよ、うん」

トウヤが、膝《ひざ》の上に置いた拳をぎゅっと握り締める。

「相打ちだっただなんて……あと一歩で勝てたっていうのに、それなのに、俺……」

「どした？　小僧がいっちょ前に責任論か？　そいつは部長《わたし》の仕事だ。そ・れ・と！」

コツン。空になったビール缶で、レンカがトウヤを小突いた。結露した水滴が額を濡らす。

「私は君に、玉砕しろなんて言った覚えはないぞ。分かってるか、自分のしたことを」

「…………」

「あの場で最終計測された侵食値、9.8！　普通の人間なら一生病院の世話になってたぞ」

「………………」

レンカのその苦言に、トウヤは何も言い返せなかった。顔が俯《うつむ》くのを止められなかった。

「……なぁ、トウヤ。私にそんなこと言える資格はないって承知しているけれど、その上で言わせてくれ。呀苑《がえん》にお姉さんを重ねるのはやめろ。彼女のためじゃない。君のためだ。結果論だが、呀苑と暮らすことは、君がもう一度過去と向き合ういい機会になると私は思う」

俯いたままの彼に、レンカは目を離すことなくそう言った。真剣な目で。真剣な声で。

「…………そんな簡単なことじゃないですよ、そんな……」

消え入りそうな声で、トウヤは呟《つぶや》いた。

レンカの言うことが、わからないわけではない。幸せだった過去を思い出させてくれる姉《センリ》をまるで神格化して、魔女《メイア》に思い出を壊されることを恐れて、破滅的な行動に出た――自分《トウヤ》のやったことは、つまりそういうこと。

そんなことをするために、トウヤとレンカは一年前《あのひ》〝約束〟を契ったのではない。

分かっている。けれど、どんなに論理立てても、感情がそれを受け入れられないでいた。

センリへの想いがメイアへの八つ当たりに代わってしまう。それはどうしようもない衝動で。

「ねぇ？　トウヤ？」

彼がそんな具合で悶々《もんもん》と悩んでいると、メイアがいつぶりかに口を開いた。

そんなことは考えたくないのに、何度聞いてもその声は姉にそっくりだった。

難解なパズルのように縺《もつ》れた感情を抱えたまま、トウヤは恐る恐る、メイアのほうを向く。

そして彼女は、小首を傾げて、少し奇妙なことを口にした。

「ねぇ、トウヤ。トウヤはわたしのこと――嫌いかしら？」

奇妙だったのはその表情――メイアは期待に目を輝かせ、肯定を望んでいるように見えた。

気持ちが落ち着いていれば、もっとましな言葉を並べられたのかもしれない。が、今のトウヤにはそこで踏ん張る気力も、声に出した嘘の力で自分を矯正する勇気もなかった。だから、

「……。……俺は……お前なんて、嫌いだ……」

彼女の期待と自分の衝動に流されるまま、トウヤはそう答えていた。

そしてメイアは、それを聞いて、どうしてか嬉しそうに微笑《ほほえ》んだ。

「――ふぅーっ……やれやれ……まったく、どいつもこいつも……問題は山積みだ」

ベランダに出たレンカが、二人のそんなやりとりを背中に聞きながら煙草《タバコ》を吹かす。

茜色《あかねいろ》の空はひんやりと物静かで、季節が巡るのを足踏みしているようだった。

≫ 翌日。土曜日。

ぱちりと目覚めたトウヤは、そのままベッドから起き上がった。

今日は学校も仕事も休日だったが、彼の朝は早い。時刻はまだ朝の七時を回ったばかり。

理由ははっきりしていた。扉を開けた先、廊下とリビングに広がる光景がその原因である。

散乱した惣菜の空き箱。積み上がり、そして倒壊したビールの空き缶。微妙に中身が残ったまま放られているつまみの袋。脱衣所に向かって点々と落ちる、脱ぎっぱなしの服と下着。

「……俺はびっくりしてますよ、レンカさん。どうやったら三日でこうなるんですか……」

つまりはこの惨状を収束させることが——家中の大掃除が、トウヤの早起きの理由だった。

トウヤとレンカの同棲生活は去年の春から一年以上続いている。家計を共にするにあたり、「君の稼ぎは将来の君のために貯金《と》っておけ」と、レンカが二人分のあらゆる費用を全て負担していた。彼女に頼り切りというのも居候として如何《いかが》なものかと思ったトウヤは、それなら代わりにと家事全般を引き受けたのだったが、それが間違いの始まりだったのかもしれない。

それまでのレンカは一人暮らしだったわけで、生活力は人並みにあったのだ。それが家政夫《トウヤ》を得たことであれよあれよとずぼら化が進行。彼が何だかおかしいぞと気付いた頃には、「まぁいっか、トウヤがやってくれるし」が口癖の二十六歳独身ＯＬが出来上がってしまっていた。

レンカはまだ寝ている。寝入ったといったほうが正確か。今夜は仕事だと言っていたから。

「よし……やるか」

ともかく。家の状態を復元するならば今。朝食も後回しにして、トウヤは腕まくりした。

ゴミ出しと掃除、そして洗濯を一通り済ませると、トウヤはふぅと一息吐いた。

時計を見ると、午前十時前。気付けばたっぷり三時間弱、家中に手を入れていた。

汚部屋整理にしても、それは念入りに過ぎる。

何のことはない。それは覚醒《かくせい》現実ではよくあること——問題の先送りだった。

だがそれもいい加減限界だった。もう掃除する場所がない。洗濯する物もない。

はぁ……と溜め息が漏れる。トウヤの前に立ちはだかるのは、レンカの部屋の扉だった。

この先にいる人物を——呀苑《がえん》メイアを、起こさなければならなかった。

レンカは夜勤に向けて、昼間はもう起きてはこない。必然、その間のメイアの相手はトウヤの役目となるわけで。はぁーっ……と、まるで身体が萎《しぼ》むような、一際長くて重い溜め息。

意を決し、扉を開ける。メイアを起こすために堂々と。レンカを起こさないようにそっと。

夜はまだ肌寒くもなるこの時節にあって、部屋の中には羽毛布団が二つ、こんもりと盛り上がっていた。一つはベッドの上に。もう一つは床に敷いた布団の上に。

外の惨状とは打って変わって、この部屋だけはいつ覗いても小綺麗《こぎれい》に保たれていた。この人《レンカ》も大概変わってるよなと、トウヤは布団を踏ん付けないようにしながら部屋の奥へと進む。

ベッドの真ん前にまでやってくる。シーツが僅《わず》かに膨らんでは萎《しぼ》むことを繰り返していた。

細い寝息が聞こえる……三十秒ほど迷ってから、トウヤは冷めた声色で問い掛けた。

「……。……。…………起きてるか……?」

返事はない。

「……。……あの、もう朝なんですけど……」

言ってから、何でこいつに敬語なんて使うんだよと自分に突っ込みを入れたくなった。

それでもやはり返事はなく、仕方なくトウヤは布団に手を掛けた。端をそっと持ち上げる。

起こしに来たのに何で起こさないようにしてるんだろうと思った直後、彼は息を呑んだ。

〈眠り姫〉が、そこにいた。

わざとらしい作り笑顔も、冷ややかな目付きもなかった。そこにあったのは、世界の穢《けが》れからも残酷さからも遠ざけられて、優しさしか知らないような、そんな無垢《むく》な寝顔だった。

姉の寝顔とは少し違う。センリは、見つめているとこちらまで心が穏やかになるような、包み込まれるような寝顔をしている。けれど、メイアのそれは――

――決して触れてはならない。

――起こしてはならない。

――その夢に、何人《なんぴと》たりとも近づいてはならない。

その寝顔を目にした瞬間、トウヤの心がそんな言葉を発していた。

良心が悲鳴を上げる。罪の意識に苛《さいな》まれる。それほどの神聖性を帯びた寝顔だった。

「……っ……」

まるで神秘を暴いてしまったことへの罰かのように、彼が動けないでいると、

「……なぁに？　……そんなに見つめて、どうしたの？　トウヤ？」

いつの間にか、メイアが目を開けていた。視線が交わり、微動だにできない一秒が過ぎる。

それからハッと我に返り、トウヤが慌てて飛び退《の》くと、

「痛《い》っ⁉」

その拍子、彼は背後にあった本棚へ思い切り後頭部をぶつけた。更にハードカバーの本が数冊、バサバサと大きな音を立てて床に落下し、ついでにトウヤの足の小指を直撃する。

「～～～ッ‼」

あまりのことに声も出ず、トウヤはその場にしゃがみ込んでプルプルと震えた。

「⁇　何してるの⁇　朝から変な人ね……」

メイアがベッドの上で首だけこてんと転がして、悶《もだ》えるトウヤを白い目で見る。

床の布団の上ではレンカの顔面に開いた本が被《かぶ》さっていたが、「むぐ……ふごっ」と苦しげな寝息が聞こえただけで、どうにか怒られずに済んだ。

「――ふぅん……器用なのね、あなた」

車椅子の上から、メイアが興味深そうに言った。

午前十一時三十分。リビングには包丁がまな板を叩《たた》く音と、鍋の煮え立つ音が聞こえている。

結局あれから、トウヤは朝食にありつけないまま、仏頂面で昼食を作っていた。

まさかメイアを部屋から出すだけで一時間近く苦戦するとは思ってもみなかった。

全身が脱力している人体というのは、それと同じ形をした砂袋を扱うようなものである。自力で自分を支えることができないのだから、僅《わず》かでも抱え方を間違うと四肢が出鱈目《でたらめ》な方向を向いてしまう。メイアの顔が痛そうに歪《ゆが》むたび、トウヤは何度もあたふたとした。

「夢信《むしん》空間じゃ、あんなに暴れ回ってた癖に……変な奴」

「ふふっ……あら、気のせいかしら？　何だか怒り方に元気がないじゃない。どうかしたの？」

「っ！　ど、どうもしてなんか――」

「なぁに？　ひょっとして、わたしを痛がらせたこと気にしてるの？　それともドキドキしちゃったのかしら？　女の子の身体は触り慣れてないの？　レンカさんと住んでるのに？」

「っ……。おい……そんな言い方ってないだろ……！」

メイアのその言い草に、トウヤはついカッとなった。このまま口論に発展するかと思いきや、

「トウヤ――そんなに思い詰めなくても大丈夫」

ふと、鼻に付く言葉に添えて、メイアがそんなことを口にした。

「わたし、他人に身体を触らせ慣れてるから分かるの。ぎこちなかったけれど、凄《すご》く痛かった

けれど、あなた、凄く一生懸命だった。だからあなたにはお礼を言うわ、ありがとう」

「………………」

トウヤは意外に思った。こいつも〝ありがとう〟だなんて言うのかと。普段は全てを見限っているような目で、相手を見下しているようなものの言い方をする癖に。

レンカさんがメイアのことを「意外と可愛《かわい》いところもある」と言っていたのはこういうことか……と、何の気なしに思ったところで、トウヤはブンブンと頭を振った。

いかん。主導権を握られかけている気がする。

咳《せき》払いを挟み、棚から食器を取り出しながら、トウヤが少々強引に話を逸《そ》らした。

「それはそうと……――何なんだよ、お前のその格好」

メイアの瞳《ひとみ》がトウヤから離れた。自分の身体を見下ろして、

「あら、これのこと？　レンカさんが着せてくれたわ。わたしの服、洗い替えがもうないの」

サラダをボウルに盛り付けながら、トウヤが「レンカさん……」と恨めしげに漏らした。

「……それ……俺のTシャツなんですけど」

ベッドから起こすのがぎこちなかっただって？　それはそうだろう……無地のTシャツ一枚被《かぶ》っているだけの女の子を、どうして平常心で抱き抱えることができるというのか。しかもこんな無防備で、無抵抗で……躊躇《ちゅうちょ》して何が悪い。笑いたければ笑え。

「ふぅん、〝てぃーしゃつ〟っていうの、この服……いいわね、今度からこれにしようかしら」

「……。まさかとは思うけど、何も穿《は》かないとか言うなよ、レンカさんじゃあるまいし……」

「？　これ、下にも別に何かを着けないといけないの？　どうして？　きちんと隠れているわ」

「そういう問題じゃなくて……ダメなものはダメなの」

「なぁんだ、面倒なのね、残念。締め付けがなくて楽なのに」

ほんと何なんだよこいつ……と、トウヤはメイアのお嬢様振りに呆れた。彼女とトラブルも起こさず三日も過ごしたレンカは大したものだと思う。見習いたくはなかったが。

そうこうしているうちに正午になり、鍋の中ではカレーがほどよく煮込み上がる。

メイアの食事事情については、昨夜のうちにレンカから聞いていた。

彼女は恐ろしく小食で、食事は基本的に一日一食、昼食のみ。米ならばお茶碗に三分の一、パンなら食パン一枚。肉も魚も食べられるが、野菜中心の献立を好むとのこと。

説明こそ聞いているとはいえ、メイアの食事風景を直接は知らないトウヤであったから、量の調整が利くカレーを作ってみたという次第である。具材は挽《ひ》き肉と刻んだ夏野菜とした。

「えーっと、その前に……ほら、これ」

手料理を供するよりも先に、トウヤが何かを小皿の上に取り出してメイアに差し出した。

小さな円筒形をしたゼラチン製の包装容器――それは薬が封入された、カプセル剤だった。

「嫌、飲みたくないわ」

メイアがぷいと顔を逸《そ》らす。風邪薬を飲みたがらない子供の反応そのままだった。

「飲まなきゃダメなんだろ？　そんなつまらないことで我《わ》が儘《まま》言うなよ。ほら！」

「いやっ！」

断固拒否の姿勢を貫くメイアに対して、トウヤはそれ以上強要する気になれなかった。同情ではなく、ここまでの疲れと呆れからである。「勝手にしろよもう……」と溜め息を吐《つ》いて炊飯器の蓋《ふた》を開ける。二人分の皿にカレーを盛り付け、ひとまず食事にすることにした。

もう一度、トウヤはカプセル剤に目をやって、レンカの話を思い出す。

食前あるいは食後に、この薬を必ず服用させること――シノブがメモと共に残していった薬の瓶には、〝心臓病の薬〟とだけラベルが貼られていたという。

「？　これ、あなたが作ったの？」

目の前に出現したカレーとサラダをまじまじと見つめて、メイアが不思議そうに呟《つぶや》いた。

「そうだけど。さっきまで俺が何してたと思ってたんだよ」

「パンを焼いているのだと思っていたわ。レンカさんならすぐなのに、随分遅いのねぇって」

俺のこと見て「器用なのね」とか言ってなかったっけ？　と、トウヤは頬をひくりとさせる。

「あのなぁ、そんなわけ……馬鹿にしな――」

と、そこまで言いかけて。彼は口を噤《つぐ》んだ。「しまった」と思った。

「ううん、あなたのそれはとても凄《すご》いことだわ。自分で食べ物を作れるだなんて」

たとえパンを一枚焼くだけのことだったとしても。メイアには、それすら困難で……

「……。……その……そういうつもりじゃ……悪気は、なかったっていうか……」

口籠《くちご》もりながら、顔を顰《しか》めて額の傷痕《きずあと》を爪で掻《か》く。モヤモヤしたときのトウヤの癖だった。

「？　どうしたの？　変な顔して？」

そんな彼を置いてけぼりに、メイアは平静だった。

他人の言葉なんて気にもしていない。彼女はただ自分が思ったことだけを口にする。

「わたしは自由なの」と、三日前の最中《あの戦闘》にメイアが言っていたのをトウヤは思い出す。

興味のないことにはとことん無関心で、言葉が冷たいのはそのせい。こんなに不自由な身体で、メイアという女性はどこまでも自由な存在に思えた——まるで、掴《つか》もうと伸ばした手が起こした僅《わず》かな風にさえ乗って、あっという間に飛んでいってしまう鳥の羽のような。

「……？　ねぇ、どうしてあなた、食べないの？」

そんなことをトウヤが漫然と考えていると、メイアが眉間《みけん》にうっすらと皺《しわ》を寄せていた。

「あなたが作ったんでしょう？　それとも不味《まず》いの？　これ。……だったらわたし、いらない」

「！　ちょ……不味いわけないだろ!?」

メイアがふんとカレーライスから目を背けたものだから、これにはトウヤも黙っていない。

俺の作ったカレーが不味い？　そんなわけあるかと、主夫のプライドに火が点《つ》く十七歳。

「ふぅん……どうだか。怪しいものね。何だかドロドロしてて気持ち悪いもの」

「そんなに言うんなら確かめてみろよ、一口でいいから！」

「ええ、そこまで言うなら試してあげようじゃない。一口だけよ？」

にわかに火花を飛ばし始める両名。そして、次に動いたのはメイアだった。

あーん……と。

闘志を燃やしていたトウヤが、それを見てぽかんとなった。

「……は？　……何やってんの、お前？」

「何って、食べさせなさいよ。こんなドロドロした食べ物、わたし、重くて持てないんだもの」

「………………」

顰め っ面になりながらも、トウヤは黙ってカレーライスを掬《すく》い上げる。

そしてスプーンを彼女の口へ突っ込もうとした矢先、ぴしゃりと言い止められた。

「冷ましなさいよ」

「はい……？」

「見なさい、湯気が出てるわ。わたし、熱いのは嫌」

思わず「こいつ……」と声に出しながら、トウヤは言われたとおりにする。ふーふーと。

「ちょっと、そんなにふーふーしないで。冷めちゃうじゃないの」

「～～ッ……あーっ、もうっ……どうしろって……!?」

注文の多い客にげっそりとなりながら、今度こそ準備完了。両者が向き直った。

メイアが形の整った小さな口を、あーんと無防備に開く。

いざトウヤが、そこへスプーンを差し入れた。そっと。

「………………」

もぐもぐ……ごくりと。時間をかけて咀嚼《そしゃく》して、メイアが口に含んでいたものを飲み込んだ。

「……ど、どうだ……!?」

トウヤの見守る先で、メイアは目を閉じ終始難しい顔をしていたが……やがて、

「……わぁ、美味《おい》しい！」

魔女の顔が綻《ほころ》んだ。トウヤも思わずグッと拳《こぶし》を握っていた。

その後も夏野菜カレーは彼女に好評だった。ほんの少しだけれどおかわりをしたほどである。

食後になって、心臓病の薬を服用させせようとトウヤが再度試みると、案の定メイアはそれを酷《ひど》く嫌がった。が、彼が「我《わ》が儘《まま》言うならもうカレー作ってやらないぞ」と言うと、彼女はうぐぐと悩んだ末に、仕方なさそうにカプセル剤を飲み下した。

そしてやっと昼食が終わる。土曜日特有の、重力が軽くなったかのような午後が過ぎてゆく。

メイアを部屋に戻し、食器を洗いながら、けれど、トウヤの気分だけは重たかった。

自分が、怯《おび》えていたのだと自覚する——彼の分の皿には、カレーが半分以上残っていた。

「………………はあぁぁーっ………………」

今日一番の長い長い溜め息を吐《つ》きながら、トウヤは誰もいない世界で蹲《うずくま》る。

「……。…………何で、お前なんだよ…………姉さん、どうして…………」

ガリガリ、ガリガリ……額の傷痕《きずあと》を掻《か》き続けるのを、どうやっても止められなかった。

＊＊＊ 夢信空間《むしん》 ＊＊＊

》》》同日。土曜深夜。〈夢幻S・W・《セキュリティ・ワークス》〉。

【──部長、総員セットアップ完了しました。人工頭脳〈友恵《ともえ》〉、閉鎖モードへの移行を確認】

数値と波形が表示されているだけの計器から情報を読み取り、管制員《オペレーター》が短く告げた。

【うし、したら取り掛かるかね……繋《つな》いでくれ】

管制室中央、指揮者専用の椅子に座って脚を組み、レンカがヘッドセットを掛ける。

【……さーて若造共、今宵《こよい》も迷える子羊ちゃんから依頼が入った。ターゲットはクラスBの〈悪夢《ノイズ》〉が一体。慣らし運転にゃ丁度いい鴨だ。気楽にやってくれ】

覚醒《かくせい》現実側で背後をちらと向き、機械式ベッドに横たわる少年少女たちを見る。そして景気付けでもするように、レンカは薄いマニキュアで飾られた指をパチンと鳴らした。

【それでは、フォ、ー、マ、ン、セ、ル、の初陣といこうか──】

──ビルなのか煙突なのか、それとも何かの記念碑の類《たぐ》いか。そんな判別もつかない抽象的で巨大な角柱建築群が、その夢の世界にはずらりと等間隔に並んでいた。

まるで、そうして支えていないと天が落ちてきてしまうとでもいうように。

使い主のいなくなった、鉄とコンクリート製の碧《あお》い夜。そのうちの一柱に佇《たたず》んで、トウヤは遥《はる》か下界の幾何学の街を見下ろしていた。

「……あれから夢信酔い、何ともないのか？」

隣に立つ那都神《なとがみ》ヨミへ尋ねてみる。彼女と会話するのは随分久し振りのことに思えた。

「うい、だいじょぶ。もうへーきなんダヨ」

そう返しながらズビリと親指を立てるヨミは、普段と変わらないマイペースに見える。

『――けぇっ！　あたしは認めてなんかないっすからね！』

そこに、鼻息の荒い通信が割り込んできた。

見上げれば、トウヤたちより更に上層、角柱の頭から突き出た骨組みにウルカの姿が覗く。

『いきなり「今日から仲良くやりましょう」なんて、そんな虫のいい話があるかってんです……あんなやついなくたって、先輩たちの背中はあたしが守るんですぅ！　うがーっ！』

そう叫んでライフルをブンブン振り回すウルカは、敗北《ショック》をもろに引《ひ》き摺《ず》っていた。

一見気にしていないように見えたヨミも、観察していると何やら「己の敵は己の内にあるんダヨ……修行が足りぬ、うぬぬぬ……」と目を瞑《つむ》り、神社の娘然と祝詞《のりと》か何かを唱えていて。

やっぱり荒れるよな……と、トウヤは風に紛れ独り言つ。人の事を言えた立場でなかったが。

つい先刻、採用試験《あの夜》以来初めて顔を合わせた一同は、互いに腫《は》れ物《もの》を触るようだった。

この数日で、それぞれの心の内に悪い種が芽を吹いてしまっているのは明白だった。

『ふぅん……あなたたち、随分つまらなそうな顔してるのね？』

そんな居心地悪い空気の中、そう不思議がる透明な声。

角柱《トウヤたち》の隣に建つもう一柱。その縁に腰掛けて、メイアが両脚をぷらぷらとさせていた。

〈夢幻S.W.《犀恒レンカ》〉と〈鴉万産業《亜穏シノブ》〉との間で交わされたという、呀苑《がえん》メイアの身元引受人に関する権利譲渡契約。それに従い、今宵《こよい》がメイアの〈貘《バク》〉としてのデビュー戦であった。

しかし四人体制《フォーマンセル》初日にあって、彼女に声を掛ける者は誰もいない。

〝呀苑メイア《ウイッチ・ワン》〟が強大な戦力となるのは明らか。そしてこの場に芽吹く悪い種が誰に起因しているのかも、また明らかなわけで……。

このままだとまずいと、トウヤは頭でだけ理解する。チームとしても、個人としてもよくない兆候。でも分かっているだけだ。どうにもできないし、どうにかしようともしていないじゃないか、俺は……。ただ壁が高く、厚くなってゆくのを傍観するばっかりで——

【——カー・ワン！　瑠岬トウヤ《アタッカー・ワン》!!　ちょっと、聞こえてます?!】

そんなことを考えているうちに、通信を聞き逃してしまっていた。

管制員《オペレーター》の呼び掛けにようやく気付き、トウヤが慌ててヘッドセットに触れる。

「！　すみません、聞いてませんでした……もう一度——」

【言ってる場合じゃないです！　七時方向！】

「クオォーン」

それは甲高い雷鳴のような、無数の管楽器を一斉に吹き鳴らしたような音だった。

咄嗟《とっさ》にトウヤが振り返ると、三十メートルほど離れた空中に、それはいた。

片面だけに目が四つも開いた異形。体長はゆうに十メートルを超え、ゆっくりと全身をくねらせて浮遊する。体長とほぼ同じ長さの鰭《ひれ》を生やしたシルエットは、歪《いびつ》な形の帆船のようで。

先ほど聞こえた雷鳴は、その〈悪夢《ノイズ》〉が発した鳴き声だった。

「Case / B-237……！　そんな、いつの間に!?」

『《スカイデカイフィッシュ》っすよ瑠岬《るみさき》先輩！　どうすんすかこんな近くで?!』

ウルカが、自ら命名した空を泳ぐ怪魚の名を口にして、トウヤへと指示を請う。

その〈悪夢《ノイズ》〉と、トウヤたちは戦闘経験があった。依頼を受けた時点で相手は分かっていたし、効率的な撃退戦術《マニュアル》もとっくに確立されている。レンカが言ったとおり、鴨なのである。

本来であれば。

「っ……。ダメだ、近すぎる……！　全員一旦後退！　陣形を敷き直す、急げ！」

「……瑠岬くん？　後退って、どこにダヨ？」

『こんな同じ景色ばっかの夢で、そんな曖昧《あいまい》な指示出されても動けないっすよ!!』

『あーぁ、退屈なのね、うるさいばっかり……通信《これ》切っちゃうわね、わたし』

「〜〜〜ッ、みんな、俺の指示を聞け！　とにかく今は──」

焦ったトウヤが指示を出しあぐねる。皆が混乱し、あるいは投げ出しているうちに、怪魚は悠々とトウヤたちの直上へ到達した。

ブルリとその巨体が震える。腹全体に鰓《えら》のような、送風口のような切れ込みが無数に開いて、

【《スカイデカイフィッシュ《Case/B-237》》、攻撃態勢です！】

「ッ……やばい……！」

管制員《オペレーター》の警告が届いても尚、士気迷走した彼らは棒立ちで動けなかった。そして。

「――グオオオオオオ――――――ジッッッ!!!!!!」

とてつもない大音響で、怪魚が鳴いた。開口部から放たれた音の塊が、周辺一帯を直撃する。

ビリビリと角柱が振動した。しかしそれだけ。ダメージはない。が。

ガタガタガタッ！　と、振動が激しさを増した。共振現象。怪魚の鳴き声に含まれる特定の周波数が巨大な角柱を内部から振動させ、それをみるみる増幅させていく。

パキンッ、パキンッと聞こえだしたのは、角柱にひびが入り始めた音。

『っ……やられっぱなしでぇ！』

痺《しび》れを切らしたウルカが一人、ライフルを担いで骨組みの梯子《はしご》を登り出した。

「！　待て、ウルカ！　連携を取れ、勝手に前に出る――」

『あたしがなんとかするっすから、下がっててください！　あたしが!!　守るっすから！』

トウヤの制止に食い気味に返したウルカの声は、〝守る《目的》〟が先行しすぎていた。

『こいつは真下しか攻撃できないんだから、さっさと撃ち落とせばいいだけでしょう！　こんなやつくらいあたし一人でやってやりますよ！』

右手でライフルを、左手で梯子を摑《つか》んだウルカが高所に身を乗り出す。鳴き続ける怪魚、その腹鰭《はらびれ》の付け根に狙いを定め、躊躇わず引き金《トリガー》を引いた。しかし。

ガヂリッ。と、指先に違和感。それきり引き金は固着して、弾丸も発射されなくて。

「はっ⁉　うそ、なんでッ……動作不良《ジャム》った⁈」

怪魚の鳴き声はライフルの内部機構まで破壊していた。更にウルカが叫んだ直後、梯子を繫《つな》いでいたねじ止めが弾け飛び、彼女の身が宙へ投げ出される。

「ウルカぁー！」

「瑠岬《るみさき》くん、あとよろしくダヨ」

トウヤが目を丸くするのを余所《よそ》に、隣のヨミが重力を振り切り跳躍した。打刀《うちがたな》の鈍い光。

「ヨミ！　きみまで何で――」

「ごめんね。今日の瑠岬くん、頼れない。ウルカちゃん回収して引っ込んでて」

そう言ってトウヤを流し見たヨミのジト目は、どこか寂しそうな色をしていた。

落下《ウルカ》と上昇《ヨミ》が交差する。互いに〝らしくない〟と思いつつ、二人は天地へ通り過ぎていった。

ヨミの肉体《イメージ》が上昇を続ける。それはヨミにしかできないこと。彼女の自由な《明晰夢《めいせきむ》》が、機械の見る夢を振り切って羽ばたけるからこそできること――だから。

「……ヨミは『アタッカー・ツー』だから……アタッカー・ワン《瑠岬くん》のこと信じられないヨミが、
ヨミは何だか、嫌な気持ちなんダヨ……」

だから——その迷いが、那都神《なとがみ》ヨミを縛り付ける。

「あ、れ……？」

あと僅《わず》かで怪魚に刃が届くというところで、ヨミの肉体《イメージ》が重力に捕らわれた。

一言漏らすうちに彼女はトウヤと同じ位置にまで高度を落とし、そのまま墜落していった。

「ヨミぃぃー！」

転落したウルカを受け止めたばかりのトウヤが、身を乗り出して叫ぶ。

【那都神を強制覚醒《かくせい》！　貴重な明晰夢《めいせきむ》持ちだぞ、妙なイメージ植え付けさせるな！】

レンカが鋭く指示を飛ばし、次の瞬間、ヨミは地面に叩《たた》き付けられるより先に起きた《消えた》。

周辺一帯の角柱群が、いよいよ振動破壊に耐え切れなくなり、一柱二柱と倒壊して将棋倒しになってゆく。トウヤたちの所在する角柱が崩れ落ちるのも、最早時間の問題だった。

そのとき、バムンッ！　と、巨大な風船の破裂するような重低音が上空で弾けた。

「クオォー、オン……」

《スカイデカイフィッシュ》が細い悲鳴を漏らし、浮力を失ってフラフラと高度を下げていく。トウヤの見遣《みや》ったその胴体には、大きな風穴が穿《うが》たれていた。

ガシッ……ブラリ。

『……ダメよ、トウヤ』

ヘッドセットに、メイアの声。不自然な方向に彼女の気配。自然とトウヤは顔を上げる。

『迷ってはダメ。焦ってもダメ。そんなのじゃわたし、あなたへの〝願い〟を果たせない……どうして？　つまらないわ、今のあなたたち』

溜め息交じりにそう呟《つぶや》いた魔女は、何もない空中にフワリと身を横たえて浮いていた。その拳《こぶし》からは、怪魚をたった一撃で屠《ほふ》った証《あかし》に、うっすらと白煙が立ち上っていた。

【……はぁー……。幸先は大いに問題ありだが……まぁ、とりあえずお疲れ】

レンカが重い溜め息を漏らす。

トウヤの腕の中では、ウルカが「くそぉ……くっそぉ……！」と目許《めもと》を押さえ付けていて。

先に目覚めたヨミが、【……ヨミの夢、何だか濁っちゃったんダヨ……】と呟いていて。

そしてメイアは、宙に寝転んだまま冷たい視線をトウヤへと向けてきている。

何で……何で誰も、何も言えなかったんだろうと、トウヤはぼんやりそう思う。

チームを引っ張れなかったリーダーの責任をではなくて……全く機能しなかったフォーマンセル体勢の問題についてでもなくて……それぞれが抱えてしまった、心の壁について。

——それにしても……何で、誰も見えてないんだ……あれが。

……背中から生えた《魔女の手》に寝転がりながら、目覚めの予感にメイアが顔を曇らせる。

「……あぁ……目覚めたくなんてないわ……あんな、現実《悪夢》の中になんて……」

第五章　廻《めぐ》る車輪

＊＊＊　覚醒現実《かくせい》　＊＊＊

翌日。日曜日、早朝。

「──あーぁ……。……あー、さすがに疲《つ》っかれたぁ……」

しっとりと髪を湿らせたレンカが、ぼりぼりと頭を掻《か》いて欠伸《あくび》を漏らした。風呂上がりの薄着姿で腰掛けた椅子に片足を上げ、膝《ひざ》上に乗せた腕の先には缶ビールがぶら下がる。

「………すみませんでした……」

昨日のカレーを温め直しながら、トウヤが気まずそうに呟《つぶや》いた。

「？　トウヤ、あなた……毎日誰かに謝らないといけない病気か何かなの？」

開け放たれた窓辺で涼やかな風を浴びていたメイアが、トウヤを振り向いて小首を傾げる。

誰のせいだと思ってんだよ──そう口に出しかけて、彼はその声を噛《か》み殺した。

昨晩の戦果を改めて思い返す………ただ一言、最低のオペレーションだった。

人工頭脳〈友恵《ともえ》〉は、向こう三週間は夢の修復と調律で使い物にならないらしい。以前の〈瞳《ひとみ》〉での一件で上げた好成績を買われての今回の依頼だったこともあり、期待を大きく裏切る結果に交換局《クライアント》はカンカン。報酬の減額どころか損害賠償騒ぎにまで発展しているらしく、実働班《トウヤたち》の仕事が終わってからもレンカは社内への報告と交換局への謝罪に奔走《ほんそう》していた。

「何だ？　傷んだカレーみたいな顔になってんぞ、トウヤ」

プシュッと三本目の缶ビールを開けながら、レンカが唇を尖《とが》らせる。

「有料でいいからお姉さんにスマイルくれよー、酒が不味《まず》くなる」

「笑えるわけないじゃないですか。でこぼこ四人組《フォーマンセル》なんて……これじゃ寄せ集めより酷《ひど》いです」

一度《ひとたび》自虐を口にした途端、淀《よど》んだ沼の栓を抜いたかのように、次々に言葉が流れ出てゆく。

「俺《リーダー》のせいならそうだって、はっきり言ってくれればいいじゃないですか」

「ひよこがピヨピヨ鳴きやがる……一回すっ転んだくらいで拗《す》ねてんじゃねぇよ、少年」

かーこれだから十代はなどと呟《つぶや》いて、レンカがずびりとキッチンに立つトウヤを指差した。

「失敗は誰でもやらかす。自分を卑下するな、トウヤ。そいつは君をどこにも連れて行ってなんかくれない。それに、君をここまで鍛えたこの私への侮辱だぞ、それは」

レンカは真顔でそう言った。いじけてしゃがみ込んでいる人間に手を差し伸べるのではなく、突き出た尻を蹴飛ばして立ち上がらせる――それが犀恒《さいづね》レンカという女性であった。

「……。……す――」

「次『すみません』なんて抜かしやがったら、今度君が風呂に入ってるとこに突撃しちゃうぞ？」

「……酔ってます？　レンカさん……」

「ばーか、ビール三缶《こんな》で酔うわけねぇじゃん」

レンカの勢いに圧倒されて、トウヤのいじけた心はいつの間にか晴れていた。部長になれる人って凄《すご》いんだなぁと感心しながら、トウヤは盆に二人分の朝食を載せて食卓に着く。

雀が二羽、ベランダでちょろちょろ跳ね回って遊んでいる。それをじっと観察していたメイアがカレーの匂いを嗅《か》ぎ付けて、「ねぇそれ、わたしの分も残しておいて?」と言っていた。


「――ん」

朝食を終える頃になって、レンカが何かの紙切れを食卓に投げて寄越した。

「……何です? これ」

最後の一口を載せていたスプーンを置いて、トウヤが尋ねる。

レンカが頬杖《ほおづえ》を突き、ニタリと笑んで、

「んー? ふふん。何だろうなぁ、開けてみな?」

はてなと首を傾げながら、トウヤが紙切れを手に取ると、それはチケットケースだった。

封筒状に加工された紙面の中から、何かのチケットが顔を出す。内容量は二枚。

その紙面に印字された施設名を目に留めて、トウヤの脳裏に嫌な予感が過《よぎ》った。

「……レンカさん? ちょっと待ってください」

素早くチケットケースを閉じるや、トウヤがスッとそれをレンカの手元へ押し返す。

「はい、触ったな? 中身見たな? ならそれはもう君のものだ。返却は受け付けませーん」

レンカは万歳の体勢から、煽《あお》るように両腕を振って受け取りを拒否した。何だこの人、大人げないな……と、先の「部長って凄いんだなぁ《尊敬の眼差し》」を取り下げたい程度にはイラっとする少年。

「まさか、ですけど……まさかそんなこと言わないですよね……？」

「いやー残念だナー。そのチケット今日までなんだよナー。私も行きたかったナー」

「誤魔化《ごまか》す気があるならもうちょっとマシな演技しましょう?!」

「ンだよ細けぇなぁ……親睦が足りねぇんだよ、きみたち。いいじゃん、日曜なんだしさ」

肩の上で手をヒラヒラさせながら廊下へ去ってゆくレンカが、チラリと振り返り、

「楽しんでこい——デ、ェ、ト」

「からかわないでくださいよっ！　行かないですからね俺は!!」

むきになったトウヤが反論したが、そうする頃にはレンカは自室に姿を消していた。

「ッ〜〜……本気で言ってんのかよ、あの人……!?」

憤慨したトウヤが、カレーの最後の一口へ当たり散らすようにモグリと食らいつく。

「？　ねぇトウヤ、〝でーと〟ってなぁに？」

不思議そうに見てくるメイアは、一体どうやったのか、雀を懐かせて指の上に乗せていた。

鍋の底に焦げ付いていたのだろう。カレーは少し苦くなっていた。

≫≫那都界市《なとざかい》、郊外。午前十一時。

「──ふぅん……大きな建物ねぇ……」

走り去ってゆくバスを背中に見送り、車椅子に乗ったメイアが物珍しそうに頭上を見上げた。

「……仕事……これは仕事……これは仕事……これは仕事……！」

「なぁに？　後ろでブツブツ言わないでくれる？　気味が悪いわ」

むっとメイアが振り返ると、そこにはトウヤの姿があった。

あの後チケットの内容を知ったメイアが、「ねぇトウヤ、わたしそこに行ってみたいわ。ねぇトウヤ、連れて行ってくれなきゃ嫌《や》ぁよ？　ねぇトウヤ──」と言って譲らなかった。

それをとうとう断り切れず、歩きとバスでここまで彼女を連れてきた彼は、今では「これは違うんだ」だの「そんなんじゃないんだ」だの言っている。

那都界市郊外を流れる運河沿いに近年建設された、ここはチケット制の複合商業施設だった。

巨大なショッピングモールに隣接して、映画館、スポーツジム、夢信機《むしんき》を利用した感覚共有アトラクションなどが煌《きら》びやかに建ち並ぶ。

そして一際、ここの目玉となっているのが──

「トウヤ、あの大きな車輪は何かしら？」

メイアが細腕をゆっくり持ち上げ、円形の骨組みが剝《む》き出しになっている建造物を指差した。

「………観覧車、だと思う……」

トウヤがぶっきらぼうに答えたのは、不機嫌なのではなく、それが憶測の域を出ないからで。

「覚醒現実《こっち》で動いてるやつを見るのは、俺も初めてなんだ」

この複合商業施設最大の目玉。その正体は、敷地内に併設された小規模の遊園地であった。

夢信技術の発展と普及がもたらした感覚共有に関する価値観の変容は、娯楽市場を覚醒《かくせい》現実から夢信空間へこぞって移行させた。広大な敷地と無数の設備を必要とする遊園地は特にその先駆けで、〝遊園地といえば夢の中にあるもの〟という認識が今や一般化しつつあった。

夢信技術が生活の一部となった昨今は、それまでの流れのカウンターとして、このような〝覚醒現実帰り〟が逆に目新しく、ここの経営者は遊園地《それ》が良い客寄せになると踏んだのだろう。

「〝かんらんしゃ〟……何をする建物なのかしら？」

「あの大きな車輪みたいなのにくっついてるゴンドラに乗って、ぐるっと一周するんだ」

「あれでどこかへ運んでもらうの？　さっき乗ってきた〝ばす〟みたいに」

「途中で降りれるわけないだろ。落っこちちゃうじゃないか」

「？　でも変よ、それだと元の場所に戻ってしまうわ？　どうしてそんなものに乗るの？」

「そりゃ……ただみんな乗りたいから乗るんだろ。景色を見たりとか、そういう」

「⁇　乗ることだけが目的なの？　どこにも行けないと分かっているのに？　呆れたわ、意味がないじゃない、そんなことしたって」

「お前……そんな元も子もない言い方……」

目に映るもの全てが珍しい様子で、メイアは先ほどから右に左にと忙しく首を回している。

そしてそれと同じ分だけ、周囲を行き交う人々の視線も、彼女へチラチラと集まっていた。

車椅子に乗っている時点でどうしても目立つ上に、メイアの容姿がそれに拍車を掛けていた。

肩を出した真っ白な生地のサマードレスと日除帽《サンハット》はレンカからの借り物だったが、白銀の肌をしたメイアにはとてもよく似合っている。そこに流れる真っ直ぐな黒髪とのコントラストは、夏の精霊が夢の中に現れるならきっとこんな姿をしているのだろうと想像せずにはいられない。

ジーンズに空色のシャツなど背景に溶ける、それは圧倒的な存在感で。

トウヤの姿《トウヤのの》
「……あ」

だからそれは、ほとんど必然と言っていい出来事だった。

「うい……？」

前へ前へと押し寄せる人波の中、メイアを中心にぽっかりと作り出されていた空白に、いつの間にか二つの声が流れ着いていた。

「え……」と、瑠岬《るみさき》トウヤの声が、呼吸の停止と共に詰まる。

「あら」と、呀苑《がえん》メイアが、目をぱちくりとさせた。

「……へ？　瑠岬先輩？　それ、と……え？　は⁉　なん、だと……なぜ貴様が……⁉」

Tシャツにホットパンツ、鳶色《とびいろ》の短髪にキャップというボーイッシュな出で立ちで、薪花《まきはな》ウルカがその場に固まった。なぜか戦隊ヒーローショーで怪人と遭遇したときのレンジャー隊員のような姿勢《ポーズ》になっている。ちなみにTシャツのカラーはイエローである。

「ほぁー……。ムニ……。……。……やぁやぁ瑠岬くん、呀苑さん。奇遇なんダヨ」

ジト目を何度かゴシゴシ擦《こす》って、ついでに頬をムニッと抓《つね》り、これが夢ではないことを確かめてから、那都神《なとがみ》ヨミが手を振った。こちらはゆったりしたブラウスとロングスカートという出で立ち。普段は下ろしている長髪が、今日はサイドテールに結われている。

トウヤ、ヨミ、ウルカの対応はそこから早かった。アイコンタクトで状況を確認、こくりと頷《うなず》き、そしてそれぞれにゴソゴソとやって何かの符帳のようにチケットを見せ合う。

三人の脳裏に今、どこのOLの顔が浮かんでいるのか……確かめるまでもなかった。

「「「……嵌《は》められたぁ……」」」

終始小首を傾げているのは、車椅子のメイアだけだった。


「────……ワッツ？」

時刻は昼時、屋外に設置されたフードコートの一角で、間抜けな声が飛んだ。

「……。……あっれ、おっかしいな……ウルカちゃんちょっとお耳の調子が……何ですと？」

ウルカが大変に混乱した様子で、耳をそばだててテーブルに身を乗り出す。

「いや、だから……今言ったとおりで……」

二度も言わすなと、トウヤが顔を渋くする。ウルカが前進した分だけ背を仰《の》け反《ぞ》らせながら。

「瑠岬《るみさき》先輩……いいですか、一度だけなら聞き違いかもしれない。あたしはその可能性に望みをかけているわけです。乙女の祈りが神に届いてもいいはずなんすよ。わんもあぷりーず」

今耳にしたことが信じられず、いや聞かなかったことにして、何ならこの世は三十秒前に一度作り直されましたと主張する勢いで、ウルカがぐいぐいトウヤに迫った。

「？　なぁに？　聞こえなかったの？　わたし、トウヤとレンカさんと一緒に住んでるの」

それは不意打ち。トウヤの横から、メイアの言葉がボディーブローの如く炸裂《さくれつ》した。

「………ふーぅ！　こいつぁ刺激が強《つえ》ぇや！　神は死んだ！」

「ウルカちゃんしっかりー。落ち着くんダヨ、ほいアイスココア」

行動不能に陥ったウルカの口に、ヨミがストローをズブリと差し込み補水を施す。

「レンカさんは今後、四人体制《フォーマンセル》を変える気はないらしい。あの人切り替え早いから……それで、親睦が足りないから昨夜みたいなことになるんだって話になって」

「はっはっは……おっとぉ？　ナチュラルに話を進めてますが瑠岬先輩、あたし先輩とレンカさんが同居してたことも初耳だった次第でして。それに対するアフターケアは如何《いか》に？」

「うい、広いよねー、レンカさんのお家」

「わはー！　那都神《なとがみ》先輩はご存知ときたっす！　唐突な疎外感！　ウルカちゃん泣きそう！」

「……あんまり美味《おい》しくないのね、このパン。わたし、トウヤの作った料理のほうが好きだわ」

「呀苑《がえん》さーん!?　それは聞き捨てならない！　ままならない！　突っ込みが追い付かない！

チクショウ！　これでは道化だよあたしは!!」

うわあぁぁっ！　と、ウルカがテーブルに両拳《こぶし》を押し付けて顔面を崩壊させる。まるで全国大会への切符をかけた試合で惨敗した高校球児のようだった。

崩れ落ちたウルカの頭をポンポン撫《な》でながら、ヨミが話を促す。

「それで、ホイホイここまでやってきた瑠岬くんは、呀苑さんと何するつもりだったんダヨ？」

「え……俺は別に、こいつが見物したいって聞かなかっただけで、何かしようとかは特に……」

それを聞いたヨミが、ズズーッと、紙コップの炭酸飲料を飲み干した。

「ふむ……。…………瑠岬くんや、世間ではそれをデートと呼ぶんダヨ」

「いや、それは違う」

トウヤがブンブンと首を振って否定する。

「トウヤ、そういえばわたし、新しい服が欲しいわ」

するとメイアが、思い出したようにそう付け加えた。

「やっぱりデートなんダヨ……」

ヨミが生来のジト目を尚のこと鋭くすれば、

「ち、違いますよ……？」

トウヤが思わず敬語になって、

「ねぇ、あっちにある〝えーがかん〟ってなぁに？　気になるわ」

そんな彼の袖を摘まんだメイアが、ねだるように呟《つぶや》くものだから、

「ああああ、これは紛れもなくおデートでござる……口惜しや……」

ウルカが転がった生首の如くテーブルに頬を付け、生気のない声で呻《うな》るのだった。

一体何だこれ……と、弱り果てたトウヤが顔を引き攣《つ》らせる。レンカさん、恨みますよ……。

「——では、ここで問題です」

そこでおもむろに、ヨミが席から立ち上がりながら言った。スタスタとメイアの横に立つ。

「男女二人が日曜日にお外をブラブラする行為をデートと呼びます。それではここに男の子一名、女の子三名が居合わせたとするんダヨ。それは果たして、デートと呼べるのであろうか？」

その問いを耳にして、亡者のようになっていたウルカの目に光が戻った。さっと挙手して、

「！　はい！　先生！　はいはーい！」

「うい、それでは元気なウルカちゃん。回答をどうぞ」

「答えは否！　断じて否であります！　それはデートとは呼びません！　その場合の男の子一名の役割は荷物持ち、残る女の子三名の関係はお買い物仲間であると主張いたします！」

主旨を理解したウルカもササッとテーブルを回り込み、メイアの肩に両手を置く。

「メイアちゃん、ヨミがお手伝いするんダヨ」

「さぁさぁ呀苑《がえん》さん！　男は抜きにして、お買い物と洒落《しゃれ》込みやしょう！」

「？　あら、そうなの？　でもトウヤはどうな——」

「というわけで」

「さぁゆこうか」

突然のスキンシップにメイアがきょとんとしている間に、ヨミが車椅子をくるりと反転させる。ウルカがその横に寄り添って、あっちのお店はどうすかとはしゃぎ声を上げた。

「………………」

あれ、何で俺一人になったんだろうと、取り残されたトウヤがホットドッグを頬張《ほおば》る。

メイアの言ったとおり、パサパサのそれはあまり旨《うま》いものではなかった。


それからの数時間、女性陣は広大なショッピングモールを巡り回り、トウヤがその後ろに付いていくというのが続いた。ヨミとウルカは当初こそ〝デートと解釈でき得る展開の阻止〟という共通目的で行動していたが、時間が経つにつれて単純にこの状況を楽しんでいるようだった。特にメイアが服飾に関して知識も好みも持たない上に、何を着せても似合うことから二人の着せ替え人形と化して、荷物持ち《トウヤ》の抱える袋はほとんどがメイアの物で占められていった。

「――……わたし疲れたわ……」

車椅子で連れ回されたメイアが、へとへとになって細い溜め息を漏らした。

「――……足がパンパンなんですが、そろそろ座らせてもらえないでしょうか……」

両手に荷物を一杯にぶら下げたトウヤが、脚のむくみを訴える。

「がははははは！　ウルカちゃん普通に楽しんじゃいましたよこれ！　あれ、あたし何を悩んでたんでしたっけ……まぁいっか！　がははっ！」

「メイアちゃん、髪にも関心無いって言ってた。さらさらなのにもったいない……今度是非いじらせて欲しいんダヨ。うむ、今から腕が鳴る……」

散歩と食べ歩きと散財で気分を晴らしたウルカが、何も考えていない顔で笑い飛ばす。その横ではヨミが既に次回に備え、メイアをどう着せ替えさせようかと想像してホクホクしていた。

時刻は気付けばもうすぐ午後五時。傾いた太陽が夕陽の色をうっすらと纏《まと》い始めていた。

誰からともなく、そろそろ帰ろうかと言い出しそうな雰囲気で——そこに、スッ……と。

メイアの繊細な指先が、空中に透明なインクで呪文を書き連ねるかのように持ち上がって、

「——ねぇ？　わたしやっぱり、最後にあれに乗ってみたいわ」

まるでそれが魔法の合図だったかのように、観覧車にイルミネーションの光が灯《とも》った。


「——それで、そこからどうしてこうなった」

ようやく荷物持ちの重労働から解放されて、しかしトウヤの声は安息には程遠かった。

「ジャンケンであたしが勝ったからっすよ、瑠岬《るみさき》先輩。見てたでしょうよ」

勝ち誇るように腕組みしたウルカが、トウヤの真向かいに座ってふんすと鼻息を吹く。

「いや、そうではなくですね薪花《まきはな》さん。何で女性でジャンケンだったのかなと。乗りたい人だ

け乗ればいいじゃないかと。そして乗りたがったのはメイアであって俺ではないんですがと」

「静粛に！」

ウルカがダンッと床を踏み鳴らすと、世界がゆらりと揺れた。

「あたしと那都神《なとがみ》先輩の同盟は、原則四人行動を提言しました。が、しかし！　何ということでしょう！　この観覧車、十五歳以上は二人乗り！　残酷！　あまりにも無慈悲！」

只今トウヤとウルカの両名は、狭い空間《ゴンドラ》に二人きりという状況だった。

「しかししかぁし！　ここで天啓が舞い降りたのです！『二人しか乗れないのなら、いっそ男女で順番に乗ればいいじゃない』と！　これにはウルカちゃんも目から鱗《うろこ》、正《まさ》に発想の勝利！」

「……そんなに言うんなら、全員乗らなけりゃいいのに――」

「え？　呀苑《がえん》さんが乗りたいって言ってんすよ？　かわいそうじゃないすか。鬼ですか先輩」

「あれ、昨夜『そんな虫のいい話があるか』とか言ってたの誰だったっけ……」

「だってぇ……いけ好かないお澄ましお嬢様だと思ってたら、普通に素直でいい子なんですもん呀苑さん……。……あたしほっとけないんすよ、ああいう人。危なっかしくて……」

懐柔されたというか、情が移ったというか。僅《わず》か半日で調子よくメイアの肩を持つようになったウルカが、ストンと座席に座り直す。

そしてにわかにもじもじだすと、彼女は真正面のトウヤに窺《うかが》うような目を向けた。

「……それとも先輩、あたしと二人きりなんて嫌だったっすか……？」

よくこんなコロコロ表情変えられるな……と感心した。そしてトウヤは、神妙な顔になって、

「……一緒にいるのが嫌だったら、こんな空回りしてる後輩と半年も〈貘《チーム》〉なんて組んでない」

仔犬のようなウルカの目を直視できず、トウヤはぷいと外の景色へ視線を逸《そ》らす。

「昨夜のは、俺が悪かったんだ……狙撃手《そげきしゅ》を最前線に突っ走らせるなんて。気付いてないのかもしれないけど、ウルカは時々管制員《オペレーター》よりずっとよく全体を見てくれてるんだ。それで何度助けられたか分からない。昨日のだって、どうにかしないとって思ってくれたからなんだろ？」

トウヤがウルカを見つめ直す。今度は彼女のほうがキャップをずらして目許《めもと》を隠した。

「……買い被《かぶ》りっすよ。イキり散らしといて、結局やられちゃってますし……」

「俺は、そんなウルカが羨《うらや》ましい、んだと思う……考えるより先に突っ走っちゃうぐらいの強い意志を持てるっていうのは、きっと幸せなことだから」

ウルカがちらっと鍔《つば》の縁から向けてきた視線と、トウヤの視線とが自然に合う。

「だからもう、〝シューター・ワン〟にどやされないように、俺ももっとしっかりしないといけないんだ――一番後ろで、お前が安心して構えてられるように」

観覧車は下り始め、地上が少しずつ近づいてくる。改めて不思議な乗り物だと思った。

「こんな恥ずかしいこと、普段じゃ絶対言えないよ……うん、今日は来て良かったんだと思う」

それだけ言うと、トウヤは少し俯《うつむ》いた。

「瑠岬《るみさき》先輩……」

そんなトウヤの顔を覗き込むようにして、ウルカがそっと身を屈《かが》める。

何となくしんみりとした空気の中、彼女の声まで大人しい声色になっていて。そして。

「それは、つまり――あたしのこと好きってことっすか？」

少女の声が、ぱっと明るくなった。もとい、無邪気になった。否、アホっぽくなった。

トウヤの顔まで、思わず呆けたようになって。

「……は？　……いや、それはない」

「好きってことっすか？」

「なぜ二度訊《き》いた」

「愛していると？」

「言い方変えただけ」

「きみの瞳《ひとみ》に乾杯？」

「覗き魔はお断り」

「ばり好《す》いとうと？」

「あなた九州の人でしたっけ？」

「「…………ぷっ」」

二人が同時に吹き出して、そして彼と彼女は先輩と後輩に――瑠岬《るみさき》トウヤと薪花《まきはな》ウルカに戻っていた。観覧車がちょうど一周して、係員がゴンドラの扉を開ける。

「せーんぱいっ！」

ウルカがバスリと、トウヤの肩を叩《はた》いて。

「あたし、先輩がそういう人だから、飽きっぽいのにこの仕事続けてられるんすよ。がははっ！」

ぴょんとゴンドラの外に飛び出し、ウルカが大きな口を開けて笑い飛ばす。トウヤを乗せたまま二周目の上昇を始めたゴンドラを見送りながら、彼女は元気いっぱいに両腕を振った。

大きな大きな車輪が廻《まわ》り、あの人が遠くへ離れてゆく。小さく小さくなってゆく。

――そうっすよ、瑠岬トウヤさん。あたし、あなたがそういう人だから、〈貘《バク》〉のスカウト受けたんですよ。だって、ほっとけないんすもん。

そしてお互いの顔が見えなくなったのを確かめてから、彼女はすっと……真顔になった。

「……だって、あなたは……怖いぐらい、危うい人だから……」


「「…………」」

二周目のゴンドラは、一周目とは打って変わって静まり返っていた。

どこにも進むことなく廻《めぐ》り続ける大きな車輪が、無言の二人をその頂上へと至らせる。

トウヤも、ヨミも。ただ窓辺に向かって頬杖《ほおづえ》を突き、運河に映る夕焼けを眺めていた。

それは機嫌が悪いとか、間が持たないとか、そういうのではない。

キシキシと鉄の骨組みが軋《きし》む音に混ざって、先ほどから聞こえてくるのは小さな鼻唄。

民謡なのか、大衆音楽《ポップソング》なのか、古典音楽《クラシック》なのか。それが誰の何の曲なのか、トウヤには分からなかったけれど。ヨミのそれが〝子守唄〟だということだけは、不思議と理解できて。

そうやって、凪《な》いだ湖畔に寝転んでいるような、静かな時間が過ぎてゆく。

ゴンドラの外を鳩の群れが横切った。そこに一羽だけ、群れからはぐれてふよふよと同じ所を行ったり来たりしている白鳩を、トウヤはずっと見ていた。

「……あの鳩《こ》、一人ぼっちなんダヨ」

ぽつりと、ヨミがこの場で初めて呟《つぶや》く。

「うん」と、トウヤが短く相槌《あいづち》を打った。

「何考えてたの、瑠岬《るみさき》くん」

「明日は絶対筋肉痛だなぁとか、昼のホットドッグ不味《まず》かったなとか、帰ったらレンカさんに何て言ってやろうとか、そんなこと考えてた」

「悪く言っちゃダメなんダヨ。今日のはレンカさんなりの配慮。老婆心ってやつなんダヨ」

「うん、那都神《なとがみ》のほうが酷《ひど》いこと言ってる気がする……」

くすりと笑って、二人は同時に向き合った。そうするべきだとそれぞれに理解して。

「――那都神、昨夜はごめん」

トウヤのその言葉に、ヨミがジト目を瞬《しばたた》いた。

「？　何で瑠岬くんが謝るんダヨ？」

「何となくだけど……那都神が夢の中で飛べなくなったの、俺のせいな気がしました」

「ははっ、こやつめ、抜かしおるんダヨ」

ヨミがからかうように、トウヤを指差し、

「昨夜落っこちちゃったのは、ヨミが自分の夢に捕まっちゃったせい。君は悪くないんダヨ」

「うん、それでもごめん」

両膝《りょうひざ》にそれぞれ手を置いて、トウヤがぺこりと頭を下げた。

ヨミが昨夜《明晰夢《めいせきむ》》を維持できなかったのは、彼を頼れなくなった自己嫌悪《イメージ》に捕らわれてしまったから。彼女はそれを自覚している。だからトウヤには何も言っていなかったのだが。

「うい……ヨミ、何考えてるか分からないのが取り柄なのに、瑠岬くんには効かない。うぬぬ」

「取り柄、なのかなぁそれ……」

「ヨミのぽーかーふぇいすが効かないのは、瑠岬くんとお父さんだけ。誇るがいいんダヨ」

「嬉しい、のかなぁそれ……」

「うん──少なくとも、ヨミは嬉しい」

それだけ言うと、ヨミはにっこりと笑ってみせた。

とても愛らしいその笑顔を、ヨミは滅多に浮かべない。彼女が笑うのは、それを見せても良いと思える相手、そう思える状況に限定される。つまりはそういうことだった。

一人ぼっちの白鳩を見守りながら、ヨミが優しい声で言う。

「夢は一人で見るより、みんなで見たほうがもっとずっと楽しいんダヨ。ヨミはそれを知ってるから……だからメイアちゃんにも、それを知ってもらえたら嬉しいなって思うんダヨ」

ヨミの視線を追って、トウヤも鳩に目を向ける。迷子になっていた白鳩の下に、群れを飛び出した三羽の灰鳩がやってきて、四羽になった鳥たちはどこかへと飛び去っていった。

「——瑠岬《るみさき》くん、メイアちゃんのこと、しっかり見ててあげるんダヨ」

もうすぐゴンドラが地上に着こうかという段になって、ヨミが真剣な声で言った。

「まぁ……なり行きとはいえ同居することになっちゃったし、最低限のことは」

トウヤが難しい顔をして応える。と、そこへ、
ヨミが、首を横に振り、

「ううん、そうじゃない。——あの子を離しちゃダメ。遠くへ行かせちゃダメ」

それを聞いて、トウヤの眉間《みけん》に皺《しわ》が寄った。

「…………どういうこと？　何の話だ、那都神《なとがみ》？」

「巫女《ヨミ》の勘なんダヨ。あの子は、特別な人。うぬぬ、この感じ、言葉にするのが難しい……」

ヨミが己の感じている霊感じみた違和感を、どうにか言語化しようと頭を捻《ひね》る。

けれど彼女がそれを見つけるより先に、ゴンドラは降り場へと着いてしまっていた。

結局、あれから何もわからないまま、ゴンドラは三周目の上昇を始めていた。

観覧車もさすがにそれだけ乗り回すと、いい加減ありがたみがなくなる。

右手の那都界《なとざかい》市の遠景にも、左手の運河の眺望にも、トウヤはもう目新しさを感じない。

同じ体勢でいるのはそれだけで苦痛を伴うと思い知りながら、トウヤは正面をちらと見た。

「……ふぅん……」

窓ガラスに肩を寄り掛からせて、メイアが囁《ささや》いた。

その後には「凄《すご》い」とも「綺麗《きれい》」とも、「つまらない」とすらも続かない。

沈黙。

ゴンドラは、車椅子ごと乗り付けることができるほど広くはなかった。それでもそれに乗りたがったメイアは、今は細い身体一つで座席と壁にしなりともたれ掛かっている。その愁《うれ》いげな横顔は、まるで童話の挿絵のように、どこか現実味を欠いていた。

〝鳥籠《とりかご》の中のお姫様〟——そんな陳腐で色褪《いろあ》せた比喩《ひゆ》が、鮮烈な色彩を纏《まと》い直すほどの。

そんな人物が本当に目の前にいたとして。〝彼女〟がその目に一体何を見て、そして何を思うのかなんて、想像も及ばない。住んでいる世界も、見てきたものも違いすぎる。

ましてやそれが、外見だけ誰よりも身近な人に似ているのなら、なおのこと。

落ち着かなかった。息苦しさすら覚える。これまでの二周分とは、世界が違った。

——でも苦し《それ》いのは、本当に姉さんにそっくり《それだけが原因》だからなのか？

彼がちょうど、目の前の少女をじっと見つめながら、胸の内でそう呟《つぶや》いたときだった。

「――ねぇ？　トウヤ」

メイアがふいに口を開いた。「ジロジロ見ないで」とでも言ってくるかと、彼が身構えると。

「どうして大人は、こんなものを作ったのかしら」

視線を咎《とが》められなかった代わりに、何とも曖昧《あいまい》な質問を寄越されたトウヤである。彼の顔が渋くなるのに変わりはなかった。

「変なこと訊《き》いてくる奴だな………そんなの、お金を稼ぐために決まってるだろ？」

「？　どうして〝かんらんしゃ〟を作ると、お金が稼げるの？」

「そこに人が集まるからさ。それでついでに食べ物や服を買って帰る。今日の俺たちみたいに」

「どうして人が集まるの？」

「？　珍しいから……楽しそうだから、かな……？」

トウヤは額に手をやると、うーんと呻《うな》った。もっと単純に分かるだろうにと辟易《へきえき》として。

「お前だって、夢信《むしん》空間にいるときは楽しそうにしてるじゃないか。大人がやろうとしてることは、要は現実《ここ》でも夢の中でも同じだ――便利なこと、楽しいことをやってみせて人を集めて、それでお金儲《かねもう》けする。そのお金をまた別の便利なこと、楽しいことに使う。そういうこと」

そう言ってからメイアのほうを改めて振り向いて、トウヤはぎょっとした。

メイアもトウヤのことを見ていた。目を丸くして、驚嘆したような、彼女もそんな顔をするのかというような、酷《ひど》く人間味のある表情をして。

「…………夢の中も、この場所も、同じ〝楽しい〟ということ？」

「？　あ、あぁ……夢信空間にはもっと大きな遊園地だってあるし、そんなの当たり前……」

「そう……そういうことだったのね……」

トウヤにとっては当然の感覚を、そこまで嚙《か》み砕いてメイアはようやく理解したようだった。

彼女は首を上下に揺らして、深く、ゆっくりと頷《うなず》く。何度も、何度も。

「……わたし、シノブに似たようなことを何回も訊いたの。でもあの人は難しいことを言うばっかりで、それでわたし、全然分からないわって……。でも、今のあなたの言葉を聞いてよく分かったわ。トウヤ、あなた……凄《すご》いのね？」

「……もしかして俺、馬鹿にされてる？」

「いいえ？　わたし、あなたを誉めているのよ？」

何というか、やっぱりこいつとんでもない箱入りお嬢様だな……と、トウヤはもう何度目かも分からない呆れた思いに駆られる。

そんな彼の心の声が聞こえでもしたのか、メイアが窓の外に目をやって、

「……わたし、遠くから来たの。遠い遠い所から。だから、世の中のことがよく分からないの」

「…………」

――『ほっとけないんすよ、ああいう人。危なっかしくて……』

――『瑠岬《るみさき》くん、メイアちゃんのこと、しっかり見ててあげるんダヨ』

なぜか、トウヤの脳裏にウルカとヨミの言葉が過《よぎ》った。直感が何かを囁《ささや》いている。

そしてその予感のとおりに、ぽつりぽつりと、メイアが物語を紡いでいった。

「――あるところに、とても親切な人たちがいたの。わたし、その人たちに凄《すご》くよくしてもらったわ。『可愛《かわい》い子だね』、『優しい子だね』、『どうか健やかに育っておくれ』って」

彼女はじっと外を見つめたまま語る。暮れ泥《なず》む太陽は血のように真っ赤で、稜線の影が広大な盆地の果てに壁のように浮かび上がっていた。まるでそこが世界の果てとでもいうように。

「とてもとても、愛してくれたの。わたしに、〝呀苑《がえん》メイア〟という名前をくれたの」

ふぅと、メイアが一度呼吸を整える。疲れているのか、長く喋《しゃべ》ると息が続かないようだった。

「でも、それだけだったわ。あの人たちは、わたしに何も教えてはくれなかったの。あの人たちが口にしたのは、優しい嘘だけ……だからわたしは、それが嘘だと知って、絶望したの」

メイアが振り向く。悲しい顔で。それを〝かなしい〟とさえ感じていない、哀しい顔で。

「だからね？　トウヤ、言ったでしょう？　『わたしは、この世の全てに裏切られたの』って」

メイアはそう締め括《くく》ると、彼女のおとぎ話を終えた。

トウヤには、それが何の話なのかとうとう分からなかった。

語られたのは彼女の主観、彼女の気持ちだけ――そこに何があったのかは、霞《かすみ》の向こう。

それを語ったメイアだけがただ一人、物語を語り終えたことに満足している。

きっとこれ以上追求しても、彼女は何も答えない。目を見れば分かる。分かってしまう。

無意識のうちに、トウヤは額の傷痕《きずあと》を掻《か》いていた。

そしてトウヤ本人にもその出所の分からない、澱《よど》んだ言葉が零《こぼ》れだす。

「……何なんだよそれ……」

悔しかった。彼女のそんな独りよがりが。

「わけ分かんないこと言うばっかりかよ……いきなり土足で上がり込んできた癖に……」

腹立たしかった。彼女の言葉に、心を乱されている自分が。

「俺たちのこと、散々振り回してる癖に……」

憎らしかった。あんまりにも、メイアのことが。

「俺にはいっつも、『どうして』って訊《き》いてくる癖に……」

「お前は、お前のこと——何にも、分からせる気がないじゃないか……」


伝わらない気持ち。伝えてもらえない気持ち。

これほどもどかしくて、狂おしくて、寂しくて……恨めしいものはない。

——『呀苑と暮らすのは、君が過去と向き合ういい機会だと私は思う』

思い出に縋《すが》り付くあまり、メイアも自分も傷つけようとしたトウヤに、レンカが言った言葉。

トウヤもそうしたいと思った。だからメイアのことを知ろうと自分なりに努力もしてみた。

曲《ま》がり形《なり》にも、同じチームになったのだ。数日とはいえ、同じ屋根の下で暮らしているのだ。何がしたいのかまでは分からなくても、悪意がないことだけは分かったつもりだった。

――だったら、せめてほんの少しでも、お前のことを教えてくれたって良いじゃないか……。

「…………ふふっ……」

そして、そんなトウヤの訴えに、メイアは――

「――……どうして、、、、どうして？」

「どうしてわざわざ――あなたにわたしのことを教えなければいけないの？」

「っ……!?」

トウヤは、その言葉にゾッとした。骨の髄から。心の底から。

「……俺に、〝願い〟があるって……そう言ってただろ、お前は……」

「ええ、そうね、確かに言ったわ」

「だったら……何でそんなこと言うんだよ」

「？　〝そんなこと〟って、何のこと？」

「そういう態度のこと言ってんだよ！」

ドンッと、トウヤは思わず窓枠に拳《こぶし》を叩《たた》き付けていた。ゴンドラがゆらりと左右に揺れる。

自分の出した声の大きさに、トウヤ自身が戸惑った。

「……。確かに俺は、お前が嫌いだって……でも、それでも何か、変えたいと思って……」

――そのための、今日だったんじゃないのか？

――お前だって、来てみたがってただろ。

――ウルカとヨミとも、楽しそうにしてたじゃないか……それなのに、何でそんな……

何かが、トウヤの中でガラガラと音を立てて崩れていくような気がした。

何か大きな前提が、そもそもねじ曲がっているような。

心臓がばくばくと脈を速める――何だ、俺とメイアの間にある、この致命的にずれている感覚は、一体……。

そして、この場へその答えをもたらしたのは……とどめを刺したのは、彼女の言葉だった。

「？　それは困るわ、トウヤ――あなたには、わたしを嫌いなままでいてもらわないと」

「………………………………………………………………」

トウヤは…………目の前が真っ白になった。

メイアのその言葉を聞いて、何かが、頭の奥でカッと燃え上がったのが分かった。

そして気付いたときには――トウヤは両手で、メイアの胸ぐらを摑《つか》んでいた。

軽すぎるメイアの身体が、ふわりと座席から持ち上がる。

「……何が目的なんだよ……何で放っておいてくれなかったんだよ！」

瑠岬《るみさき》センリと同じ姿をした知らない女を前にして、トウヤが声を震わせる。

「誰なんだよ、何なんだよ、お前は……！　どうして俺のことを、こんなにグチャグチャにするんだよ……！　答えろ、メイアッ!!」

「…………」

熱くなったトウヤの頬に、メイアの冷たい手が触れる。蛇のように首筋を這《は》う。

クスクス、クスクス……。……魔女が、昏《くら》く冷たい声で笑って――

「――わたしはね、トウヤ……あなたの気持ちになんて、これっぽっちも、興味はないわ」

……逆上の熱が急速に冷めてゆき、トウヤの腕から力が抜けた。

「……はぁ……はぁ……。……あ……お、俺……俺は、一体……何を……」

我に返る。自分のしたことが信じられなかった。脚に力が入らなくて、よろよろと尻をつく。

「ありがとう、トウヤ……わたしの願いを、叶えてくれて……ふふ……ふふふ……」

メイアが笑う。笑い続ける。服を乱れたままにして、氷の身体を夕陽に溶かして、そのまま跡形もなく消えていってしまいそうだった。

「ねえ、トウヤ……わたしの……わたしの、〝願い〟はね……」

そうして彼女が、告げたのは。

「わたしの、〝願い〟は――あなたと、〝けんか〟をすること。わたしは、あなたに傷つけられるためにここまで来たの……。それがわたしの、唯一理解できたことだったから……」

メイアが見つめてくる。その暗紫色の瞳《ひとみ》に——〝瑠岬トウヤ〟なんて、映っていなかった。

「だからね？　わたしには、それ以外のものなんていらないの……何にも、ありはしないの」

トウヤの震える手には、メイアの冷たい肌の感触がずっと残ったままだった。

——怖い……俺は、こいつが怖い……こいつのことが、俺には何も、分からない……。

魔女を乗せ、大きな車輪が廻《めぐ》り回る——どこにも辿《たど》り着けない乗り物に、意味なんてないと。


≫≫同時刻。那都界《なとざかい》市内、歓楽街。

昼間から営業しているその小さなバーには、客が一人しかいなかった。

金の力で貸し切りにされた店内にはバーテンダーすらおらず、開店休業状態になっている。

客の女が手酌を傾けていると、煙草《タバコ》の煙で煤《すす》けた入り口の扉がキィと鳴いて細く開いた。

「……たはー……まだ陽も沈んでませんってのに、優雅なもんですなぁ……——犀恒《さいづね》さん」

「飲まなきゃやってらんないでしょ？　改谷《あらたや》さんもどうです？　注いであげてもいいですよ？」

頬杖《ほおづえ》を突き、犀恒レンカがグラスを振って改谷ヒョウゴ刑事官を誘う。

「生憎と仕事中なんで。それに大酒飲みに付き合ってたら、こっちが先に潰《つぶ》れちまいます」

「そんな警戒しなくったって、おっさんをお持ち帰りする趣味なんてないですよ、私」

両名がカウンター席に並び座る。そこから更に幾らか世間話を転がして、店の外に誰の気配

もないことを確認すると、レンカがグビリと酒《ブランデー》を煽《あお》った。トンッと、グラスを置いて、

「――で、収穫は？」

「はいはい、調べましたとも……〝詮索無用〟の札付き案件、こっそりとね」

レンカに催促されたヒョウゴが、カウンター奥の酒棚を見つめながら声を低める。

「……結果から言えば、〝収穫がなかった〟というのが収穫ですわ……〈鴉万《からすま》産業〉なんて企業は、どこにも登録されちゃいませんでしたよ」

「ペーパーカンパニーですか、やっぱり……」

「さてねぇ。それなら書類だけでも整えてりゃ、少々嗅《か》ぎ回られたところで誤魔化《ごまか》せたと思いますがねぇ。わざわざ紙の上にも建ってない会社を名乗るってのが分かりませんわ」

「呀苑《がえん》については？」

「ははぁ、まぁ似たようなもんですよ。呀苑メイアなる人物について、戸籍も出生記録もありゃしません。面白いぐらい真っ白ですわ。あんたも物好きなことして……」

「どうせコソコソされるなら、ホテルに閉じ込めるより我が家で飼うほうが見晴らしがいい」

「なるほど、毒を食らわば皿までですか。やることが大胆で」

「〈警察機構〉を間に嚙《か》ませるリスクを負ってまで〈貘《うち》〉に接近してきた割に、あの魔女は何がしたいのかまるで見えてこない……狐につままれた気分ですよ」

「まぁ、きな臭いですわなぁ。首輪を付けときたいってのはご尤《もつと》も」

ヒョウゴが煙草《タバコ》を取り出すと、レンカが無言でライターを差し出した。

「……。……亜穏《あのん》シノブ。唯一隙があったのはあの男ですわ」

ヒョウゴが〝こりゃどうも〟と火をもらい、フゥと一服。

「まぁ当然の如く偽名だったわけですが、偽名《そいつ》を使い回して市内のホテルを今も転々としてますな。逆に気味が悪いですよ。警備会社のビルから痕跡《こんせき》一つ残さず消えちまえる忍者が、今度はこれでもかと足跡残してくれてんですからね。こっちについては現在進行形で調査中です」

ヒョウゴの報告を一通り聞き終えると、レンカのほうも煙草を咥《くわ》えて頷《うなず》いた。

「さすが改谷《あらたや》さん。がっつり調べてくれたじゃないですか。ドーモアリガトウゴザイマス」

「うひゃぁ、そんな睨《にら》まんでくださいよ……まぁね、今回のゴタゴタをお宅に持ち込んじゃったのワタシなんで、これぐらいせんとケジメにならんでしょうよ」

ヒョウゴが愛想笑いで誤魔化す。そしてここいらが潮時と、彼は灰皿に煙草を押し付けた。

「さて、日曜の情事もこの辺にしときましょうや犀恒《さいづね》さん。お互い仕事も家庭もあるんだから」

席を立ち、促すように親指で出入り口を指差して、

「どうです、送りますよ?」

「…………」

しかし、レンカはそんなヒョウゴを丸きり無視した。

カウンター席に座ったまま、彼女はただ黙って細い煙草を燻《くゆ》らせ続ける。

「……犀恒《さいづね》さん？　ほれ、行きましょうや。何ぼけっとしとんです」

ヒョウゴが困った顔をする。レンカの肩を揺すると、彼女は目だけをスッと彼に向けた。

「……別に？　ちょっと考え事してただけですよ」

「考え事……？」

「ええそうです──例えば、私がこのまま大人しく家まで送ってもらうような日和った女だったとしたら……改谷《あらたや》さん、きっとそれの中身、燃やしちゃうんだろうなぁって」

茜色《あかねいろ》の瞳《ひとみ》が、ヒョウゴの小脇に抱えられたセカンドバッグを流し見た。

「…………………」

店内の沈黙に、琥珀色《こはくいろ》の液体の注がれるトプトプという小気味よい音だけが流れてゆく。

はぁ……とヒョウゴが観念して座り直した。レンカを一瞥《いちべつ》し、「参りました」と頭を掻《か》いて、

「……。……まさかあのクソガキが、こんな切れ者になるとはねぇ……」

「そうですかぁ？　改谷さんが嘘吐《つ》くのヘタになっただけだと思いますけどぉ？」

グラスを覗き込むレンカの目に宿った執念を、ヒョウゴも感じとる。

「……あんた、そんなに今のチームが大事なんですか？　自分から首を突っ込んでまで」

「年下に世話を焼くのが趣味なんですよ。で、何なんです？」

「なぁに、物好きな中年おやじがチンピラ時代を思い出して、年甲斐もなくヤンチャをね」

そう言うと、ヒョウゴはセカンドバッグの中身をレンカの手元へ滑らせた。

それは分厚い書類袋だった。

レンカの頬がニッと上がる。

「改谷さん、あなたきっと私立探偵とかで食ってけますよ」

「まだこの仕事辞める気なんてありませんて、よしてくださいや縁起でもない……」

書類袋の玉紐《たまひも》を解いてゆくレンカに、ヒョウゴが〝中身〟の経緯を語り出す。

「亜穏《あのん》氏を盗《とう》ちょ――ゴホン、たまたま聞《つ》こえたんですがね？　そこで聞き慣れない単語がちらほらと。気になったんで昔の伝手《て》を掘り起こして、フリージャーナリストやらオカルト系の出版社、元研究職のご老人やらを当たってみたんですわ。そしたら大学図書館の古《ふ》うるい資料室に辿《たど》り着きまして。そこで埃被《ほこりかぶ》ってたのがソイツです」

「……中身、読んだんです？」

「ワタシがやったのは読んだとは言わんでしょうなぁ。何しろちんぷんかんぷんで。ただ――」

顎《あご》をペチペチと叩《たた》きながら、ヒョウゴが思案顔になって、

「ただ、ワタシの勘が『ちょいとマズいもの掘り当てたな』と、ね……そういうことですわ」

書類袋の中身――分厚いファイルの表題だけをちらと見て、レンカの眉《まゆ》がピクリと揺れた。

「……。……なるほど……コイツが、魔女の秘密の履歴書、ってとこか……」

それだけ呟《つぶや》くとすぐにファイルを押し込んで、彼女は書類袋をしっかりと閉じた。

黄ばんだ古い紙特有の黴臭《かびくさ》さが、鼻孔に纏《まと》わり付いて消えなかった。

第六章　魔女の願い

観覧車が三周する間にすっかり日は暮れ、それから間もなくトウヤたちは帰路についた。

ヨミとウルカは車椅子のメイアを補助して、犀恒《さいづね》家の玄関前まで同行してくれた。

トウヤは荷物とメイアを室内に置くと、二人に対して家まで送るよと申し出た。が、彼女たちはそんなのいいから呀苑《メイア》さん《ちゃん》を見ててあげてと、笑顔でマンションを去っていった。

「違うんだ、そういうんじゃないんだ」……トウヤの口からその本音が語られることはなかった。「メイアと二人きりになりたくないんだ」なんて、言える雰囲気ではなかった。

「――那都神《なとがみ》さんも薪花《まきはな》さんも、とても親切な人ね。ふふっ」

……闇の奥から、魔女の声が聞こえる。

家の中にはまだ明かりが点《つ》いておらず、宵闇《よいやみ》に白い輪郭がぼぉっと浮かび上がる。

どうして、そんなに嬉しそうにしていられる……トウヤが、メイアを振り返った。

「……。……メイア……その……今日のこと……」

無言に耐えられなくなったトウヤが口を開いたが、そこへメイアが小さく息を吐き、

「トウヤ、わたし、もうヘトヘトよ……凄《すご》ぉく眠たいの。横にしてもらえないかしら」

そう言って、メイアはトウヤへ両腕を差し伸べた。ハグを求める無邪気な子供のように。

「…………」

碌《ろく》に思考もできないまま、言われるがまま、トウヤはメイアを車椅子からベッドへ移す。

「ふふっ、ありがとう。おやすみなさい、トウヤ」

布団の端を両手で摘まんで口許《くちもと》に引き寄せながら、メイアはにこにこと目を瞑《つむ》る。

トウヤが一言も返せずにいると、いつの間にか寝息が聞こえだしていた。

逃げるようにして、トウヤは寝室から出てゆく。

彼女の身体が熱を帯びていたような気がしたが、彼にはそれを確かめる勇気はなかった。


……コチ、コチ、コチ……。

壁掛け時計が秒針を刻む。夜烏《よがらす》が間延びした声で鳴いている。

月明かりとビル明かりが夜を照らすなか、トウヤは一人、真っ暗な食卓に突っ伏していた。

「……気持ち悪い……」

どっと疲れていた。肉体的にというよりも、精神的に参ってしまっていた。自分でも戸惑うほどに、心に荒波が立っている。食欲もなく、水を口にしただけで胸焼けがする。

去来する不快感に促されるようにして、彼はいつの間にか四年前のことを思い返していた。

……礼佳五年《四年前》の一月。小学校の卒業式を目前に控え、一家で利用した感覚共有レジャーサービス。夢信《むしん》空間の名は〈礼佳弐号《らいかにごう》〉。そして〈礼佳弐号事件《その日》〉を境に、彼の人生は一変した。

いつものように家族四人で眠ったのに、目を覚ましたら独りぼっちになっていた。

残されたのは額の傷痕《きずあと》と、どれだけ伸びても元の黒色に戻らない後ろ髪の銀灰色だけ。

少年が真っ当に、人間らしく生きることを諦めるのに、それは十分すぎる理由だった。

機械のように振る舞っていれば、時間は彼のことを押し流してくれた。大人たちが機械に夢を見させることに躍起になっている時代にあって、トウヤは一人、機械のように生きて機械のように死んでいこうと考えていた。だから彼は、中学校生活のことをほとんど覚えていない。

そんな十五歳の春、彼は〈貘《バク》〉と出会った。

犀恒《さいづね》レンカと同棲を始めて。高校に進学して間もなく那都神《なとがみ》ヨミと出会って。知り合った当時はまだ中学生だった薪花《まきはな》ウルカとも、同じ高校の後輩になるという腐れ縁に恵まれた。

それが、瑠岬《るみさき》トウヤの四年間──静かに壊れていた少年が、小さな手で積み直してきたもの。

〝血の通った機械〟から、〝物静かな男の子〟になるために、必死に作り上げた箱庭だった。

なのに。今はその箱庭の隅で、呀苑《がえん》メイアという異分子が静かに寝息を立てていて……。

「………………」

胸の内のドロドロをきっかけに記憶を遡《さかのぼ》ってはみたものの、彼の気分は良くはならなかった。

これまで四年に亘《わた》り流れ出ないよう氷漬けにしていたはずの何かが、急速に溶けて溢《あふ》れ出てくる。メイアの姿を見るたびに。メイアと言葉を交わすたびに。メイアと、触れ合うたびに。

それなのに。メイアは「どうして?」と。トウヤのそれに疑問符を付けたのだ。

だから、トウヤは恐れる。呀苑メイアという女を。

──『わたしは、あなたに傷つけられるためにここまで来たの』

メイアはそう言ったのだ。トウヤに出て行けと怒鳴られること、お前なんか嫌いだと拒絶されること、そして暴力を振るわれること──彼女は、それをこそ望んでいたと。

そんなことのために、彼女はあんな身体で車椅子に乗って、遠くからやって来たというのか？

そんなことのために、彼女はトウヤと同じ屋根の下で暮らすことを望んだのか？

トウヤは恐れ怖れて、そして畏れる。

時の重石の下敷きにしていたものが。胸の奥に仕舞い込み、鍵の在処も忘れていた感情が。溶け出して、息ができないほどに胸を締め付けてくる。ドロドロ、ドロドロ、ドロドロと。のたうち回る幾つもの感情が、耳を聾《ろう》する絶叫で訴えてくる。

お前が積み上げてきた箱庭の四年は。自ら壊れることを望み、そして設計し直した、〝瑠岬トウヤ〟という歪《いびつ》な生き方は。ただ生きているだけで心に負債を産んでいたのだと。

メイアが現れたことで、今までずっと目を背けてきたその負債の存在を自覚して。心にぽっかりと生じていた空白を埋め合わせようと、一気にそのドロドロたちが押し寄せて──

「──……気持ち悪い……」

……コチ、コチ、コチ……トウヤがやっと顔を上げると、時計は午前三時を指していた。

「…………」

眠れなかった。どうやっても。

夜の帳《とばり》は深く厚く、自分の形も、思考の前後も分からない。

「…………」

だからいつの間にか、自分がレンカの部屋の中にいたとしても、彼は戸惑いもしなかった。

「…………」

ベッドの傍らに立ったトウヤが、無言のままにそれを見下ろす。

「────」

闇と静寂を挟んだすぐそこに、メイアの気配が確かにあった。

──俺は、お前のことが嫌いだ…………俺の箱庭を壊そうとする、お前なんか、大嫌いだ。

無防備で無抵抗なその気配に向けて、トウヤの腕がぬっと伸びる。

──お前は、俺に傷つけて欲しかったって……。それならいっそ……今ここで、お前を……。

ドロドロとしたものが粘度を増して、泥沼のように彼を引《ひ》き摺《ず》り込んでいく。

そして機械のような少年の指先が、眠る少女の髪に触れたとき────彼は知った。

メイアが、震えていた。もう六月なのに、凍えるようにフルフルと。

彼女は、何かを恐れて震えていた。

トウヤにはそれが、毎夜毎夜、彼女の中で延々と繰り返されてきたことだと分かる。

指先に伝うメイアの気配はまるで、悪夢に怯《おび》える幼い少女のようだった。

……数分後、ベッドのすぐ足元で、トウヤは膝《ひざ》を抱えて丸まっていた。

「………変な奴……ほんとにほんとに、変な奴……」

トウヤの中に押し寄せていたドロドロは、いつの間にかどこか彼岸へと引いていた。

俺は一体、メイアをどうしたいのか。メイアとどうありたいのか。メイアに、どうして欲しいのか。……答えを見つけようとするより先に、彼の意識は微睡《まどろ》みの中へ溶けていった。

》》》翌朝、月曜日。

短い眠りから目覚めたトウヤは、朝食を一人で済ませた。

いつもの時刻を回っても、レンカが帰ってこなかったのだ。

メイアを一人にするのもどうかと思い、家を出る時間をずらして待ってみる。しかし二時間近く経っても、レンカの戻る気配はなかった。やむなく、彼はメイアを置いて登校を決断する。

念のため部屋を覗いてみると、布団が静かに揺れていた。メイアはぐっすりと眠っている。

そのことを確認し、食卓にレンカへの書き置きを残すと、トウヤは靴を履いて玄関を開けた。

無言の内に、ガチャリと、鍵の掛けられる音が響く。

そしてその異変は、物音の絶えた薄暗い家の中で起きていた。

レンカの部屋。ベッドの上から布団がずり落ちる。その下から、メイアの姿が露《あら》わになった。

白銀《はくぎん》の肌に、汗がじっとりと滲《にじ》んでいた。空気を求めてしきりに胸が上下し、ゼェゼェと濁った呼吸音が漏れていていて。うっすらと開かれた瞼《まぶた》、その見つめた先には、薬の入った小瓶——

「……っ……ッ………」

薬が切れた発作の中、声も出せないでいる魔女は……ニヤリと、笑っているように見えた。

出発をギリギリまで伸ばした結果、教室に着いたときには既に朝のＨＲ《ホームルーム》が始まっていた。

普段は教師よりも先に校門を潜《くぐ》っているようなトウヤであるから、そんな彼が遅刻するなど前代未聞の珍事。しかもメイアの一発採用試験以来ほぼ丸一週間休んでいたうえ、今日から登校しますと伝えていた矢先《先週の火曜日》のこれである。教師は疎《おろ》か生徒全員が奇異の目で彼のことを見た。

「――瑠岬《るみさき》くん、どうかしたんダヨ？」

だから一限目の休み時間に、ヨミがそう尋ねてきたのは当然と言えば当然のことで。

「……レンカさんが帰ってこなかったんだ、こんなこと今までなかったんだけど……」

トウヤは今朝の経緯を素直に話す。メイアのことには触れずに。

ヨミがジト目を丸くし、「レンカさんって毎日徹夜、信じられない……」と感心するような、恐れ戦《おのの》くような息を漏らした。那都神《なとがみ》ヨミ、三度の飯より寝るのが好きな十七歳である。

トウヤもその場で溜め息を吐《つ》く。昨夜のドロドロが堪《こた》えていた。絶不調の月曜日。

「……それにしても、変なことは重なるんダヨ」

そこでふと、ヨミが腕組みして身体を傾けた。

「？　那都神のほうこそ、何かあったのか？」

「うい。昨夜遅くに、あの人が神社《うち》に来たんダヨ――亜穏《あのん》シノブさん」

それを聞いて、次の授業の準備をしていたトウヤの手が止まった。

「……亜穏シノブって……〈鴉万《からすま》産業〉の？　何の用で……？」

「分かんない。『いい休日でしたね』って、お賽銭《さいせん》とおみくじ引いて、すぐ帰ってったんダヨ」

ヨミのその話に、トウヤは眉《まゆ》を寄せた。

あの胡散臭《うさんくさ》いサラリーマン……特に祭りもなかった六月の日曜夜、そんな日時にわざわざ参拝目的で神社を訪ねる信心深い人間とは思えない。では、何のために？

……ヨミに会うためにだ。そうとしか考えられない。

彼女の家を調べたのか。それともまさか、後をつけて……？

ヨミには特に不安がっている様子はなかった。杞憂である可能性は十分ある。本当にただ参拝に来ただけかもしれない。何でもない日常の風景を、疑り深く考えすぎているだけだと。

けれど、那都神神社の境内に、あの男が作り笑いを浮かべて立っているのを想像すると……。

何か言っておくべきかとトウヤが口を開きかけたが、そこでちょうどキーンコーンと二限目の予鈴が鳴って、生徒たちは皆、各々の席へと戻っていった。

「――先輩……せんぱーい！」

先ほどから、トウヤはその小声に背中を小突かれていた。

二年四組は三限目《さんげんめ》体育。体育館を二面に分け、男子はバスケ、女子はバレーで交替制の試合を行っていた。トウヤに休憩の番が回ってきたところに、薪花《まきはな》ウルカがちょっかいをかけてきている。

トウヤは暫《しばら》く無視していたが、足元の換気窓から「パイセーン」と砂利がペチペチ飛んできて鬱陶《うっとう》しい。終いには「えい」という掛け声と共に、脇腹を小枝でブスリと不意打ちされて。

「うひゃうっ?!」

「は？　瑠岬《るみさき》先輩、可愛《かわい》いかよ。そのギャップはあざとすぎでは?」

「……。授業の妨害してまで何の用なんですかね、きみ……」

「先輩の汗の香りを摂取しにきたと言ったら?」

「通報してもいいですか?」

「それは困るっす。親は泣かせたくない」

軽口を叩《たた》き合うなか、ウルカが座り込む気配。体育館の壁を挟み、両者が背中合わせになる。

「……先輩に話があって授業抜けてきたんすよ」

口火を切り直した彼女の声は硬かった。真剣味を帯びた後輩に応じ、トウヤの声も低くなる。

「？　だったら、昼休みにいくらでも――」

「ほんとは射撃部の朝練中に伝えときたかったんですよ……なのに先輩、遅刻なんてするから」

言い終えると同時、ウルカが換気窓から一枚の封筒を差し出した。

「……何だ、これ？」

「昨日あたし、夜中飲み物買いにコンビニに行ったんすよ。そしたらそれを渡されて――」

ウルカは一度言葉を切った。周囲をキョロキョロ見回す。それから彼女は、一際声を潜《ひそ》め、

「瑠岬先輩に届けるようにって……亜穏シノブから」

「…………」

バスケットボールがコートを叩くダムダムという音。バレー審判のホイッスルが高らかに吹き鳴る。呼吸が止まっていた間に聞こえたそれらの音は、まるで何かの暗示のようだった。

「……。……他《ほか》に何か訊《き》かれたりしたか？」

「？　いえ、特には……『デート日和でしたね』とか何とか言ってた気はしますけど」

「…………」

「……先輩？」

トウヤが急に黙ったのを不審に思い、ウルカが体育館の中を覗き込む。

「ウルカ」

「は、はい⁉」

そして背中を向けたままの彼の鋭い声音は、有無を言わさぬものだった。

「ありがとう、このことは俺からレンカさんに相談しとくよ」

それだけ言ってスッと立ち上がると、トウヤは振り返らずにコートのほうへと歩いてゆく。

ウルカは呼び止めたが、彼より先に体育教師に睨《にら》まれて、彼女は立ち去る他《ほか》になかった。

「…………」

封筒をくしゃりと握り潰《つぶ》すと、トウヤはそれを体操着のポケットへ深く突っ込む。

ウルカとの会話中に開封した封筒から出てきたのは――〝凶〟と書かれたおみくじだった。

≫≫≫四限目。教卓では国語の教師が解説を述べていたが、トウヤは聞いていなかった。

亜穏《あのん》シノブ。あの自称サラリーマンの存在がずっと引っ掛かっている。

ヨミとウルカを経由して、トウヤの手元に届けられた凶のおみくじ。これが酷《ひど》く思わせ振りで、彼の不安を煽《あお》っていた。が、それでシノブが何をしたいのか、その目的が分からない。

まさかレンカさんが帰ってこなかったのも――彼がそんな、思考の迷路に迷い込んでいると。

ふいに、チカリと。差し込んだ鋭い光にトウヤは目を灼《や》かれた。反射的に目を瞑《つむ》る。

手で庇《ひさし》を作りながら薄目を開くと、目の前にその原因があった。

掌《てのひら》の上で、四角く切り取られた白光が揺れていた。陽光を手鏡か何かで反射させたもの。

それは教室の中ではなく、窓の外から差してきていて――

「……ッ！」

そのときだった。窓の外を見遣《みや》ったトウヤは息を呑んだ。

グラウンドの外周部。学校の敷地を仕切っている生け垣に、人影が紛れ込んでいたのである。

初夏の陽射しにベージュ色のトレンチコート。手鏡を持った手には革手袋を嵌《は》めていて、黒い丸眼鏡がきらりと煌《きら》めく。そして遠目からでもはっきり分かる、教本どおりの作り笑顔——

——やぁやぁどうもー！　はいそのとおり！　貴方《あなた》に御用があって参りました、ハハッ！

トウヤの耳に、そんな胡散臭《うさんくさ》い営業トークが聞こえた気がした。

≫≫昼休み。生徒たちが昼食にありつくなか、トウヤは一人、人気《ひとけ》のない場所に来ていた。

柔らかい風が吹き抜けて、頭上の若葉がさやさやと揺れる。

そこは校外。高校の裏手、高台に続く遊歩道だった。寂れた道に人通りはなく、周囲を木々に囲まれているために人目も届かない。

そんな場所で、樹木の陰から、トウヤの前にその男はひょこりと顔を覗かせた。

「いやーご無沙汰しております、瑠岬《るみさき》さん！　気付いていただけて何よりでございます！」

中折れ帽《フェドーラ》を軽く持ち上げてみせながら、亜穏シノブが軽快に言った。

「……何のつもりですか。那都神《なとがみ》をつけ回したり、ウルカにこんなもの託《ことづ》けたり……」

くしゃくしゃにした封筒を突き付けて、トウヤが詰問で返すと、

「あァその件ですか。特に意味なんてありませんよ？」

シノブは、何でもなさそうに、

「ただの演出ですよ、演出。わたくしが貴方《あなた》に注目していると、そういうメッセージをお伝え

できれば何でもよかったんです。ほら、現に貴方はこうして学校を抜け出してきてくださいましたでしょ？　そういうことです。あ、そのおみくじはおまけの品ということで」

「中身、凶だったんですけど。それにも意味なんてないってことですか」

「あらぁ、それはそれは……くじ運悪いんですよね、わたくし。ハハッ」

「………………。こんな回りくどいことして……俺に何だっていうんです」

「おっと、お昼休みといえど悠長にはしておれませんね。えぇ何分《なにぶん》、時間がありませんので」

シノブは大仰な仕草でコートの袖から腕を伸ばすと、腕時計を見下ろしながら言った。するとその男の声音が、急に真剣なものに変わって、

「……瑠岬《るみさき》さん。まず一言、断りを入れておきます。わたくしは、サラリーマン……〈鴉万《からすま》産業〉と雇用契約を結ぶ、しがない営業職でございます」

「……？」

いきなりの発言の意図が読み取れず、トウヤが訝《いぶか》しげな顔をする。

「サラリーマンというものはですね、契約が第一です。サービス残業と休日出勤には中指を立ててましょう。一銭の得にもならない行為に、さて、どうして労働の価値などあるものですか」

そうでしょう？　と両腕を広げ、トウヤが反応に困っているのも無視してシノブは続ける。

「ですからわたくしは、契約に則《のっと》って召し使いの真似事《まねごと》をいたしましたし、この街への長期出張も快く引き受けました。正式に書類を介して、権利譲渡も確かに行いました。ですのでわた

くしにはもう口出しはできません。それでも元召し使いとしましては、ご主人様の要求を断ることはできませんでした……そのような経緯の上で、あえて申し上げましょう――」

それは意図的に主題をぼかした言い回しだった。提示するのはヒントのみと言わんばかりの。

そしてトウヤの見ている前で、シノブが丸眼鏡を外した。眼光も鋭く、少年を見返して、

「――瑠岬トウヤくん。大きな、大きな問題が起きつつあります……お急ぎなさい」

背後に続く荒れ放題の遊歩道、その先を親指で指し示す。

シノブの瞳《ひとみ》は山吹色で、それは人間の目でありながら、計り知れないものがあった。常道を外れ、かく在るべしとこの世に敷かれた規範と正義と日常の外側を見てきたとでも言うような。

それを見て、そんな目を覗き込んで、トウヤの背筋にゾクリと冷たい痺《しび》れが走った。

――そんなわけあるか。こんな目をした男が、「サラリーマン」《そんな平和な肩書き》を、名乗っていいわけがない！

「亜穏《あのん》さん、これは、どういう……何なんですか、一体……」

「まったく……わざわざ注意書きまで入れておいたのに、誤魔化《ごまか》し切られてしまうとは。中断症状中は相当な苦痛のはずなのですが……彼女、存外演技派でしたね」

シノブが苛立《いらだ》ち混じりの溜め息を吐《つ》く。もう用済みのゴミを捨てるようにして、トウヤの足元へ小瓶を放る。それはパリンと鳴いて砕け散り、中に詰められていたものを散乱させた。

それは見覚えのある色と形の……カプセル剤だった。

そこへきて、トウヤの中で輪郭を定めず漂っていた不安が一気に形をなした。

言語化するより先に、より本能に近い領域が、理性を飛び越し、彼の中で衝動を叫ぶ。

数秒後、その場にはシノブの姿だけが残っていた。走り出したトウヤの背中は遊歩道の奥へと消えて、その後に木漏れ日だけが、残り火のようにちらついていた。

「ふぅ、さてと……フォローと種蒔きはこんなところですかね。世話の焼ける子供たちだ」

シノブが丸眼鏡を掛け直す。山吹色の瞳《ひとみ》が隠れ、彼は胡散臭《うさんくさ》いサラリーマンに戻った。

「——あ、ところでわたくし、駐車違反でもしちゃいました？」

そんなシノブが、振り返らずに背後へ向けてそう語り掛けると、

「……なぁに、切符切ったりなんてしませんよ」

笑い返したのは、酒と煙草《タバコ》の染み着いた嗄《しゃが》れ声。

「ただ、ワタシの知り合いがね？　あんたのことしょっ引いてこいと喚《わめ》いて聞かんのですわ」

太くて短い煙草を咥《くわ》え、改谷《あらたや》ヒョウゴがそこにいた。その手に、手錠をぶら下げて。

「おや、そうですか。これはこれは……あんまり痛くしないでいただけます？　ハハッ！」


トウヤは坂道を駆け上がりながら、ようやく答えの一部に辿《たど》り着いていた。

シノブがずっとつけ回していたのは、ヨミでもウルカでも、トウヤですらもなかったのだ。

考えてみれば当たり前のことだった。シノブが見ていたのは、いつだってたった一人。

いつから飲ませていいなかった。

トウヤは自問し、自答する——昨日と、今日だ。二日間。

〝心臓病の薬〟と、ラベルには漠然とそうとだけ書かれていた。だがそれも嘘だと、彼は根拠もなく確信だけ突き付けられる。あんな目をした男が、真実を語りも綴りもするものかと。

ではあの薬は……投薬されている本人も飲むのを拒んだあれは一体、何の薬だったのだ？

いくら考えたところで分かるわけがない——俺は、あいつのことを何も知らないのだから。

やがて、足が平地を踏む。辿り着いたのは高台の頂上。そこに、見覚えのある車椅子。横転したそれは片側の車輪を天に向け、カロカロと空回りしていて。

息苦しい胸を押さえ付けて、トウヤはわけも分からないまま、大声で叫んでいた。

「——メイアぁぁぁあっ！」

夢信《むしん》技術が世界を変えた最初の日よりも以前から、その場所には展望台が建っていた。より自由な夢の世界が拓かれたことで、もうこの場所をわざわざ訪れる者はいない。打ち棄《う》《す》てられた高台にそよ風が吹き抜けて、夏空に雀たちがちょろちょろと飛んでいて、蔦《つた》がコンクリートを若草色に染めている。

「メイアぁー！」

その廃墟《はいきよ》の中に、トウヤの声が木霊《こだま》する。

しかし、返事はない。それどころか、誰の気配もなかった。

シノブは「要求を断ることはできなかった」と言っていた。つまりトウヤを遊歩道に呼び出したとき、あの男はメイアを展望台《ここ》まで送り届けた帰りだったということだろう。

ならば、〝大きな問題〟とは一体何か……シノブの言葉を聞いた当初は、行き着いた先でメイアが倒れているのではないかと肝を冷やしたトウヤであったが、状況はより不可解だった。

去年の落ち葉の朽ちて積もったその上に、足跡だけ残して、メイアの痕跡《こんせき》は途絶えていた。

彼女は歩けないはずではなかったのか。

あれは、あれも、嘘だったのか——いいや。と、トウヤはその可能性を否定する。

彼女に触れた者ならば容易に分かること。あの身体の不自由さは、紛れもなく真実だった。

そして疑問は振り出しに戻る。そんな彼女がなぜ、どうやって、どこへ消えたのかと。

胸騒ぎだけが募っていく。どうすればいいのか、何が起きているのかすら分からないまま、トウヤは途方に暮れて天を仰いだ。と、そこへ。

展望台内部の遥か頭上に、ちらりと。影が過《よぎ》ったのが見えた。

すぐに廃墟《はいきょ》の陰へと消えたそれは、確かに人の形をしていて——

「……メイア……？」

にわかには信じられず、一拍の硬直を経てからトウヤは我に返った。

「あいつ、どうやってあんなところに……」

廃墟のエレベーターが動くはずもない。フロアを横切ってゆくと、その先に答えがあった。

非常階段。メイアが歩くなんて信じられず、そんな簡単なことにすら考えが及ばなかった。

トウヤは階段を駆けのぼった。カンカンカンと、中空構造に自分の足音が反響する。

嫌な予感がした。

一度も立ち止まらずに登り続けて、やがて暗い階段の果てに光が差し込む。

眩《まばゆ》い陽光と一陣の風。展望台の最上階に、季節外れの落ち葉が舞い上がる。その向こうに、

「——なぁに？」

そんな、透き通った冷たい声がした。

「どうして、こんな所にいるの、トウヤ？」


……それはまるで、淡い白昼夢のようだった——朽ちた塔の頂上に、魔女が佇《たたず》んでいた。

黒いワンピース。装飾品のように身に付けているだけだった靴底で、確かに足元を踏み締めて。すらりとした立ち姿に、彼女の背はこんなに高かったのかとハッとさせられた。

「どうして、こんな所にいるの、トウヤ？」

ふわりと振り返り、メイアが問うた。溶けていきそうな、無色透明の笑みを浮かべて。

「……亜穏《あのん》、さんが、俺を、呼び出して……急げ、って」

上がっていた息を整えながら、トウヤが一歩前に出る。

「お前のほうこそ……メイア、お前のほうこそそんなとこで何やってんだよ」

「そう、シノブがやったの……………いつも余計なことまでしてくれるのよね、あの人」

メイアのそれは独り言のようでもあった。彼の後半の問い掛けに、彼女は何も答えない。

「そんなことどうだっていいから、こっちに来るんだ、メイア……。理由は知らないけれど、歩けるんだろ？　自分の足で。なら、ゆっくりこっちに」

トウヤは緊張で喉《のど》が渇く。メイアは確かにそこにいるのに、その存在があまりに希薄に思えてならなかった。まるで蜃気楼《しんきろう》のように、彼女の姿が霞《かす》んでさえ見えるようで。

メイアの声は返ってこない。代わりに、二歩目を出したトウヤの足元でパラパラと石の転がる音がした。それは階下の虚空へ吸い込まれ、廃墟《はいきょ》の内部で落下音を響かせる。

「……っ！」

トウヤは息を呑み、その足を三歩後ろに下げていた。

「ふふっ……危ないわよ？　そんな所にいると」

メイアがまた笑む。寒気がするほど静かな微笑で。

「お家に帰りなさい？　怪我《けが》をする前に。わたし、そうしたほうがいいと思うわ」

「ふざけたこと言うなっ!!」

足を踏ん張って、トウヤが大声を上げた。絶叫のような声だった。

「……帰れ？　帰れだって？　馬鹿にしてるのかよ……そんな所から、偉そうに！」

メイアを睨《にら》み付ける。二人の間には五メートル弱の隔たりがあった。

展望台最上階、露天構造のこの場は特に劣化が著しく、非常階段の出入り口から先のコンクリートが崩落していた。

そしてメイアはそこから更に先、錆《さ》びた鉄骨の梁《はり》の上に佇《たたず》んでいる。

その様は、梢に止まって羽を休める美しいカラスのようで。

高台の縁から張り出すように伸びている梁の下には何もない。一瞬でもバランスを崩せば数十メートルの垂直落下――そこから先は想像するだけで足が竦《すく》む。

「……ふざけたこと？　……いいえ、そんなことないわ」

トウヤの動揺を差し置いて、メイアが小首を傾げた。あまりに自明なことに異を唱えられてきょとんとしている。黒いカラスを、白い鳩だと主張されたと言わんばかりに。そして、

「だって、わたし――――死ぬためにこの街に来たんですもの」


風が凪《な》いだ。吹き上げられていた朽ちた落ち葉が、カサカサと周囲に舞い落ちる。

「…………どういうことだよ、それって……」

トウヤの口からは譫言《うわごと》のような、そんな言葉しか出てこなかった。

メイアが空を見上げる。そして言葉が紡がれだした。

「……わたしね、四年前から死ぬことばっかり考えてたの。初めはどうやったら死ねるのか

分からなくて、見当違いなことをいろいろやったわ。手を水に浸けてみたり、髪の毛を千切《ちぎ》ってみたり……そんなことをしていたらね、ある日〈鴉万産業《からすま》〉に自殺模索《それ》がばれちゃったの。大変だったわ。身体中を縛られて、暗い部屋に閉じ込められて。それから薬をたくさん飲まされて、気付いたらわたし、こんな身体にされてたの」

何でもないことのように、彼女は淡々と語っていく。

「シノブと知り合ったのはそれからずっと後のこと。彼、動けなくなったわたしの所にいきなり現れてこう言ったの。『我々の依頼を遂行してくれたなら、どうぞ好きなように死んでくれて構わない』って。だからわたし、条件を付けたの――『トウヤという人に会わせて』って」

暗紫色の瞳《ひとみ》とピタリと目が合う。メイアがじっと、トウヤを見つめて離さない。

「後は昨日話したとおりよ。わたしは〝願い《けんか》〟を果たせたから、次は〝依頼〟を片付ける番だった。そしてわたしは自由な身体を取り戻して、死ぬことができる――そういう契約だったの」

そこでふわりと、メイアは笑って、

「でもね、トウヤ……あなたのお陰でその手間も省けたの。あなたが薬を飲ませるのを忘れてくれたから、わたし、今こうして自由になれた。とても感謝しているわ。どうもありがとう」

感謝の言葉を添えて、それで話は終わりだった。

彼女が今まで一体どんな場所にいたのか、想像するのも悍《おぞ》ましかった。

トウヤはへなへなと尻をついてしまっていた。

「そんなことのために……そんなことのためなんかに、俺のことを何年も探してたって……」

「ええ、そう――」

「やめろよ！　聞きたくない！　もう何も聞きたくないっ!!」

メイアの声を掻《か》き消して、トウヤが頭を抱え込んだ。

ドロドロ、ドロドロ。昨晩、闇に混じって滲《にじ》み出てきたあの感情が、また胸を締め付ける。

何もかもグチャグチャだった。わけが分からなかった。全てに蓋《ふた》をして目を背けたかった。

後悔と怒りが濁流となって押し寄せる。

全部こいつに滅茶苦茶にされた。四年もかけてやっと立ち直っていたのに。バラバラに壊れていた〝俺〟の形を集め直して、新しく手に入れた少しおかしな日常で満足していたのに。

それなのに、また……今度はこいつに壊される。〝死にたいから〟なんて、そんな理由で。

「――だったら！　もっと前に、知らない所で勝手に死んでくれてればよかったんだ！」

トウヤの口から、罵《ののし》りの言葉が――弱音が零《こぼ》れる。

「――俺の前になんて、現れてくれなければよかったんだ！」

機械のように生きて、機械のように死んでいこうと。一度はそう決めて心を閉ざしていた少年の、それは未だに氷解することのなかった最も弱い一面だった。

「――ただ放っておいてくれたら！　俺は、いろんなことを諦めたままでいられたのに！」

今までレンカにもヨミにもウルカにも、姉《センリ》の前ですら口にしたことのない弱音。

「――お前さえ来なかったら！　悪夢に魘《うな》されてるだけで済んでたのに！　我慢できてたのに！　こんなに、辛い思いをしなくてよかったのにッ!!」

ゴボゴボと噴き出した感情の塊が、脳の処理能力を凌駕《りょうが》して、前後不覚に陥ってゆく。

「――何でなんだよ！　お前なんかッ……！　お前なんかぁぁぁぁぁぁッ!!!」

メイアの前で、他人の前で、自分の前で、そうしてトウヤは生まれて初めて号泣していた。

〈礼佳弐号事件《らいかにごう》〉の直後、独りで目覚めたときでさえ、涙も流れなかったのに。

無意味と知っている復讐劇《ふくしゅう》と、他人よりも少しだけ近くに感じる人たちに囲まれた、箱庭の日々……それを少しずつ切り崩しながら、年を取っていければそれでいいと思っていたのに。

そんな〝瑠岬《るみさき》トウヤ〟という生き方が重ねに重ねた心の負債が、この場で一気に弾け飛ぶ。

もう、どうして泣いているのかも分からなかった。身体の内側から溺《おぼ》れてしまいそうだった。

無数の感情が綯《な》い交ぜになって、混沌《こんとん》の中で息もできない。

そしてそんなトウヤの姿を、メイアは首だけ回して見つめていた。

「そう……覚えてないのね、トウヤ……〈礼佳弐号事件《あのよ》〉のこと」

その声は、少し寂しげで、

「あなたが覚えていたのなら……あの言葉の意味を、知ることだってできたかもしれないわね」

ふわりと最後にもう一度だけ微笑《ほほえ》むと、メイアは視線を前方へと向けた。

眺めのいい所に行きたくて、辿《たど》り着いたのがこの廃墟《はいきょ》。

どうしてそうしたいと思ったのかは自分でもよく分からなかったけれど、「ええ、悪くないわね」と、今の彼女はそう思う。

もしかすると、〝かんらんしゃ《昨日の景色》〟とできるだけ同じものが見たかったのかもしれない。

『現実にも夢の中にも、どちらにも同じ〝楽しい〟がある』と、トウヤは言っていたから。

だから最後にもう一度、それを確かめたかったのかもしれない。

緑が見える。〝がっこう〟が見える。街が見える——けれど、やっぱり何も感じなくて。

左胸に手をやる。何かがトクントクンと脈打っている……彼女は、その感覚に未だ慣れない。

「もう泣かないで、トウヤ……これで終わりにするから」

メイアがそっと目を閉じる。平衡感覚がなくなって、浮遊感に包まれた。暗闇《くらやみ》の中で敏感になった肌が、風の形を感じ取る。四年間 希《こいねが》い続けた〝終わり〟が、すぐ目の前にあった。

そして——

「——終わらせるわ………わたしの、悪夢を」

その身に取り戻した自由を、今自ら放棄して。メイアが虚空へ傾いた——

こじ開けられた心の壁の、ずっとずっと深いところで、言葉が浮かび上がっていく。

——嫌いだ、嫌いだ。お前なんか大嫌いだ！

——そんなお前が目の前にいるのに、へたり込んでるだけの俺が……俺は大大大嫌いだ!!

メイアが、虚空へ傾いて――――けれど、それだけだった。

墜ちてゆく間に聞こえるはずの風の音も。地面に身体が打ち付けられる衝撃も。意識が途切れる暗転も。いくら待ってもやってはこなかった。

代わりにあったのは、細腕に感じたそれ。

それはとても温かなものだった。熱いほどの。強く強く握り締めてくる、手の感触だった。

「……どうして？」

閉じていた瞼《まぶた》をもう一度開いて、小首を傾げて、メイアが問う。

「――どうしてなんて……俺がわかるわけないだろッ!!」

目の前にトウヤがいた。子供のように、顔面を涙と鼻水でしわくちゃにして。

「悪いかよ……ただ『行っちゃ嫌だ』って！　そう思うことが、そんなに悪いことかよ!!」

伸ばした手の起こす風にさえ乗って、飛んでいってしまう鳥の羽……それを今、確かに掴《つか》む。

ぐっと腕を引き寄せて、彼女のことを抱き締めた。

それがメイアの問いへの、トウヤの答え。

身体がかっと熱くなった。ドクンと何かが飛び跳ねた。それは何だか、懐かしい感覚で。

あぁ、不思議なのね……と、メイアはそのとき、他人事《ひとごと》のように、そう思った。

〝ぎゅっとされるのが好き〟――幼い頃、自分がよくそんなことを言っていたのを思い出す。

ぼんやりと、感情が昂《たかぶ》っていくのを感じながら……メイアの瞳が、鮮やかな紫に光った。

目の前が、銀色に——伝導流体の色に染まって。

……ジジッ。——そのとき。

ジジジ……ジジヂヂヂッ。バヂリッ！　——ノイズが、走った。

——————『……見ィツケタ……』

次の瞬間、世界が歪《ゆが》んだ。

天と地が軋《きし》み、夏空も雀も落ち葉も消え、一瞬で夜がやってきた。

「え……？」と、トウヤが困惑した声を漏らす。

夜空に、リングを三重に巻いた名前も知らない惑星が、怖いほど近くを通り過ぎていく。

夢信《むしん》空間。間違いない。これは、機械の見る夢。

けれど。どうして。

「トウヤ……そこでじっとしていなさいね？」

覚醒《かくせい》現実とは全く形の異なる傾《かし》いだ塔。その壁際にトウヤを座らせ、女の声が囁《ささや》いた。

「あれに、見つかってしまったみたいだから」

両手に嵌《は》めた革手袋のジッパーを、チィィ……っとゆっくり閉じながら。戦闘服に身を包んだメイアが——呀苑《ウイッチ・ワン》メイアが、トウヤを背中に庇《かば》ってそう言っていた。

トウヤは口をぱくぱくとさせるばかりだった。声にならない疑問符しか出てこない。感情《ドロドロ》が爆発したことと度重なる不測の事態に思考が飽和して、何も考えられなくなっていた。

「残念ね……あれにはもう二度と会わなくて済むと思っていたのだけど。あなたに触れられて、どうしてか一瞬、加減が利かなくなってしまったわ。それを嗅《か》ぎ付けられたのね——」

と、メイアがそこで急に黙った。同時に、足元でゴゴンと大きな振動がある。

トウヤが声を出しかけるが、メイアがそれを「しぃ……」と人差し指で制止した。

ゴゴン……ゴゴンッ！　振動が二度三度と続く。何者かが、何かを闇雲《やみくも》に探し回っているのだとわかった。目に付くものを手当たり次第に壊しながら。

「(何が……？)」と、トウヤは目の前のメイアに向けて、口だけをそう動かす。

メイアがトウヤの両肩へ手を乗せ、「(ごめんなさいね)」と、唇の動きで返した。

足元の振動が収まった。何者かの気配が消えたことで、メイアが小声を発する。

「……知り合いなの、アイツ。困ってしまうわ。我《わ》が儘《まま》な子……」

彼女のその言い回しは奇妙なものだった。

夢信《むしん》空間で〝破壊〟に類する事象を引き起こせるのは、基本的に〈悪夢《ノイズ》〉だけである。あるいは〈夢幻S・W・《セキユリティ・ワークス》〉のような、オブジェクト破壊権限を発動できる特例措置《特例措置》ユーザーか。

メイアの言い方は後者の個人を指している。が、ならば一体誰がこんな——

その直後だった。

……ズズッ……ズズズッ。常夜の天に浮かぶ惑星の、光を遮るものがあった。

巨大な壁が、目の前の地面から音も立てずにせり上がってくる。気付けば背後にも同じものがもう一つ。トウヤが唖然となってそれを見上げていると、

「《摑《つか》みなさい》」

ガシッ。冷たい声で、メイアが命じて、

「《放り投げなさい》」

彼女の命令が続いたと同時、ドンッ！　と、メイアがトウヤを抱き締めて吹き飛んだ。

そして二人が超人的な飛翔を果たしたと同時、地面に生えた二つの壁がピクリと震えて。

ゴゴンッ！　それは巨大なプレス機の如く。二つの壁はとてつもない力で互いを引き寄せ、その軌道上にあったものを悉《ことごと》く圧壊した。

塔には大穴が空き、世界がノイズで歪《ゆが》む。夢が傷つき、どこかの人工頭脳が悲鳴を上げた証《あかし》。

ズズズズッ……。二人を捉え損ねた壁は自らが穿《うが》った大穴に身を沈め、姿と気配とを消した。

その一部始終を、トウヤはメイアの身体に摑まり、空中に浮遊したまま見下ろしていた。

メイアの背から生えた、《魔女の手》。それが虚無を摑み、二人を空中にぶら下げる。

採用試験のときと同じ。怪魚の〈悪夢《ノイズ》〉を屠《ほふ》ったときと同じ。トウヤにだけはどういうわけか、彼女のその不可視の三本目の腕が、うっすらと視《み》えて。

【──トウヤ……？　トウヤか?!　そこにいるのは！】

と、二人が滞空している最中、彼の耳に聞き慣れた雑音と、続いて第三者の声が届いた。

「！　その声……レンカさんですか!?」

これが夢であると認識したトウヤの意識が、付け慣れた通信機《ヘッドセット》のイメージを再現していた。

【トウヤ！　一体どこから接続してるんだ君は?!】

「俺にもわからないですよ……！　レンカさん！　メイアが……メイアが、自殺しかけて……俺、夢中で止めて！　そしたらいきなり、夢信《むしん》空間に……！」

【呀苑《がえん》もそこにいるのか!?　くそっ、モニターの表示が化けてやがる……！　このっ！】

覚醒《かくせい》現実側から犀恒《さいづね》レンカの緊迫した声が飛んでくる。物音から、彼女が〈夢幻S.W.《管制室》〉にいることがわかった。背後では管制員《オペレーター》たちが声を荒らげて走り回っているのも聞こえる。

「……何かあったんですか……？」

【ツ……。……トウヤ、落ち着いて聞いてくれ……君が今接続しているのは、〈花子〉だ】

レンカの声にははぁはぁと、焦燥した息遣いが混じっていて、

【ついさっき、交換局から緊急事態が発令された！】

「──せぇぇぇえんぱぁぁぁあーいっ!!」

さらにそこへ、遠くから、今度は夢の中から呼び掛けてくる別の声が聞こえた。

目を向けると、夢信空間内の教室から、薪花《まきはな》ウルカがしきりに手を振っている。

〈花子〉は西界《にしざかい》高校の夢信実技授業で接続先に指定されている人工頭脳。そこへちょうど、彼女のクラスが接続していたのだった。

「せんぱぁーい！　強制遮断、くるっすよぉー！　緊急招集でぇーす！　会社に！　はや――」

ブツリ。そこでウルカの姿が突然消失した。他《ほか》の生徒たちも、一人また一人と消えてゆく。

交換局が〈花子〉への一般接続を遮断したのだ。ウルカたちは一度覚醒した後、〈夢幻S・W・《セキュリティ・ワークス》〉の設備を使って再接続してくるつもりらしい。

トウヤも身構える。メイアを一人にできない。一人にしないで欲しい。〈貘《バク》〉と合流して――

「……？」

と、様々な考えと思いを巡らせていたトウヤだったが、そこで彼は違和感を覚えた。

【トウヤ、何してる!?　一旦覚醒現実《こっち》に戻れ！】

レンカがいっそ怒鳴るほどの勢いで急《せ》かす。そこへトウヤが、ヘッドセットを握り締めて、

「違う、違うんです、レンカさん！　……遮断されないんです！　覚醒できない!!」

幾ら待っても、強制覚醒がやってこなかった。気付けばもう教室のほうには誰もいない。

取り残されたのだ。夢の中に。

「――レンカさん？　わたしのせいなの、ごめんなさいね？」

トウヤとレンカが混乱していると、そこへメイアが割って入った。

レンカが動揺する。メイアが通信に入ってきたことにというよりも、彼女の存在そのものに。

【呀苑《がえん》……っ！　ッ…………いや、今はいい！　説明しろ！　どういうことだ!?】

「わたし今、少ぉし変わったルートで夢信空間《こっち》へ接続しているの。それにトウヤを巻き込んでしまったようだわ。遮断されないのはきっとそのせい」

【例の魔法……遠隔接続か……ならばきみの手で彼を起こせ、早急に！】

「無理よ」

【……何だと？】

「言ったでしょう？　変わった繋《つな》ぎ方をしているって。起きれないわ、アイツを黙らせないと」

メイアの冷たい声が一際温度を下げた。三人が三人とも黙り込んでしまう。やがて──

【……アイツ……？】

「……誰、なんだ……？」

レンカとトウヤのその問い掛けに、メイアは──

「……。……クナハ…………呀苑、クナハ……それが、アイツの名前」

「──わたしの、弟のような。兄のような。それとも、赤の他人のような……そんな奴よ」

……メイアのその言葉が、時間すら止めてしまったかのようだった。息もできぬ数秒間。

そこへ……ヌオリと。夜の闇に、影が這《は》って──

「！《離しなさい》」

同時。メイアが《魔女の手》で摑《つか》んでいた虚空を手離した。

世界が動き出す。二人が地面に向かって落ちてゆく。その頭上で――バクンッ！

〝動く壁〟が虚空を圧した。塔の主柱までもが押し潰《つぶ》され、支えを失った塔が瓦解《がかい》してゆく。

こんなの人間業じゃない――〈獏《バク》〉の経験が、トウヤにそう確信させる。これは〈悪夢《ノイズ》〉だ。

宙に見えない爪を立て、落下を制御し着地すると、メイアはトウヤの身体を突き放した。

「あなたは、隠れていなさいな」

「メイア……!?　何言ってんだよ！　〈悪夢《ノイズ》〉が出たなら、俺も――」

首を横に振るメイアにトウヤが食い下がる。が、彼は自分の姿に気付き、愕然《がくぜん》とした。

彼の姿は覚醒《かくせい》現実と同じ、学生服のままだった。

人工頭脳〈花子〉の課す世界規定は、一般接続者《トウヤ》による武力の持ち込み《イメージ》など、認めない。

「そんな悲しそうな顔をしないで、トウヤ。あなたのせいじゃないわ……元々わたし以外の誰にも無理なことなの。だってそのためだけに、わたしは死なせてもらえなかったんだから」

ガシッ……気付いたときには、トウヤは《魔女の手》に摑まれていた。身体が浮き上がる。

「なっ!?　メイ――」

「トウヤ……あなたにぎゅっとされたときね？　多分わたし、〝うれしかった〟んだと思うわ」

トウヤはもう一度腕を伸ばしたけれど……もうその手はメイアには届かなかった。

見えない腕に放り投げられる。そしてトウヤが数十メートル後方の岩陰に叩《たた》き付けられたと同時、メイアだけが残った崩れた塔の下から――――それが、姿を現した。

大きな大きな、影を引いて。夜よりもずっと暗く、虚無よりももっと深い影が。

ズズンと視界が上下に震える。それに続いて、グラグラと足元が縦横に揺れた。

「――バオォォォォォォオオオッ」

ビリビリと幻の夜を震わせたのは、最早咆哮《ほうこう》ですらなく…………ただの衝撃。

「――……アァ……ズット……ズットズット、会イタカッタヨ……めいあ……」

それは、四年前に見た悪夢――夢信空間《むしん》〈礼佳弐号《らいかにごう》〉で確かに見た、〈獣の夢〉だった。

それはその実、〝壁〟などではなかった……壁と見紛《みまが》うほどの、巨大な〝顎《あぎと》〟だった。

その実、塔は崩れたのではなく、崩された……毛むくじゃらの巨腕によって。

二本の膝《ひざ》の曲がった脚で、反り立つ巨軀《きょく》はそれ自体が塔の如く。

真っ黒な影は、邪神を崇《あが》める異教徒たちが狂気の下に掘り出した偶像のように。

しかしそれは動いていた。生きていた。圧倒的な密度で以《もっ》て、ここに確かに存在していた。

「クナハ……大きくなったのね、あなた」

メイアがそれへ、見知ったふうに語り掛けた。

グルルル……と喉《のど》を唸《うな》らせ、クナハと呼ばれた獣が顔を寄せる。狼に似た頭だけで人の背丈よりも大きい。鼻をクンクンと震わせて、蛇のように長い尾でビタンビタンと地を打って。

「エッエッエッ……めいあ、めいあダ……凄《すご》ク、イイ匂イガスル……エッエッエッ」

クナハは人語を解していた。濁ったカタコトの言葉だったが、そこには獣の意思がある。

「バオォォォオオッ」

興奮したクナハが咆哮を上げた。耳を劈《つんざ》く衝撃が、風景をすら波打たせる。

魔女と獣の邂逅《かいこう》。岩陰のトウヤは全身に汗を噴き出し、瞬《まばた》きすら忘れてそれに見入っていた。

〈獣の夢〉……忘れもしない。何度も何度も悪夢に見た、あれこそが元凶。〈礼佳弐号《らいかにごう》事件〉を引き起こし、夢の中で両親を食い殺し、姉を覚めない眠りに堕《お》とした、〝夢信災害〟。

瑠岬《るみさき》トウヤに、歪《ゆが》んだ箱庭の人生を与えた原風景。

〈悪夢《ノイズ》〉が喋《しゃべ》るなんて聞いたこともない。そんなものとメイアがどうして？　いや、それは今考えることじゃない――思いがけず仇敵《きゅうてき》を目の当たりにして、トウヤが浮き足立っていると、

【トウヤ……、…………逃げろ】

レンカが乾いた声でそんなことを言ってきた。今まで聞いたこともない声で。

「っ……レンカさん、あいつだ。あの獣なんだ。あの夜、夢に見た！　ここで逃げたら――」

【黙れ。命令だ】

抑揚のないレンカの声は、まるで機械を相手に会話しているよう。

「……嫌です！　同じ〈悪夢《ノイズ》〉に遭うなんて、こんなチャンス二度と巡ってこないかも――」

【頼む、逃げてくれ……お願いだから】

そこで突然、レンカの声が命令から懇願へと急変した。さらにはその声が、震え出して、

【もう、限界なんだよ……。……私のほうが】

ぞっとする沈黙…………それから。

【うっ……！　オェエ……！】

嘔吐《えず》きと、ビチャビチャという水音が聞こえた。ゴホゴホと噎《む》せ返る声が続く。

「レンカさん……？　レンカさん?!」

【はぁ、はぁ……ごめん、トウヤ……吐いちゃった……。駄目、なんだ……私、私……】

「――バオォォォォォオッ」

そこに向けて、獣の三度《みたび》の咆哮《ほうこう》が轟《とどろ》いた。

【ひっ……ひぃぃぃ……っ！】

レンカが悲鳴を上げた。椅子から転げ落ちる音。四つん這《ば》いで床を這い、逃げ出す衣擦《きぬず》れ。

【……ゆ、許して……許してくださいぃ……怖い、怖いよぉ……！　あぁ、あぁぁあ……っ！】

そして、泣き声までしだして……それきりだった。レンカとは、会話が成立しなくなった。

それが間違いだった。

「？　……めいあノ、イイ匂イ……変ナ臭イガ混ザッテル……」

その場に留まってしまったことが、トウヤの犯した最大の過ちだった。

「……っ……」

獣の声。冷汗が頰を伝う。呑み込む唾が石のように固い。そして振り仰いだ……その先に、

「…………………………………………………覚エタゾ、オ前ノ臭イ」

それは凶事の徴《しるし》の如し。鈍く光る獣の瞳《ひとみ》と目が合った瞬間、トウヤは走り出していた。

――無理だ。逃げろ。俺には。怖い。逃げろ。逃げろ。早く、早く早く早くっ!!

「バオォォオオオオッ」

悍《おぞ》ましい顎《あぎと》がバクリと開く。獣の鼻がしきりに動き、トウヤの臭いを付け回す。

ズズズズッ……。

〝壁〟が現れた。〈獣の夢〉の大きな口よりなおも巨大な、幻影の顎《あぎと》が。

逃げ場は、ない。

「喰《く》われる」……トウヤは、己《おのれ》が弱者であると刻み込まれた。

バクリッ――幻影の顎《あぎと》が、何もかもを喰らい尽くさんとして――……ギギッ。

トウヤの意識は――まだ思考していた。まだ生きている。うっすらと、目を開ける。

「――そう、それでいいのよ……逃げなさい、遠くまで……ずっとずっと遠くまで」

《魔女の手》が、メイアが、クナハの顎《あぎと》を受け止めていた。

「……メイ、ア……っ」

トウヤが掠れた声でその名を呼ぶと、彼女は、にこりと笑ってみせて、

「……ふふっ。トウヤ、こんな悪い夢は――早く、忘れてしまいなさいね?」

「あ、あ……あぁぁぁあぁぁあぁぁぁぁああああぁぁぁっ……!!」

……トウヤは走った。遠くへ、遠くへ。ずっとずっと遠くへと。

踏み止まろうとするが止まれない。あの日の記憶がよみがえる。

目の前で姉が喰《く》われた瞬間が。

生きることに絶望していた悪夢のような日々が。

「……ごめん……ごめん……っ」

――「行かないで」って願ったのは、俺のほうなのに……それなのに……!

クナハが両前足で、メイアのことを締め上げた。身体中の空気を残らず絞り上げられながら、血反吐《ちへど》を撒き散らしながら……それでも彼女は最後まで、獣に爪を立て続けた。

遙《はる》か背後で、ただ守るためだけに己の力を使い果たして、メイアが倒れたのが分かる。

やがて醜い〈獣の夢〉が、崩壊した世界《ゆめ》の深みへ消えてゆく。

悪夢が去り、ゆっくりと、拷問のようにゆっくりと目覚めて、少年はただただ、無力だった。

「――ごめんよぉ……メイアぁぁ……っ!」

＊＊＊ 覚醒《かくせい》現実 ＊＊＊

≫≫≫那都界《なとざかい》大学附属病院、一階待合室。

那都神《なとがみ》ヨミと薪花《まきはな》ウルカ、そして改谷《あらたや》ヒョウゴが、神妙な面持ちでベンチに掛けていた。

〈獏《バク》〉からの急報を受けた三人が病院に駆け付けたのは三十分ほど前のこと。しかし逸《はや》る意識が肉体を置き去りに時間を引き延ばして、まるで半日以上待ち続けているような気分だった。

遠くでサイレンの音が聞こえた。それは次第に大きくなって、やがて赤い回転灯の光が届く。猛スピードで駆けてきた救急車のブレーキ音。医者と看護師たちが交わす喧噪《けんそう》。搬入口に押し寄せる幾人もの足音。床を叩《たた》いて転がり回る、二台のストレッチャーの車輪。

熟れすぎて潰《つぶ》れる間際のトマトのような夕陽を浴びて、瑠岬《るみさき》トウヤが搬入される。朽ちた落ち葉と枯れ枝を、学生服の至る所に引っ掛けて。額の古傷痕《きずあと》から血を流して。涙と泥でぐしゃぐしゃの顔面を、しわくちゃにして噦《しゃく》り上げて。

三人が彼の傍らへと駆け寄ると、トウヤは掠《かす》れた声で何事かを繰り返していた。

「……しよう……どうしよう……どうしよう、みんな……」

横に並んだもう一台のストレッチャーへ顔を向けて、トウヤの銀灰色《後ろ髪》が揺れる。

「ずっと呼んでるのに……何回も揺すったのに……全然、全然……起きて、くれないんだ……」

彼のその視線の先には、少女がいた。目を閉じ静かに寝息を立てて、穢《けが》れを知らない寝顔を浮かべる少女がいた……彼女の——患者の名は、〝呀苑《がえん》メイア〟。

〝瑠岬センリ〟に続く二例目の……二人目の、〈眠り姫〉だった。

第七章　必要悪の遺産

≫≫≫大学病院、最上階。精神神経科・夢信症《むしん》病棟。

あれからあらゆる手が尽くされたが、駄目だった。

〈眠り姫〉……身体には一切異常がないにも拘《かか》わらず、決して目覚めず眠り続ける奇病。

世界でたった一例、瑠岬《るみさき》センリだけが発症していたその病に今、呀苑《がえん》メイアは侵されていた。

彼女のベッドの縁で頽《くずお》れているトウヤの顔にも、生気といえるものがまるでなかった。

「…………何で、みんな……俺のこと置いてっちゃうんだよ……」

その失意は皆の想像に難くなく、その心の痛みは誰にも分からぬほど深い――センリとメイア。瓜《うり》二つの姿をした女性《ひと》が二人とも、目の前で同じ運命を辿《たど》ってしまった。

居堪《いたたま》れない面持ちで、ウルカが声を掛けようとする。そんな彼女を制止すると、ヨミは何も言わずに首を振った。鼻を啜《すす》ったウルカがヨミの肩に抱き付いて、声も上げずに泣く。

「……こりゃあ、大事《おおごと》になっちまいましたなぁ……」

重い息を吐き、改谷《あらたや》ヒョウゴが白髪頭を掻《か》き回した。一服入れに外へ出ていこうとする。

と、病室の扉が外から開き、中年刑事官は目を丸くした。

「はぁ――……はぁ――……っ！」

犀恒《さいづね》レンカが立っていた。先刻、勤務中に突然恐慌状態に陥り、今の今までここ夢信症病棟の別室で絶対安静を言い渡されていた彼女が。

　酷《ひど》い姿だった。レンカは髪を乱し、頬は痩《こ》け、隈が浮き、茜色《あかねいろ》の三白眼が据わっていた。震える手で錠剤容器《ピルケース》を振り、大量の精神安定剤をボリボリと嚙《か》み砕く。

「……どけ……」

「犀恒さん……寝てなさい！　あんたもう、薬でボロボロ――」

「どけっ!!」

　ヒョウゴを横へ押しやり、レンカが病室へ踏み入った。そして棒立ちになっているヨミたちの肩越し、メイアとトウヤの惨状を見て、レンカは――

「……く、くく……はは、あははは…………同じと、いうわけか……四年前と。〈礼佳弐号《らいかにごう》事件〉のときと……。あはは……あはははっ。…………うぶっ……！」

　不気味な笑い声を上げていたレンカが、急に口を押さえて洗面台へ駆け込んだ。げぇげぇと苦しげな呻《うめ》き声と、吐瀉物《としゃぶつ》の滴るドボドボという音がそれに続く。皆が思わず目を背けた。

　そんな醜態を晒《さら》し、震える脚を殴りつけ、それからようやく、レンカは振り返った。

「……改谷さん、奴を呼んできてください……役者は出揃《でそろ》った……状況整理といきましょう。ええ、分かってますって……それが済んだら大人しくキメてやりますよ、睡眠薬のフルコース」

　……ドガッ！　と、室内に鈍い音が響いて、中折れ帽《フェドーラ》がポトリと床に落ちた。

「……っ……ハハッ……酷《ひど》いなぁ、勝手に帽子取らないでくださいよ……わたくしのチャームポイントなんですから」

亜穏《あのん》シノブが、腫れた頰に営業スマイルを浮かべた。

昼間、高校裏手の遊歩道で身柄を拘束されて以来、覆面の警察車輛に軟禁状態となっていた彼は、ヒョウゴに引かれて病室に現れたところであった。

その矢先、後ろ手に手錠を嵌《は》められているシノブを殴り倒したのはトウヤで。

「お前の……お前のせいだろ……！　こんなことになったのは……っ！」

「おや、呀苑《がえん》さんから聞いてません？　彼女の申し出だったんですよ、『死ぬなら今日がいい』とね。わたくしは後押ししただけです。言いましたでしょ？　サラリーマンは、契約第一と」

「……っ！」

ドガッ！　ドガッ!!　トウヤがシノブの襟を摑《つか》み、更に二発三発と殴り付ける。

その間、シノブはされるがままだったが、黒い丸眼鏡が床に転がったと同時――

「……楽しいですか？」

山吹色の瞳《ひとみ》を細めて、シノブが問うた。トウヤの拳《こぶし》がピタリと止まる。

「っ……何を……！」

「お気楽なもんですね、八つ当たりなんて。そりゃあ貴方《あなた》はすっきりするでしょうね瑠岬《るみさき》さん。それで？　それからどうするんです？　生憎わたくしは魔法のランプじゃありませんよ？　どんなに撫で回しても、願いを叶えてくれるマッチョで気の良い魔人なんて出てきませんが？」

正論と挑発を突き付けられる。行きも戻りもできず、トウヤがじわりと涙を滲《にじ》ませた頃、

「――トウヤ、いったんそのへんで勘弁してやれ」

ここまであえて止めずにその悶着《もんちゃく》を見ていたレンカが仲裁に入った。それが助け船となって、感情を鎮めたトウヤがシノブから離れる。

「……謝らないですからね。俺はあんたのこと、許してなんかない」

「やれやれ、近頃の青少年は乱暴ですねぇ。そう思いません？　ほら、犀恒《さいづね》さんからも――」

ビィイイン……。と、壁に突き立った果物ナイフが、シノブの調子のいい言葉を切った。

「……あー、安定剤《クスリ》ヤリすぎた、手が震える……次は外すかも……」

二本目のナイフを指先で回しながら、レンカが呟《つぶや》く。さすがにシノブも冷汗を流した。

「おぉっとぉ……委細承知いたしました……これは逆らえませんね。不可抗力不可抗力っと」

「で？　話してもらおうか、お前たちの目的を。洗いざらい」

「質問に質問で返すようで恐縮ですが、この一週間でどこまで予習されてます？」

ドサリ。レンカが返事代わりに、シノブの足元へ黄ばんだファイルを投げて寄越した。

「随分と刺激的な内容だったよ。切符はそれで足りるか？」

「……はい、十分です――――よくできました」

にんまりと、シノブが満足げに笑う。しかしその目にだけは、誤魔化《ごまか》しきれぬ仄暗《ほのぐら》い光。

「それでは、改めましてご挨拶《あいさつ》を。わたくしは、亜穏《あのん》シノブ——民間諜報会社〈鴉万産業《からすま》〉サービス四課所属、どこにでもいるしがないサラリーマンでございます……」

ファイルの表題には、〝実証試験機〈銀鈴《ぎんれい》〉開発進捗／第十四報〟とあった。

「それでは、お話しいたしましょう………我々の求める、〝必要悪の遺産〟について——」


「——〝夢信《むしん》〟に関する技術研究に欧米諸国が着手したのは、今から四十年ほど前のことです」

皆が丸椅子に腰掛けたのを見て、手錠を掛けられたままのシノブがゆっくりと口を開いた。

「〝眠り〟を用いたこの通信技術には、社会構造を一変させる革新性が秘められていました。〝覚醒《かくせい》現実〟と〝夢信空間〟、二つの世界で二十四時間三百六十五日、昼夜問わず稼働する経済圏を一国内で創り出せるわけですからね。しかも過労とは無縁にです。いやはや素晴らしい」

同意を求めてシノブがニッと頬を上げるが、返ってくるのは全員分の白い目だけである。

「その価値に遅れて気づいたこの国が、ようやく夢信の研究に乗り出したのは三十二年前——諸外国に出遅れること実に八年、その溝を埋めるために研究者たちは死に物狂いでした。海外から優秀な人材を招き、膨大な技術ノウハウと臨床データを吸収し、そこから見事に外国陣営へ技術水準で追いついてみせました。一体どんな手品を使ったんでしょうね？」

ヨミが大きな欠伸《あくび》を漏らし、ウルカが椅子を揺らすのも忘れて話に聞き入っている。

「何のことはない。その頃先行していた各国は軒並み、人工頭脳の心臓部——摸擬演算装置《シミュレーター》の開発に頓挫《とんざ》していたのです。当然、我らが先輩方もそのぶ厚い壁にぶち当たりました」

シノブに背中を向けているヒョウゴが、窓外へ身を乗り出して煙草《タバコ》を吹かす。

「人の見る夢の最深部……全ての意識が共有する〝集合無意識の海〟。そうですね、これはスープに喩《たと》えると分かりやすいです。スープを掬《すく》い上げるスプーン、〝論理コイル〟は当時既に完成していました。ですがこれを入れるお皿、〝人工頭脳〟が未完成では意味がありません」

そしてトウヤはシノブの発言を一言一句漏らさず聞き取りながら、拳《こぶし》を握り締めていた。

「〝夢を見る機械〟の摸擬演算素子《最後の部品》を巡る開発競争。これを最初になし遂げた者が、莫大な利益と主導権を獲得する……そりゃあもう血眼になりますよね、形振《なりふ》り構わず」

ずっと喋《しゃべ》り通しであったシノブが、そこでふぅと一息入れた。そして軽く咳《せき》払いして各人の注意を引くと、彼は声のトーンを一つ落として切り出した。

「……当時、この国では実証試験用として、国内初の人工頭脳が建造中でした。あくまで研究用途ということで、公式には世代付けされていない無名個体です。研究者たちは便宜上、〝第零世代《ぜろ》〟だとか〝真処女機〟、仮の愛称で〈銀鈴《ぎんれい》〉などと呼んでいたようですがね。そしてこの〈銀鈴《ぎんれい》〉で、何としても世界初の偉業をなし遂げたかった彼らは、禁忌《タブー》に手を出した……」

シノブがそこで「あとはどうぞ」と、レンカに手を差し出した。

皆の首がぐるりと回り、レンカへと視線が集まる。堪らず彼女は舌打ちした。やがて、

「……生体部品」

重苦しい声で、レンカがシノブの言葉を継ぐ。

「〈銀鈴《ぎんれい》〉には、医学界向けに解剖献体を志願して亡くなった人間の脳髄《のうずい》やら臓物やらが横流しされていたんだ。演算素子の実験材料として……ファイル《こいつ》には当時の切羽詰まってる議事録やら、電気工学と医大の教授が交わした覚え書き、その後の経過まで事細かに書かれていたよ」

黙り込んだシノブを恨めしげに睨《にら》む。一番言い難《にく》いとこぶん投げやがって……と。

「死人に口無し。献体者たちは目的は違えど志願者だったわけだし、現にその研究データのお陰で完全機械式第二世代《瞳シリーズ》は今じゃ海外輸出もされてる傑作機だ。そもそも〝人工の夢〟を作ろうってんなら、生ものでも使わない限り技術革新《ブレークスルー》はなかったろうさ。一万歩譲ってまだ理解できる。でもな……そいつらは禁忌のその先にある、もう一つの一線まで越えちまってたんだ」

気が重かったが、黙るわけにはいかない。知ってしまった責任として。深く、息を吸った。

「……水子《みずこ》。流産した胎児のことだ。〝臓器〟だけじゃ飽き足らず、連中は〝人間〟を丸々実験材料にしたんだ……胎外生存の見込みがなかったとはいえ、まだ息のあった赤ん坊をな」

ヨミとウルカが動揺した。そりゃそうだわなと、レンカは女性陣を代表する思いで続ける。

「ほっといてもどのみち衰弱死。〈銀鈴《ぎんれい》〉に組み込んでも充填された伝導流体で溺《おぼ》れ死ぬ。外で死ぬか中で死ぬか、違いはそれだけ。ならばやってしまえと……感覚が麻痺《まひ》してたんだろうな」

ヒョウゴが入手した例のファイルから読み取れたことは以上。今ではシノブが意図的にファイルへと至る導線を引いていたのだと、レンカには分かっていた。この状況を作り出すために。

そして、こうして〝予習〟をさせた理由……既に、それにも見当がついてしまっている。

きっとそれを聞かされても、今更驚くことすらできないんだろうなと。シノブのそんな用意周到さが気に入らなかった。まるで、自分まで人でなしになってしまったようで。

そんなレンカの心の声を知ってか知らずか、シノブは事務的《ビジネスライク》に言葉を引き継ぎ直した。

「——我々〈鴉万《からすま》産業〉は十年ほど前、夢信《むしん》空間における諜報《ちょうほう》技術の研究開発を目的に、既に廃棄処分となっていた〈銀鈴《ぎんれい》〉を入手しました。当時はこの〝必要悪の遺産〟について、単にサンプルとしての価値だけを見いだしていたのですが……それは大きな誤算でした」

脅かすように、あるいは試すように。もしかすると、情けを掛けるように。シノブが促す。

「さて……ここから先はいよいよ引き返せませんよ。嫌ならどうぞ、ご退席ください？」

その忠告を聞いて……席を立つ者は、誰一人としていなかった。

数度頷き、そしてシノブは、核心に触れる。

「……四年前、研究運転中に、〈銀鈴《ぎんれい》〉にそれまでなかった挙動が観測されました。あれは、そうですね……男性のわたくしの目から見てもはっきりと分かる——陣痛でした」

誰も何も言えなかった。

微動だにできなかった。

息をするのも憚《はばか》られた。

「人工頭脳が、出産しようとしていたんですよ……溺死《できし》になんてさせず、その機械の胎《はら》にずっと、十年以上身籠《みごも》り続けていたんです」

シノブの首がすっと回った。もう止められない……。

「そして、〝彼女〟が産まれた………〈礼佳弐号事件《らいかにごう》〉の起きた、あの夜にね」

全員の視線が、その先へと注がれる——物言わぬ、ベッドの上の少女へと。

「〝呀苑《がえん》メイア〟……それは、目覚めた彼女が自ら名乗った名前でした。大勢の形の分かからない、い、い、い、親切な人たちが付けてくれた名前だと、彼女はそう言っていました——」

「——呀苑さんは、夢信《むしん》空間で生まれ、夢信空間で育った……〝夢の世界の住人〟なんですよ」

＊＊＊記憶＊＊＊

……〈わたし〉が覚えている一番古い記憶は、暗闇《くらやみ》だった。

新月の夜の凪《な》いだ水面のような暗闇。冷たくも温かくもなくて、ただトロリとしているだけの無が、内側も外側もなくなるほどに〈わたし〉を包み込んでいる……そういう記憶。

——おや、きみは……女の子なんだね。

だから無の中でいきなりそんな言葉を掛けられても、意味が分かるわけもなかった。

『？　〝おんなのこ〟ってなぁに？』

〈わたし〉がそう尋ね返すと、するとそのひとは──そのひとたちはケタケタと笑った。

──おかしなことを訊《き》く子だね。自分が何なのかも分からないだなんて。

──あぁ、何て可笑《おか》しな子だろうね。何て無知な子だろうね。何て可愛《かわい》い子だろうね。

──可愛い可愛い小さな子……ここはきみのような子が来る場所ではないというのに。

そのひとたちの声に合わせて、無が流動する。〈わたし〉がぎゅっとされる。

『なんだかへんなかんじがする』

──嫌かい？　抱っこされるのは。

『〝いや〟ってなぁに？　〝だっこ〟ってなぁに？』

無の中で、〈わたし〉はそのひとたちと言葉を交わす。それは〝ことば〟と呼ぶにはあまりに抽象的で、あまりに多くが伝わりすぎる、霊的な交わり。今こうして〝言葉〟で記述することで十分の一も再現できずに崩れてしまう、それはそういう思念同士の直接的なやりとりだった。

〈わたし〉が何も分からないでいると、無はぎゅっとするのをやめた。

すると何かがザワザワとして、ゴツゴツしてズキズキしたモヤモヤが、〈わたし〉をグルグルとさせて、〈わたし〉のことをいっぱいにした。

──それが〝嫌〟ということだよ、何にも知らない無邪気な子。

『〝いや〟……〝いや〟……これが〝嫌〟……』

〈わたし〉は何度もそう繰り返して、このザワザワが〝嫌〟ということなのだと知った。

――それからこれが〝抱っこ〟だよ、小さなきみ。

もう一度、無が〈わたし〉をぎゅっとした。するとザワザワが引いていく。

代わりにぽかぽかしたものが、〈わたし〉の中にぷくぷくと湧き出していった。

――そう、それが〝好き〟だよ。〝嫌〟の反対が〝好き〟。泣き止んでくれたね、可愛《かわい》い娘。

『〝すき〟……〝すき〟が好き。ぎゅっとされるのが――〝抱っこ〟されるのが好き』

〈わたし〉は初めての〝感情〟を知って、その瞬間、無はもう無ではなくなった。

満ちていた暗闇《くらやみ》が、弾け飛ぶ。

何か、大きな大きなものが一気に流れ込んできた。ピリピリしたものと、トゲトゲするもの。

――これが〝光〟。そして〝音〟。初めてでびっくりしたね。何も怖がることはないよ。

次の何かが〈わたし〉の中をすり抜ける。ゾワゾワと、クラクラと、ポワポワしたもの。

――それが〝風〟。花の〝匂い〟が〝甘い〟ということ。お祝いしないとね、おめでとう。

――ここに五感は世界《ひら》啓かれた。今日この瞬間が、きみのお誕生日だよ。

――この世界が、きみの全て。きみに創ってあげられる、これが献体《わたしたち》の優しい箱庭《せかい》。

眼下に広がる広大な大地。果てなく抜ける高い空。それが〈わたし〉のために創られた世界。

〈わたし〉はその世界のどこにでもいて、どこにもいない。〝光〟と〝音〟と〝風〟と〝匂い〟と〝甘い〟だけが、〈わたし〉の形だった。

〈わたし〉が雨の左手で地上を撫《な》でると、数え切れない花が咲いた。月の右手で天に触れれば、星座が波打ち形を変える。大樹の睫毛《まつげ》には小鳥たちが巣を作り、両脚は時の流れそのもので、辿《たど》り着けない場所はなかった。

これが世界《わたし》。

暗闇しか知らなかった〈わたし〉の中に、〝楽しい〟という感情が生まれた瞬間だった。

――そうだ、きみにもう一つ、贈り物をしないとね。

――おぎゃあおぎゃあと元気に泣いた子、広い広い箱庭のきみ……だから〈呀苑《がえん》〉。少し音が固いけれどね、その分きっと、きみは強く美しくなるよ。

――可愛くもないとね。優しくて、素直で自由な音……〈メイア〉なんてどうだろう。

――受け取ってくれるかい？　これはとても、大切なものだから。

――どうか受け取っておくれ。きみに贈ってあげられる、これが最善の祈りなのだから……。

……それが、世界で最初の夢信《むしん》空間、〈銀鈴《ぎんれい》〉の生まれた日。

〈わたし〉が〈呀苑メイア〉になった、はじまりの日――

＊＊＊　現在：夢信空間　＊＊＊

「…………」

混濁していた意識が自我の形を取り戻して、メイアはゆっくりと目を開けた。

夢を見ていた。最も無知で、最も自由で、最も幸せだった頃の夢。

夢を夢とすら知らず、箱庭が世界の全てだと思っていた、幼い記憶。

そして今、メイアの眼前にはその郷愁に見た光景が広がっていた。

夢信《むしん》空間〈銀鈴《ぎんれい》〉……今やそれは荒れ果てて、見る影も無くなっていた。

嘗《かつ》てメイアが形を整えた大地は、陥没と隆起で出来損ないの化石のように歪《ゆが》んでいた。天に描いた星座は破り捨てられた絵本の如く暗黒に浸食されていて。彼女が種を蒔いて育てた森は、大樹が枯れ、花は腐り、鳥の囀《さえず》りも絶えている。

変わり果てた生まれ故郷《かつての自分》を目の当たりにして、しかしメイアは何も感じていなかった。

跡形もなく変わり果てたのは他《ほか》でもないわたしだと、残酷な事実を冷笑する。

嘗ての〈銀鈴《メイア》〉はあらゆる事物が明確で、恐れも不安もない優しい世界そのものだったのだ。

それが今や、彼女は狭くて不自由な肉の器に閉じ込められてしまった。生まれ育った夢信空間から追い出され、覚醒《かくせい》現実という〝悪夢〟の中へ放り込まれてしまった。

——わたしは、この世の全てに裏切られた。

「……あなたに、それがどんなに辛いことか分かるかしら——ねぇ、クナハ?」

メイアの声が向いた先。そこに落ちる一際濃い影が、ヌオリ……と起き上がる。

「……エッエッエッ」

醜い獣が振り返り、四つ足を突いてのっしのっしとメイアに近づいた。

獣の名は、〝呀苑《がえん》クナハ〟――メイアと同じ、死体《部品》になるはずだった、もう一人の水子。

「ぼくニハ分カラナイヨ、めいあ。ぼくハ、キミガ欲シカッタダケダカラ。エッエッエッ」

クナハが大きな目玉を間近に向ける。拗《ねじ》くれた虹彩にメイアの全身が丸々映り込む。狼に似た鼻孔は彼女の拳《こぶし》よりも大きく膨らみ、生臭い鼻息が嵐のように吹き荒れた。

苔むした水晶の石柱。メイアの手足はそれと一体になってしまっていた。両膝《りょうひざ》から下と、両肘《ひじ》から先。まるで船首像か、磔《はりつけ》にされた魔女のように。

「最後に会ったときより趣味が悪くなったわね、クナハ」

「キミノセイダヨ。キミガソンナニ可愛《かわい》イ姿ニナッチャッタカラ。ダカラぼく、キミノコトヲ捕マエテ、コウシテ飾ッテオコウト思ッタンダ」

「あらそう。あなたのほうはずっと醜くなったわ」

「エッエッエッ……ドウデモイイヨ、ソンナコト。コノ身体ガ、一番便利ナノサ」

拙《つたな》い人語と気色の悪い笑い声を漏らしながら、クナハがクンクンと嗅《か》ぎ回す。メイアはされるがままで、そのことに獣は満足げだった。綺麗《きれい》な蝶を生きたまま捕まえた少年のように。

メイアの唇が微《かす》かに動く。

「……《抉《えぐ》りなさい》」と、呪詛《じゅそ》が唱えられる。

ガシッ！

摑《つか》まれたのは……メイアの《魔女の手》のほうだった。

ピクリと彼女の頬が動揺に揺れるのを尻目に、クナハが《魔女の手》を石柱へ押し付ける。

「エッエッエッ……ぼくノホウガ、強イカラ……ダカラモウ、外レナイヨ」

クナハの顎《あぎと》は、幻影を生み出す。食らい付いた獲物を逃がさぬ、貪欲な獣の群れの如く。《魔女の手》にもその一つが牙《きば》を立て、石柱にがっちりと縫い止めて離さない。

「アァ、可愛《かわい》イナァ……可愛イナァ……」

クナハが舌をダラリと垂らして、囚《とら》われのメイアを舐《な》め回した。獣の唾液で全身を汚される。更に人の腕よりも太い獣の指がメイアに伸びて、鋭い爪で首筋からへそにかけてをスッと撫《な》でた。戦闘服が音もなく裂け、開《はだ》けた布の隙間から白銀《はくぎん》の肌を露《あら》わにされる。

「愉《たの》シイナァ、愉シイナァ……綺麗《きれい》ナモノヲユックリ壊スノ、ナンテ愉シインダロウ……！」

クナハはその容姿に留まらず、内面までも醜く歪《ゆが》めて歓喜する。綺麗な蝶を捕まえた少年が、それを飾っておきたくて昆虫標本の作り方を学んでゆくうち、自らの手で標本を握り潰《つぶ》す瞬間にこそ悦《よろこ》びを見いだしてしまった……クナハのそれは、そういう無垢《むく》からくる悪徳だった。

「……昔から、あなたはそうよね、クナハ……本当に、我《わ》が儘《まま》な子……」

「ダッテぼくハ特別ナンダヨ、めいあ。欲シイモノハ何ダッテ、手ニ入レテヤルノサ」

メイアを穢《けが》して辱めて、そうして所有欲を満たしたクナハが、彼女の頬を撫でる。

するとおもむろに、メイアの口から「うっ……」と吐息が漏れた。

　クナハの言動はここまで終始、巨体に反して年端も行かぬ子供のよう。今もその例に漏れず、クナハはメイアの首を絞めながら、空いているほうの前足で石ころ遊びをしはじめていた。

「あ……あ……っ」

　目と口をかっと開いて、メイアが苦悶《くもん》の声を漏らす。涙と涎《よだれ》が逆流して流れ出る。

　意識が途切れぬ既《すんで》のところで、最も苦しい瞬間をいたずらに長引かせる。その間、クナハは一度もメイアを見なかった。獣にとってそれは石ころ遊び同様ただの遊戯、暇潰《ひまつぶ》しでしかない。

　やがて、理由もなく始まった絞首は理由もなく終わりを告げた。解放されてぐったりと項垂《うなだ》れたメイアが肩で息をする音を背景にして、クナハは鼻唄をすら唄う。

「ダカラネ、めいあ……ぼくハアイツラト取引スルンダ。モウスグ、一番欲シカッタモノガ手ニ入ルヨ……楽シミダナァ、楽シミダナァ……！　エッエッエッ！」

　グシャリ！　人間の頭骨を石《こ》ころ《ろ》を握り潰して、そうして獣は、無邪気な悪意に頬を吊り上げた。

＊＊＊　覚醒《かくせい》現実　＊＊＊

「――呀苑《がえん》クナハ。〈銀鈴《ぎんれい》〉が覚醒現実へ産み落としたのが呀苑メイアならば、奴は夢信空間《むしん》で第二の生を受けた存在……Case／X-001、《顎の獣《あぎと》》……我々はそう呼んでいます」

　メイアと最初の人工頭脳《真処女機》、そしてクナハについて話し終えると、シノブは溜め息を吐《つ》いた。

「〝クラスX〟……要するに正体不明、か……あり得るのか、人間の意識と同化した〈悪夢《ノイズ》〉なんてものが……」

再び安定剤を噛《か》み砕きながら、レンカが震える声で呻《うな》る。

「残念ながらあり得ちゃってるんですよねぇ、これが。生体部品に手を出した結果、この国は世界最高水準の夢信《むしん》技術という利権を獲得しました。が、それに付いてきちゃったのが《顎《あぎと》の獣》――あなた方の言うところの〈礼佳弐号事件《らいかにごう》〉という負債ってわけです」

「それが……〈礼佳弐号事件《らいかにごう》〉の真相だったと……」

「ええ。麗しの処女が、夢の中で人間を殺せる魔物を孕《はら》んでいたんです」

うっ……と、込み上げてくる発作と吐き気を抑え込み、レンカが眉間《みけん》に皺《しわ》を寄せる。

「っ……。そいつは、さぞや問題だろうな……」

「はい、大々々問題です。〈獣の夢〉は従来知られてきた〈悪夢《ノイズ》〉とは一線を画す存在、人類の天敵と言っても過言ではありません。〈礼佳弐号事件《らいかにごう》〉は〝大規模機材トラブル〟として火消しがされましたが、二度目の夢信災害が起これば揉《も》み消すことはもう不可能でしょう。〈獣の夢〉の存在が世間に露呈すれば、夢信技術の信用は地に堕《お》ちます。そんなことになれば経済も通信インフラも全て吹き飛びます。その上原因が原因です。このスキャンダルが明るみに出た日には、一体どこまで火の粉が飛んでいくのか見当もつきませんね」

「〈警察機構《うち》〉でたらい回しになってたのはそういうことですかいや……とびきりの貧乏くじ

引いちまいましたねぇ……」

　皮肉めいた笑顔を浮かべているシノブを見ながら、ヒョウゴがぶるりと身震いする。

「それについては〈鴉万産業《わたくしたち》〉も同感です。ただの実験機だと思っていた真処女機に、まさかこんなやばい経歴があっただなんて思いもしませんでした。しかも〈銀鈴《ぎんれい》〉は〈礼佳弐号事件《らいかにごう》〉以来、内部から強力な自己閉鎖信号を出し続けておりまして、外からの夢信機の接続は一切不可能。それでひとまずは封印状態にあると思われていたのですが、今日のことで奴だけは出入り自由ということが証明されてしまいました。非常に……非常にまずい状況です」

「そいであんた方は、〈獣の夢〉に呀苑《がえん》メイアをぶつけるつもりだった……てぇことですか」

「はい。呀苑さんの肉体と精神構造は、夢信空間に最適化されています。機械を介さず、生身で人工頭脳へ接続できてしまえるほどに。呀苑さんならば〈銀鈴《ぎんれい》〉に侵入し、奴を駆逐できる……そんな彼女が提示してきた条件が、瑠岬《るみさき》さんとの面会でした。それで、〈夢幻S・W・《セキユリティ・ワークス》〉様に接触を。そういう次第だったのです。しかし……」

　そこでシノブがベッドの上に眠り続けるメイアを見て、困り顔一つ。

「まさか、《顎の獣《あぎと》》のほうから呀苑さんに接触してくるとは予想外でした。しかも先刻、その獣《クナハ》自身から、弊社へ取引が持ち掛けられたようです」

「取引……？」

「はい、内容は単純でした――〝呀苑メイアの肉体と、〈銀鈴《ぎんれい》〉の管理者権限の交換〟です」

しん。と、静まり返る間があった。空調をいじってもいないのに、室内が肌寒くなる。

「……。………それって……まさか、そんなことしないっすよね……？」

ぼそりと低い声で発言したのは、ウルカだった。

「そんなこと、考えるわけないっすよね？」

「ええ、考えるまでもないことです――………本社は、この取引に応じるでしょう」

シノブのその冷酷な言葉に数秒遅れて、ウルカがガタッと丸椅子を揺らして立ち上がった。

「……呀苑《がえん》さんを……人を、何だと思ってんすか!!」

「生憎ですが、自称呀苑メイアなる人物は死産扱いでしてね。書類上この世に存在しません」

ウルカの訴えに、シノブが血も涙もない顔で言い切った。

「メイア《カード》を失ったことで、役員会《うえ》が焦りだしています。弊社は政財界との汚れた関係《コネクション》もありましてね、その方面から圧力が掛かっているんですよ。そんな中クナハの方から歩み寄ってきたのは幸運。〈銀鈴《ぎんれい》〉の管理者権限さえ得られれば、事態収束も見えてきます。あの獣はよほど彼女《あれ》にご執心と見えます、物の価値なんて端《はな》から頭にないのでしょう。これは千載一遇の商機《チャンス》なんですよ。呀苑さんを差し出すだけで全て解決するんです。正直申し上げて――安いです」

メイアはあくまでクナハ打倒のための道具。生体部品隠蔽《スキャンダルいんぺい》のためならば、使い捨てても辞さない……シノブが言わんとすることは、要はそういうことだった。

それに激昂《げっこう》したウルカが、堪らず飛び掛かろうとしたとき――

「訂正して。……謝って。メイアちゃんに」

ヨミだった。後輩を抑えてシノブに詰め寄った彼女のジト目は、心の底から怒っていた。

「……ハハッ。何か勘違いされていませんか？　わたくしは事実をお話ししているだけです。わたくしが訂正したところで役員会の方針は変わりませんし、感情で動いては現場が拗《こじ》れるだけですよ。それとも嘘でいいから愛と平和を語ったほうが良かったですか？　そんな行為に一円の価値だってありはしませんよ、サラリーマンを舐《な》めないでいただけます？」

糾弾の眼差しを向けるヨミに対しても、シノブは冷徹だった。差し迫った問題は、〈礼佳弐《らいかに》号《ごう》事件〉の再現を食い止めること。ただその一点のみであると。

確かにそれは正論だった。何も言い返せない。でも、メイアを道具呼ばわりして憚《はばか》らない〈鴉万《からすま》産業〉は、どうやったって許せない……ほとんど無意識に、ヨミは腕を振り上げた――

トウヤはその諸々のやりとりを、どこか遠くからずっと見ていた。

「〝夢信《むしん》〟に関する技術研究に、欧米諸国が着手したのは――」

――何だ、これ……。

「解剖献体を志願して亡くなった、人間の脳髄《のうずい》やら臓物やらが横流しされて――」

――何だこれ……。

「たらい回しになってたのは、そういうことですかいや――」

──何だこれ……。

「人を、何だと思ってんすか!!──」

──何だこれ……。

「謝って。メイアちゃんに──」

──何だこれ……何だこれ……何だこれ……。

シノブの、レンカの、ヒョウゴの、ウルカの、ヨミの言葉が右から左へ流れてゆく。

今のトウヤに、それらの言葉は難しすぎた。残酷で、鋭利すぎた。

逃げて。躓《つまず》いて。転んで。擦《す》り剝《む》いて。失って。悔やんで。泣いて。そして頽《くずお》れたトウヤに、大人たちの交わす言葉は、圧倒的に、足りなすぎた。

何が？

ドロドロが。感情の熱が。燃え上がるような衝動が。例えば、一歩足を滑らせれば絶死の自由落下へと至る細い梁《はり》を、それでも全力で前だけ見て進ませるような。

『あなたにぎゅっとされたときね？　多分わたし、〝うれしかった〟んだと思うわ』

ずっと、トウヤの胸に空いた穴の奥で、メイアの声が再生されている。繰り返し、繰り返し。

──あぁ、きみは……俺と同じだったんだ……現実の中に、歪《いびつ》な箱庭を作った俺と。夢の中に、優しい箱庭を作ったきみ。おんなじだ。

『……そう、それでいいのよ……』

――……いいわけ、あるか。

『逃げなさい、遠くまで……ずっとずっと遠くまで』

――逃げたら、きみに、追いつけない。

『トウヤ、こんな悪い夢は――早く、忘れてしまいなさいね？』

「…………」

やがてトウヤの中で、何かがパチリと弾け飛ぶ。

摑《つか》めないはずの鳥の羽に、一度でも手が届いたのなら。それは絶対に、離しちゃいけない。

だから彼は――胸に空いた大きな穴に、己の全てを、投げ込んだ。

シノブへと振り上げられたヨミの腕を、トウヤは摑んで止めていた。

「……瑠岬《るみさき》くん……」

「那都神《なとがみ》、もういいよ……ウルカも」

長いこと俯《うつむ》き、ここまで沈黙し続けていたトウヤが、そこに立ち上がっていた。

彼のその一言で、それまで語気を荒らげていたヨミもウルカも拳《こぶし》を緩め、黙り込んだ。

自然と二人は道を開け、トウヤとシノブが相対する。

「……事情は分かりました、亜穏《あのん》さん。あなたの言ってることが正しいんだと思います」

冷静な声で――冷静すぎる声で、トウヤがシノブを肯定した。

「ハハッ、ご理解いただき、どうも感謝いたしますよ」

「はい。亜穏《あのん》さんを見ていて、頭が冷えました」

先の乱闘騒ぎからは想像もできぬ沈着。トウヤのその無表情は、いっそ死人のようですら。

「それはよかった。今日一日で随分大人になったじゃないですか、瑠岬《るみさき》さん」

「いえ、俺はこんなですから、あなたみたいに物事を割り切って考えるなんてできませんよ」

抑揚を欠いた平淡な声で、そしてトウヤが言い添えた。

「正論なんてどうでもいいんです。だから教えてください——あるんでしょう？　別の方法が」

その発言に、二人以外の全員が虚を突かれた。トウヤの言葉に誰もついていけない。

「別の方法？　何のことです？」

「亜穏さん、隠してますよね。嘘吐《つ》いても無駄ですよ」

立ち上がったかと思えばそんなことを言い出す彼の目を見て、息を呑んだのはレンカだった。

「トウヤ……」

瑠岬トウヤの目からは、感情と呼べる色が抜け落ちていた。

それはレンカには見覚えのある目だった。

レンカとトウヤが出会ったばかりの頃、感情のない機械になりたがっていた頃の彼の目だった。絶望のあまり、見たくもない人の感情の裏ばかり見ていた、冷たいレンズのような目。

「ハハッ……貴方《あなた》がそう思うなら、そうなんでしょうね。何なら拷問でもしてみます？」

トウヤの追求をシノブは飄々《ひょうひょう》と受け流す。そこへ間を置かず、トウヤが淡々と切り返した。

「何であなた、そんなに迷って——怖がってるんですか？」

またも唐突な言葉だった。一聴して趣旨の分からぬ、的外れな質問のようであった。しかし。

ピクリと、作った表情を決して剝《は》がさなかったシノブの口許《くちもと》が、一瞬震えた。

「昼間は全然気付きませんでしたけど、今は分かります。メイアの命が『安い』って言ったときのあなた、凄《すご》く苦しそうでしたよ」

「…………」

シノブの頰が引《ひ》き攣《つ》ったのが見えた。続いて目許《めもと》も。今度は皆に分かるほどはっきりと。

「『止めて欲しい』って、今も顔に書いてあるじゃないですか」

「ご冗談でしょう……呀苑《がえん》さんを見捨てる、そしてさっさと全部忘れる。これが最適解です。これ以上効率的な手段はありませんよ、ハハッ」

シノブが調子よく戯《おど》けてみせる。が。

「ほら、自分で言ってるじゃないですか。〝効率の悪い方法〟ならあるって」

「……………」

無意識に、言葉が綻《ほころ》んでいた。トウヤにそこを突かれると、シノブは十秒近く黙り込んだ。

「……。……ふむ、面白いことをおっしゃいますね、瑠岬さん。妄想《ストーリー》を作るのがお上手だ」

目を閉じて数秒。たったそれだけで、シノブは教本どおりの完璧な仮面を被《かぶ》り直した。

自分の感情すら騙《だま》せてしまえる強靱《きょうじん》な自制心――しかし、それほどの精神力をもってしても、

「……亜穏《あのん》さん。あなたって、いろんな人を騙してますけど……そんなあなたが一番騙してる相手って――〈鴉万産業〉なんじゃないんですか？」

ピタリ……と。トウヤのその言葉に、シノブはもう動揺などしなかった。

それすらできなかった。

「メイアが言ってました。閉じ込められてたメイアを連れ出したのは、亜穏さんだったって」

トウヤがシノブを覗き込む。魂そのものにまで届いてしまうほどに。じっと。

「〈鴉万産業《からすま》〉には、もっと〝効率的な〟手段があったんじゃないんですか。薬で身体の自由が奪えるんだ。なら、心の自由だって……ただ獣《クナハ》を排除させたいだけだったなら、いくらでも」

「………………」

「でも、あなたはメイアを〈貘《バク》〉に連れてきた。交換条件なんて呑む必要もないのに……それは〈鴉万産業〉が、メイアの心まで壊してしまうのを防ぐためだったんじゃないんですか」

トウヤは一点を見据えたまま、何かに取り憑かれたかのように滔々《とうとう》と論じてゆく。

「違いますよ」

シノブがようやく否定した。けれどトウヤはやめない。止まらない。

「あなたはずっとメイアのことを、監視じゃなくて、見守ってたんだ」

「ハハッ、違いますね」

トウヤのそれは、心に負った傷を自ら抉《えぐ》る行為に等しかった。

「見守っていたから、だから薬が切れたことにもすぐに気付いて、それなのにもう一度飲ませようとはさせなかった。もうそんなことしたくなかったからじゃないんですか」

「違います。勝手な憶測でものを言わないでいただけません？」

嘗《かつ》ての自分を――感情を排した分だけ機械の如く達観して、あるいは諦観《ていかん》して物事を見て考えていた時代の瑠岬《るみさき》トウヤを、その傷の奥から引《ひ》き摺《ず》り出して。

「そしてあなたの予定よりも早く自由になってしまったメイアが自殺してしまわないように、わざわざ俺をけしかけた。変でしょ、何であなたが説得しなかったんですか？　契約第一って言うのなら、あの時点でメイアは〈鴉万産業《クナハ》〉の依頼《討伐》を果たす番になっていたんです。前の日に、観覧車の中で何があったか知らないあなたじゃないはずです。あの展望台でクナハが現れなかったら、メイアはきっと〈鴉万産業《あなたたち》〉の手から離れて〈夢幻S.W.《おれたち》〉に保護されていたと思います……ひょっとして、そうすること自体があなたの目的だったんじゃないんですか」

「しつこいですね、貴方《あなた》」

トウヤの意識が加速する。喋《しゃべ》りながら思考と推理が凄まじい速さで回転し、点と点が繋《つな》がって自明な線となってゆく。額の古傷が熱を持つ。目眩《めまい》がする。それでも止めない。

「レンカさんたちへの根回しにしたってそうです。本当は、先にレンカさんたちが〈銀鈴《真相》〉に辿《たど》り着いて、それからメイアを〈警察機構〉か〈夢幻S.W.《セキュリティ・ワークス》〉に保護させる――そういう計画だったんじゃないんですか。あなた一人だけが、悪者になるつもりで」

「いい加減にしてもらえませんかね？」

四年前の自分だけが持っていた冷たい洞察力をもう一度得るのに併せ、四年前の自分が感じていた絶望感も生々しく蘇る。心が軋《きし》む。バラバラになりそうだった。それでも、
掌《てのひら》に、彼女の低い体温を思い出す――〝止まるな！〟と、心が叫ぶのが聞こえる。

〈鴉万《からすま》産業〉に怪しまれないよう向こうの計画も進めながら、俺たちに真実を伝える――あなたは、そんな二重の立ち回り《本当にぎりぎりの役割》を、たった一人で演じていたんだ」

「違うと……言っているでしょう！」

たとえ心がもう一度壊れようが。何としても、トウヤは聞き出さなければならなかった。

「あなたは、メイアを外の世界に逃がそうとしてたんじゃないんですか。それが、〈礼佳弐号《らいかにごう》事件〉に関わってしまったあなたが、あの子にしてやれる罪滅ぼしとでも思って」

「っ……！　そんなこ――っ……！」

この胡散臭《うさんくさ》くて、冷酷で、そして優しすぎる男を、看破しなければならなかった。

「亜穏《あのん》さん、自分だけ悪者にならないでください。ここまでやって、諦めないでくださいよ」

対立する二人の動機は、同じ場所にあるのだから。

そして、トウヤが心の底から絞り出した言葉でもって、シノブの仮面へ切り込んだ。

「あの子は最後に、笑ってました――助けたいと思う理由なんて、それで十分じゃないですか」

ただ――メイアのために、と。

…………………………………………………………がくり。と、次の瞬間、その男は項垂《うなだ》れていた。

「……ハハッ、ハハッ！」

トウヤが己の心を磨り減らしてまでシノブに迫った一部始終を、皆が息を呑んで傍観する中、シノブ自身にもそれが何なのか分からない震えが数分続く。それがようやく、収まって、

「……。……いやいや、いやいやいや……何て目をしてんですか、まだ十代の子供が……」

魂まで抜けそうな、深く大きな溜め息。それを合図に、秘められていた言葉が零《こぼ》れていった。

「……わたくしは、〈鴉万産業〉の人間です。〈礼佳弐号事件《らいかにごう》〉の当事者です。悪者です。憎まれ役です。仕事だけはできるピエロです。亜穏シノブがやることならば、意味の分からないことでも意味があるのだろうとね――この四年間、そんなサラリーマン像を徹底してきました」

根負けしたシノブが、堰《せき》を切ったように独白していく。

「その裏で、たった一つだけ我《わ》が儘《まま》を通すつもりでおりました。《顎《あぎと》の獣》なんて、〈銀鈴《スクラップ》〉の中で永遠に眠らせておけばいい……あの娘がせめて自由になってくれれば、わたくしの薄汚い人生にも少しは誇れるものが残るかと……しかし、それもここまで。ここが自分の限界だったと。もう諦めて、悪いピエロに戻ろうと。そう、割り切っていたのですがね……」

顔を正面に向ける。立ち上がり、トウヤと同じ目線に立つ。そして、シノブは問うた。

「瑠岬《るみさき》さん……確かに、まだ、方法はあります。ですがそれは、大きすぎる賭けになります。

リスクを度外視することになります。聞いてしまったが最後、選択の有無に関わらず、貴方《あなた》は必ず苦しみます……それでも、かまわないと言うのですね？」

シノブのそれは冷たい目だった。汚い大人の世界を嫌というほど見てきて、そして順応して、何も思わなくなって、それを利用することにも負い目を感じなくなった、非情の目だった。

トウヤはそんな男の目を見て……この人は本当に優しい人だなと思った。こういう人だからこそ、メイアを暗闇《くらやみ》の底から陽の当たる場所へ連れ出すことができたのだと。

ならば、そこから先の役割は。もっと相応《ふさわ》しい者たちがいる。

だから瑠《る》岬《みさき》トウヤは、ゆっくりと頷《うなず》いて、

「──はい」

ただ一言だけ、声に出した。

「……ハハッ！　あぁ、あの子が会いたがった人が貴方のような人で、本当によかった……」

シノブがぱっと破顔する。それは教本どおりの営業スマイルではなく、〝亜穏《あのん》シノブ〟という偽名を名乗った男の、本当の笑顔だった。

シノブが膝《ひざ》を折る。床に正座し、手錠を掛けられたまま腰を曲げ、深く深く、頭を下げる。

そして伏せた顔の下で声を震わせ、その男は、ずっと堪え続けていたその願いを、口にした。

「どうかお願いします────あの娘《こ》を、呀苑《がえん》メイアを、救ってください……！」

メイアを救出するための〝賭け〟の内容がシノブから語られてから、およそ二時間後。

決行前にまずは各々気を落ち着けようということになり、その場は一旦解散となっていた。

病室は今は照明が落とされ、夜の冷たい薄明かりだけが差し込んでいる。そんな折、

「――なぁ、景気付けに晩飯にでも行かない？」

外から扉の開く音。廊下の明かりが四角く差して、引き伸ばされた人影はレンカだった。

「………………」

返事はない。ただ、病室に一人残っていたトウヤが小さく首を振る気配だけがある。

「……そっか。うん、私も。どうせ吐いちゃうしな」

寂しげに呟《つぶや》くと、レンカが内から扉を閉める。床を叩《たた》くヒールの音もどこか頼りなかった。

「座ってい？」

ベッドを挟んで問う。無言を肯定と理解して、レンカはトウヤの向かいに腰を下ろした。

「……可愛《かわい》い寝顔しちゃってまぁ……こっちの苦労も知らないで」

ベッドに眠るメイアの頭を優しく撫《な》でて、頬に掛かっていた髪を払ってやる。レンカの向けた視線の先には、メイアの手を握っているトウヤの手があった。

「……夢信症《むしんしょう》だったんですね、レンカさん」

トウヤがぽつりと呟いた。彼の険の取れた声を聞くのは、いつ振りだろうか。

「だったら、もっと早く言ってくれればよかったのに」

「あはは、悪《わ》り……」

レンカが気まずそうに頭を掻《か》いて、

「君が中学を卒業するの見届けたら、消えるつもりでいたから……今更言い出せなくってさ」

「パニック症状なんですか……？」

「……。……うん、まぁ……あと、不眠症状のちょっと重いやつを併発してる。三日に一回、二時間も眠れりゃマシなほうさ、夢を見るのが怖くてね……パニック起こしちまうから、医者からはもう一生夢信機《むしんき》は使えない身体だって言われてる」

ふぅっと、レンカが声混じりに大きく息を吐いた。これまでずっと隠してきた、自身の抱える問題を打ち明けて、胸がスッと軽くなった。何で私だけ楽になってんだと、失笑が漏れる。

そして、トウヤが顔を上げて、レンカのほうを向いて、

「――……あのとき、あの場所にいた人って……レンカさんだったんですね」

「…………」

彼のその言葉に合わせるように、夜に紛れて流れる雲が、月に覆い被《かぶ》さった。

それはまるで、帳《とばり》の向こうにいるその人が、隠れたがっているかのようで――やがて、

「…………………………………………そうだよ」

ぽそりと、レンカはそう囁《ささや》いていた。

〈礼佳弐号事件《あのとき》〉、〈獣の夢《呀苑クナハ》〉を前に槍も心もへし折れて、瑠岬《るみさき》一家に背を向けて、泣き喚《わめ》きながら逃げだした裏切り者の〈貘《バク》〉……それが彼女の、墓まで持ってゆくつもりだった真実。

「〝犀恒《さいづね》レンカ〟は、あの夜死んだ……。君の前にいる私はね、贖罪《しょくざい》なんて御託を並べて生き長らえてるだけの、つまらない女なんだ」

苦笑を冷笑に、冷笑を自嘲《じちょう》に変えながら、レンカが早口になっていく。

「罪滅ぼしのつもりで馬鹿みたいに働いてたら、気付いたときには部長になってた」

「レンカさん」とトウヤが呼んだが、それを無視して彼女は続ける。

「最近の薬は凄《すご》いんだぜ？　ほら、四年も薬漬けなのに肌の艶《つや》とか全然落ちねぇの」

「レンカさん」

「今だってこのとおり、開き直っちまえば全然大したことないんだよ、バリバリ稼いでやるぜ！」

「レンカさん」

「ん？　何だ？　さっきからそんなジロジロ見て。あ、やらしーこと考えてるんだぁ。んー、でも、トウヤって案外イイ男だからなぁ……君がもし、そういうことしてみたいなら、私――」

饒舌《じょうぜつ》に捲《まく》し立てていたレンカだったが、次の瞬間、一転して彼女の声は止まっていた。

トウヤの温かな手が触れていた。レンカの、震える手に。

――あ、やばい……。

「……どうしたトウヤ？　私のことなんかどうでもいいからさ、呀苑《がえん》のこと看《み》ててやりな」

「…………」

トウヤは何も言わず、もう片方の手も伸ばしてレンカの手を包み込む。

――瑠岬《るみさき》……ダメだよ、それ……。

「……あ！　邪魔だったな、私。ごめんごめん、気付かなかったわ」

レンカが逃げるようにして立ち上がる。が、彼はその手を離さない。

――トウヤ……私なんかに……優しく、しないでくれよ……。

トウヤの瞳《ひとみ》に見入られて、レンカは顔を背けることすらできなかった。そこへ。

「レンカさん――――ありがとうございます」

瑠岬トウヤの柔らかな声が、闇夜《やみよ》に響いた。

「だからもう、自分《あなた》を虐《いじ》めないでください……そんなレンカさんなんて、俺、見たくないです」

……ポタリ――ポタリと、梅雨入り前の六月の夜に、霧雨が降っていた。

消毒液の匂いと静寂の中、外を走り抜ける車が、湿った音を引いていく。

三人きりの真っ暗な病室で、お互いの顔も見えやしない。

そんな世界の行き止まりのような場所で、零《こぼ》れていったのは、レンカの震える声だった。

「……………君、さぁ……………………………そんなこと、言うなよぉ……っ」

〝ありがとう〟だなんて、自分には一番相応《ふさわ》しくない言葉だと分かっている。だから、

「なんでだよぉ……頑張ってたのバレちゃったら……我慢してたの慰められちゃったら……」

だから。どんなに強い意志で分厚い鎧《よろい》を纏《まと》おうと。その一言には、抗《あらが》えなくて。

「こんな私のこと、赦《ゆる》されちゃったら………もう、止めらんないじゃんかぁ……っ！」

目許《めもと》を手で隠す。止められなくても、流れるところは見られたくなかった。

でも無理だった。全然止まらなかった。見えない鎧が剝《は》がれ落ちて、どうやって強い女を演じていたのか、もうどうやっても思い出せなかった。

「――う、ゔぅっ……うわあぁぁぁぁぁあん……っ！」

押し当てた指の隙間から、涙が次々に溢《あふ》れていった。ポロポロ、ポロポロ、ポロポロと。

……子供みたいに泣きじゃくったこの夜のことは、二人だけの秘密にしよう。

いつの間にか雨は上がって、雲間には満月が覗いていた。


≫≫ 午後十一時三十分。オフィスビル十四階――〈夢幻S《セキユリテイ》・W《ワークス》・〉、管制室。

「――っしゃ。準備完了！」

両手で頰をパチンと叩《たた》いて、レンカが第一声を放った。

「あのぉ、犀恒《さいづね》さん？　ワタシは出てっといたほうがいいんじゃないんですかねぇ……？」

管制員《オペレーター》たちが機材をチェックしているなか、部屋の隅でヒョウゴが困り顔を浮かべた。

「なーに今更ビビってんだよ。医者に『公務執行妨害ですよ』なんてかましたおっさんが」

そうレンカが睨《にら》みを利かせる前で、ヒョウゴの肩に営業スマイルのシノブが手を置く。

「ハハッ、水臭いなぁ改谷《あらたや》さん。わたくし達、共犯者《ビジネスパートナー》じゃありませんか……はいこれどうぞ」

そう言って、シノブが差し出した名刺には、前回とは違いしっかりとどこかの電話番号が載っていて。それを受け取ったヒョウゴの顔は「うわぁどうすんのこれ……」と引き攣《ひつ》っていた。

「全システム、パラメーター変更。オブジェクト破壊権限付与・信号出力リミッター解除・論理コイル遮断機《ブレーカー》解放。総力戦だ、安全装置なんて取っ払え。全力全開戦闘モードで再起動」

レンカの号令に合わせ、バツンッと火花の弾けるような音がして、室内が暗黒に沈んだ。数秒後、それまでの蛍光灯の白色に変わり、赤色灯の濃くて暗い光が重々しく灯《とも》る。それに続いて続々と立ち上がっていくモニターや各種測定器の光源が、管制室を幻想的に照らしていく。

厳粛な空気に包まれていくなか、そこに一際神秘的な光があった。

夢信機《むしんき》。CTスキャナーにも似た機械式ベッドに横たわる者たちを、レンカが覗き込む。

「――ウルカ。何度も説明したが、今回は普段とわけが違う。相手は化け物だ、最悪命に危険が及ぶ。迷っているなら降りてくれてかまわない。誰も責めたりなんてしない」

レンカが指揮者の声で告げると、ウルカが鼻息を荒らげた。レンカの腕をばしんと叩《たた》いて、

「なーに言ってんすか！　このスーパースナイパーウルカちゃんを抜きにして、チームが回ると思ってるんすか？　あたしはやると決めたら！　もう振り返らない女っすよ!!」

悪夢どころか上司にまで噛《か》み付きそうなその威勢の良さに、レンカのほうが怯《ひる》むほどだった。

「……よし、特別ボーナスだ。今度の週末は好きなもん好きなだけ食わせてやる！」

「わーい！」

ウルカの肩を叩き返して、レンカが続いて隣のベッドへ。

「——ヨミ。付いてきてくれてありがとう。はっきり言ってきみの近接戦《担当》は最も危険だ……そのうえで言わせてくれ。頼りにしてる。きみはどうか、自由な夢を見てくれ」

ウルカとは打って変わって静かにベッドに着いているヨミに向け、レンカが頭を下げる。それから「よろしくお願いします」と告げて顔を上げる段になって、レンカは違和感を覚えた。

眉《まゆ》を寄せ、ヨミの頬をぷにりと突いてみる。

「……ん？　え？　嘘でしょ………寝てる、この娘《こ》……」

驚きの声を漏らしているところに、ヨミの担当に回っている男性管制員《オペレーター》が振り返った。

「あぁ、彼女なら一時間前からその状態です。『先にアップ済ませとくんダヨ』と」

さっと手で口を塞《ふさ》ぎ、レンカが息を止めた。ヨミの無言の熱意に胸を打たれたのと、マイペースすぎんだろと笑いが噴き出しそうになったのとの両方で、そっとその場を後にする。

そして最後に、横並びになった二つのベッドの間に立って、レンカは深く息を吸い込んだ。

「……もう今更、止めたりなんてしないよ、トウヤ」

穏やかな表情を浮かべて彼女は言う。茜色《あかねいろ》の瞳《ひとみ》は、他人でも家族でも恋人でも上司でもない色をしていた。それは年の離れた同居人にしか見せない、犀恒《さいづね》レンカの特別な姿。そんな彼女を見つめ返すトウヤもまた、まるで自分の家にいるかのようにリラックスした表情をしていて。

「レンカさん、無茶を許してくれて、ありが――」

「ストップ、ストーップ！　それはダメェ!!」

そこで急にあたふたしだしたレンカが、トウヤの口を慌てて塞《ふさ》いだ。

「?? ふぇんかはん??」と、トウヤが突然のことに目をぱちくりとさせる。

ありがとうの跡を化粧で隠しているレンカである。部下と知人に囲まれたこの場ではプライドのほうが勝るらしく、彼女は凄まじい目力で沈黙を要求した。トウヤもしきりに頷《うなず》き返す。

「………しっかし、まさか……こんな巡り合わせがあるなんてな」

トウヤの傍らに立ったまま、反対側に並ぶベッドを見つめてレンカが零《こぼ》した。その顔には一転悲痛の色が浮かび、その手は痛む胸元を押さえる。

「当然だったのかもしれません………これは、〈礼佳弐号事件《四年前》〉に繋《つな》がってる因縁だから」

強く、優しく、離さぬように。トウヤがベッドの上で眠るもう一人の女性の手を握り締めた。

瑠岬センリの、小さな手を。

それが、亜穏《あのん》シノブが示した〝賭け〟の全容だった。

嘗《かつ》て〈獣の夢〉によって意識をバラバラにされ、以来醒《さ》めない眠りに沈んでいるセンリ……彼女の見ているその夢こそが、接続不可能とされた〈銀鈴《ぎんれい》〉と繋がっているかもしれないと。

あんな悪夢に二度も関わることはないと、シノブの人情がひた隠しにしていた夢の導《しるべ》。つい先刻、その賭けに乗ったヒョウゴが大学病院の院長へ直談判《じかだんぱん》し、ありもしない事件をでっち上げ、重要参考人と称してセンリを病院から連れだすという職権濫用《あらわざ》をやってのけたのだった。

センリのベッドが巨大な輪をなす論理コイルを回転させる。彼女の夢が夢信《むしん》空間を投影した像《ビジョン》であるなど誰も考えてもみなかったことで、今はその真偽が調べられている最中だった。が。ここに居合わせた誰もが、そこに〝はじまりの夢〟へと続く道があると分かっていた。

「——走査結果、出ました」

信じているのではなく、分かっていた。センリの穏やかな寝顔が、全てを物語っている。

「コンタクトを確認。未知の孤立空間ですが……確かに、彼女の夢はどこかへ繋がっています」

そう、管制員《オペレーター》の報告を聞いて。姉の手を握るトウヤの手に、力が籠《こも》った。

少女の夢が道を照らす。茫漠《ぼうばく》とした夜の海でも船乗りたちを迷わず導く、不動の星のように。

「……〝北極星《ポラリス・ワン》〟」

トウヤとセンリが繋ぐ手に、レンカが両手を重ねて、

「センリさんが、きみたちを導いてくれる、五人目のチームメンバーだ」

ぎゅっと、その手にありったけの思いを籠めて。やがてレンカは、後ろへと下がった。

「……早く帰ってくるんだぞ、トウヤ。ずっと起きて待ってるからな」

「あんまり夜更かししたらダメですよ、レンカさん」

「バーカ、こっからクソ忙しくなるんだ、居眠りなんてしてられるかよ」

そんな何でもないやりとりに、笑顔が零《こぼ》れた。

「それじゃあ、いってきます」

「あぁ、いってらっしゃい」

一日を区切る、大切なおまじない。それが唱えられたと同時、時計が午前0時を指した。

昨日と今日が交差する。トウヤが目を閉じ、レンカが振っていた手を耳元《ヘッドセット》へとやった。

「――……夢信機《むしんき》全台、接続開始」

研ぎ澄まされた指揮者の声が、対悪夢特殊実務実働班へと令する。

「自我意識名《センス・オブ・セルフ》〝薪花《まきはな》ウルカ〟。コール〝シューター・ワン〟、コンタクト」

「自我意識名《センス・オブ・セルフ》〝那都神《なとがみ》ヨミ〟。コール〝アタッカー・ツー〟、コンタクト」

「自我意識名《センス・オブ・セルフ》〝瑠岬《るみさき》センリ〟。コール〝ポラリス・ワン〟、コンタクト」

「自我意識名《センス・オブ・セルフ》〝瑠岬トウヤ〟。コール〝アタッカー・ワン〟、コンタクト」

放射状に並んだ機械式ベッド群の中央に、真っ白なストレッチャーが配されていた。

そこに眠るのは、呀苑《がえん》メイア。

魔女を取り囲んで目を瞑《つむ》る四人は、まるで気高い、騎士のようで。

「いいかお前らぁ！　胸くそ悪《わり》ぃ悪夢なんてぶっ飛ばして、うちのお姫様を攫《さら》い返してこい!!」

「我々〈貘《バク》〉の牙《きば》を、醜い獣に見せてやれ。――状況！　開始っ!!」

第八章　はじまりの夢

＊＊＊夢信空間＊＊＊

夢を見た……真っ暗な、どこまでも真っ暗な夢だった。

左右も前後も上下もなくて、内と外の区別もない夢。浮きも沈みもしない身体で深海に置き去りにされたような。途方もない宇宙にたった一人で放り出されたような。そんな夢。

意識が溶ける。混沌《こんとん》と混ざり合い、希釈される。大海に滴り落ちた一滴のインクのように。

けれど。どんなに意識が薄まっても、彼は〝瑠岬トウヤ〟という、己の名は手放さなかった。

真っ暗闇《くらやみ》に、一つだけ光り輝く点があった。

不動の星、瑠岬《ポラリス・ワン》センリ。

それがこの意識を溶かす夢の中で、彼を繋《つな》ぎ止めてくれていた。迷うことはない。決して。

これはきっと、あの子の見た夢の名残だ。混沌の中を進みながら、ふとそんな思いが過《よぎ》る。

夢の中で産まれた子。夢を夢と知らずに育った娘。機械の部品となり果てることを望まれた少女が見た最初の夢は、きっとこんなふうに何もない夢だったに違いない。〝何もない〟ということさえ分からない、本当の孤独。

きっとこの向こうに、あの子の生まれた世界がある。

光の点だけピタリと据えて、トウヤは暗闇《くらやみ》を泳ぎ続ける。身体が加速してゆく。星の光が強くなる。真っ白に塗り潰《つぶ》される。暗黒の夢の、そこが最果て。ここが出口で、そして入り口。片手じゃ足りない。両手を伸ばす。千《ち》切《ぎ》れそうなほどいっぱいに。光の向こうへ。

そしてその手の中にひんやりと、何かの確かな感触があって——次の瞬間、世界が開けた。


………ジジッ。


身体に染み着いたその雑音を耳にして、トウヤはハッと我に返った。

右耳にヘッドセット。身体を見下ろせば軍服調の黒い戦闘服に、頭には制帽。

ここは人工の夢の世界。さっきまで見ていたものは、夢信機《むしんき》と人工頭脳との間で走ったパルスが見せた幻か。夢の中で夢を見ていたような、そんな奇妙な浮遊感がまだ残っていた。

ふと、重ね合わせていた両手を開く。その掌《てのひら》には、枯れ落ちた一本の小枝があった。

白く濁った、水晶でできた幼木だった。暗黒の夢の中で手を伸ばした先にあったもの。それは役目を終えたとでもいうように粉々に砕けると、風もないのにさやさやと消えていった。

「……ヨミ……ウルカ……。……聞こえてる……?」

トウヤのそれは通信テストではなく、もっと精神的な問い掛けだった。

ヨミもウルカも、その場に呆然《ぼうぜん》と立っていた。脱力した表情を見て、トウヤは彼女たちも自分と同じ闇《夢》を見たのだと理解する。あるいはまだ見ている途中なのではと一瞬肝を冷やしたが、二人の手からもあの幼木が流れてゆくのを認めて、彼は直感的にほっと胸を撫《な》で下ろした。

「……瑠岬《るみさき》くん……今の夢……ヨミ、あんなに孤独《さみ》しい夢、見たことない……」

ヨミが声を震わせる。メイアの夢の名残に触れて、その孤独のあまりの深さに、ヨミのジト目は戸惑いで丸く見開かれていた。

「るみじゃぎじぇんばぁい……なんずが今のぉ……ごわがっだっずぅ……っ！」

いろんな汁塗《まみ》れの顔面を崩壊させたのはウルカである。あの闇の中で迷いかけでもしたのか、ぐじゅぐじゅの顔を外套《マント》に埋めてこられてトウヤはぎょっとした。

【……さき……瑠岬！　応答しろ、瑠岬！】

それまで小さな雑音しか聞こえていなかったヘッドセットに、レンカの声が届いた。

その声に悲壮な色が滲《にじ》んでいるのを聞き付けて、トウヤが急ぎ応答する。

「こちら瑠岬《アタッカー・ワン》トウヤ、聞こえます、レンカさん」

【トウヤ……！　良かった……きみたちの信号をロストして、どうしようかと……！】

レンカの深い安堵《あんど》の声と、その背後から管制員《オペレーター》たちの歓声が上がる。

【ふむ……どうやら第一関門は突破のようですね】

そこへ割り込んできたのは、亜穏《あのん》シノブの声だった。

【なっ……?!　て、てめぇいつの間に!?】

【ハハッ、おっと失礼？　通信機を貸していただけていないものでして】

【だったらそう言え！　わざわざ気配消して寄ってくるな！　ちょ……近《ち》っか……!?】

【まぁまぁ、こういうのわたくし嫌いじゃないですよ？　あ、良い匂いしますね、犀恒《さいづね》さん】

【っ?!　嗅《か》ぐなバカぁ!!】

バチーン！　と盛大に弾けたのは、レンカのビンタが炸裂《さくれつ》した音。

「レンカさん……あたしの鼓膜返して……」

「むぅ、目が覚めちゃうかと思ったんダヨ。ヨミ、せっかくアップ済ませてるのに……」

ウルカとヨミが苦言を呈する。気を取り直して、トウヤはぐるりと周囲を見回した。

歪《いびつ》な形に欠けた月。所々が黒く塗り潰《つぶ》れた夜空に、星が疎《まば》らに瞬《また》いている。

夢信《むしん》空間、〈銀鈴《ぎんれい》〉――辺り一面、そこは何ものの気配もない、深い深い森だった。

枯れ木も落ち葉も、腐り落ちた果実さえも、全てが水晶でできていた。歪《ゆが》んだ月から注ぐ光がそれらに淡く反射して、ぼんやり銀色に輝いている。生々しい、幻想の世界。

【――ごほん。それでは、作戦内容を再確認いたしましょう】

シノブの声が鮮明に聞こえた。レンカとの悶着《もんちゃく》を経て、専用の通信機を渡されたらしい。

【第一段階、〝〈銀鈴《ぎんれい》〉への接続〟はクリアです。続く第二段階は〝《顎の獣》《呀苑クナハ》の潜伏先の特定〟。そして第三段階は、〝呀苑《がえん》メイアの奪取〟となります】

〝救出〟ではなく〝奪取〟と言っているのは、シノブがあくまでメイアを〝人間〟ではなく〝備品〟として扱う〈鴉万《からすま》産業〉のスタンスに準拠しているからである。何を今更悪役振っているのかとも思われたが、どうにもそこだけは譲れないらしい。

「で、こっから先はどうすんすか？」

嫌われたがりのシノブが期待するとおりに、ウルカが当たりも強く問い質《ただ》す。

【大原則として、《顎の獣》《あぎと》との交戦は避けてください。呀苑さんの下に到達すること。それが勝利条件です。幸い、覚醒現実《こちら》の呀苑さんは無傷。恐らく夢信空間《そちら》で幽閉でもされているのでしょう——つまり、呀苑メイア《ウイッチ・ワン》は健在です。彼女の奪取はそれイコール、我々の最終目的、〝《顎の獣》《あぎと》の討伐〟に直結しているというわけです】

【ですが、ここから目標《ターゲット》をどうやって突き止めるのですか？】

管制員《オペレーター》の一人が問い掛けると、トウヤが幻夜の空を指差して応じた。

「それなら大丈夫です。瑠岬センリ《ポラリス・ワン》がまだ見える……クナハとメイアは、きっとあの方角に」

【確かに、センリさんの夢が〈獣の夢〉まで繫《つな》がっている可能性は寧《むし》ろ高い、か……】

レンカも同意する。ここまで導いてくれた光だ。ならば、その先へだって……。

絡まる梢の間から、歪な形に欠けた月を見上げる。その横で小さく、しかしはっきりと光り輝くセンリの星をじっと見つめて、三人は死んだ森の深みへと歩を進めていった。

——ピクリ。……広大な洞窟《どうくつ》の深奥で、巨大な岩陰が震えた。

間近に立てば視界を塞《ふさ》ぎきってしまうほどの、大きな大きな岩塊である。

その表面ではゴワゴワした体毛が、逆立っては倒れ、逆立っては倒れと繰り返している。

長い長い尾は蜷局《とぐろ》を巻くこと一回り半。ビタンビタンと波打てば、それだけで地が揺れる。

ひょこりと覗く大きな耳。月の満ち欠けの如く、巨大な二つの目玉が開く。地割れのように口が裂ければ貪欲な牙《きば》がギラリと覗き、鋭い爪は水晶を氷砂糖のようにゴリゴリと削いだ。

毛むくじゃらの巨人とも、長く歪《いびつ》な手足の魔狼とも知れぬ姿で、呀苑《がえん》クナハが身を起こした。

クンクン、クンクン。鼻をしきりに動かして、常夜の夜風を嗅《か》ぎ回す。

「……臭ウ、臭ウゾ……――バオォォォォオッ!!」

縄張りを踏まれた獣の、怒りの咆哮《ほうこう》が爆《は》ぜた。クナハが洞窟《どうくつ》をよじ登っていく。岩盤には幾つもの亀裂が走っていて、そこから夜風と月光が入り込んできていた。

亀裂の一つへ滑り込むと、魔狼は地上を目指し這《は》ってゆく。頭が隠れ、続いて前足、胴体、後《うし》ろ足《あし》と。最後に尻尾が吸い込まれると、辺りはしんと静まり返った。

が、程なくして、ヌオリと。クナハが再び洞窟内へ頭を突き出し、猫撫《ねこな》で声《ごえ》を出した。

「チョット行ッテクルネ。イイ子ニシテ、待ッテテネ?」

「――――」

……その後には、不気味な沈黙だけがあって。

「ソウソウ、オ利口サンダヨ、めいあ。エッエッエッ!　エッエッエッエッ!!」

気色の悪い笑い声だけその場に残し、やがて獣は姿を消した。

ゴゴンッ。岩盤の亀裂から地上へと這い出したクナハが、床石を踏み鳴らした。

死した水晶の森の片隅、ここは崩れて風化した、苔むす神殿遺跡だった。

クンクン、クンクン。獣の嗅覚が、視覚よりも遥かに膨大な情報を感知し、収集する。

彼方、森の只中。三つの臭いが近づいてくる。

クナハが鼻先を上向けて、煩《わずら》わしげに唸《うな》った。

「……邪魔ダナ、アレ」

魔狼が見ているのは月だった。食べかけのクッキーのように、歪な形に欠けた月である。

「……アーン……」

グバリと、大きな大きな口が開いた。《顎《あぎと》の獣》とまで呼ばしめる、奈落の縁の如き巨顎《きよがく》。

——バクンッ。ボリ、ボリ……バリ、バリ…………ゴッ、グン。

飴玉《あめだま》を嚙《か》み砕くかのような咀嚼音《そしやくおん》、ぽろりぽろりと口の端から零《こぼ》れ落ちる食《た》べ滓《かす》……その場で起きたことといえば、たったそれだけのことだった。

「……粉ッポクテ、ヤッパリ不味《まず》イヤ。エッエッエッ！」

ゲェエエッップ……月を喰らった魔狼がげっぷを吐き出し、銀色の夜気を生臭く染めた。

突如として僅《わず》かな星明かりだけの闇夜《やみよ》となり、〈貘《バク》〉たちは足止めをくらっていた。

【――月の消失を管制室《こちら》でも確認した。呀苑《がえん》クナハ、環境パラメーターすら書き換えるか……！】

トウヤの耳にレンカの歯噛《はが》みが聞こえた。焦燥とトラウマを必死に抑え込んでいる。

「クナハは鼻が利きます、〈花子〉のときもそうだった……侵入に気付かれたのかも」

【犬並みの嗅覚、か……厄介なレーダーだが、タネさえ分かっているならやりようはある】

【方策はこちらで検討いたしましょう。落ち着いて、前に進むことだけを考えてください】

レンカとシノブが協議するのが聞こえだす。つい先刻までのギスギスが嘘のような連帯感だった。メイアを助け出す、その目的を一《いっ》として、利害もなしに皆が同じ方向を向いている。

大丈夫、上手くいく、上手くやってみせると、トウヤが改めて奮い立ったときだった。

「――瑠岬《るみさき》くん！　危ないっ!!」

突如、血相を変えたヨミが、トウヤの身体を突き飛ばした。

トウヤが尻餅をつき、ヨミも反動で倒れる。ウルカも合わせて身を屈《かが》めると――ゴゴンッ！

何の前触れもなしに地面がいきなり抉《えぐ》れ、その間近にあった水晶の枯れ木に大穴が空いた。

「これは……！　うっ……!?」

背中にぞくりと寒気を覚え、トウヤがその場で身を転がす。

再びゴゴンッと衝突音。大木がミシミシ悲鳴を上げて倒れ、銀の落ち葉が周囲に飛び散った。

すかさず、左腕を覆う外套《マント》からサブマシンガンを取り出すと、トウヤは弾丸を散撒《ばらま》いた。

発火炎《マズルフラッシュ》の閃光《せんこう》が冷たい闇夜を暖色に引き裂き、ビスッ、ビスッと何かを撃ち抜いた手応え。が、引き金《トリガー》から指を離すよりも先に、それは蜃気楼《しんきろう》のように跡形もなく消えた。

トウヤは、それを知っている。

「……クナハだ！　あいつは、好きな場所に自分の牙《きば》を投影して攻撃してくる！」

そう言っている間にも、漂う硝煙目がけ次の幻影が食らいついて。彼は確信を得た。

「完全にばれてる、俺たちの存在が……！　レンカさん！」

【チッ……レーダーの次は長距離狙撃《そげき》だぁ？　要塞《ようさい》でも相手にしてるってのかよ……】

【一塊になって行動するのは危険ですね。下手をすれば一撃で全員戦闘不能です。ふむ……】

舌打ちするレンカの声に、シノブが割り込む。数秒間の黙考。それから間もなく、

【――如何《いかが》でしょう？　ここはチームを一人《ワンマン》と二人組《ツーマンセル》に分割するというのは？　一人がこの森に残り《顎の獣《あぎと》》の注意を引き付け、その隙に残る二人が呀苑さんの下へ向かうのです】

「でも、別行動したところでクナハにこっちの位置が筒抜けだったら意味がないですよ」

【おっしゃるとおりでございます】

トウヤの指摘に、シノブが指を鳴らして応えた。

【それに関しましては、こちらで策をご用意いたしました。ね？　犀恒《さいづね》さん？】

【『ね？』じゃねぇよ……あー、しかし現状、その手でいくしかなさそう――】

「はい！　はいはーい！」

そこで食い気味に、勢いよく手を挙げる者がいた。

「そういうことなら、あたしが残るっすよ」

「ウルカ……」

迷わず名乗り出た後輩の横顔を、トウヤが真剣な表情で見つめる。

潜伏戦ならば、確かにウルカが適任だった。が、その判断に感情がついていかなくて……

「──こらぁ！　瑠岬《るみさき》トウヤ！　何すかその腑抜《ふぬ》けた面は！　迷ってるんじゃあない!!」

そんなトウヤを、ウルカがゲシリと蹴りつけた。

「分かってる……分かってるけど……！」

「男ならビシッとしなさぁい！　呀苑《がえん》さんを助けるって言い出したのは先輩でしょうがよ」

その一喝で、トウヤの顔から迷いが吹き飛んだのがウルカには分かった。嬉しい反面、それがメイアの名前を出した瞬間であったことにも気付いてしまって、少しだけ胸が痛みもして。

「先輩、言ってたじゃないっすか……薪花《シューター・ワン》ウルカにどやされないようしっかりするんだって」

それは日曜日、二人きりの観覧車で交わした言葉。その後すぐに冗談で流したけれど、心の中の誰にも見せない秘密の箱に大事に仕舞った、ウルカだけの宝物。

「──今が、そのときっすよ。でなきゃあたし、今度はライフルで殴り掛かっちゃいますよ！」

ウルカがニカッと満面の笑みを浮かべる。それに押されて、トウヤの頬も持ち上がった。

「あぁ――お前の腕、当てにするよ。見ててくれ、一番後ろから！」

トウヤが右手を前に出す。握手ではなく、手を打ち鳴らし、互いの背中を押すために。

「……おっしゃぁい！　あたしの元気！　持ってってくださいよっとぉ！」

バッチーン！　ウルカの右手がトウヤの手を打ち、軽快な音を響かせる。それを合図にトウヤとヨミは二人組《ツーマンセル》となって走り出し、ウルカは一人、彼らに背を向け森の奥へ姿を消した。

――先輩たちの背中を守る。ここがあたしの戦場だ――右手に残る彼の手の感触と温《ぬく》もりを握り締めると、それだけでウルカは、夜空の星だって撃ち落とせる気がした。


【――瑠岬《ポラリス・ワン》センリの方位、修正よし。そのまま直進してください、瑠岬《アタッカー・ワン》トウヤ】

「了解」

管制員《オペレーター》の誘導に従いながら、トウヤは一路、クナハの根城へと急行していた。

月が消えても尚、微《かす》かに発光し続けている水晶の森。並走するヨミへ直進の合図を送る。

「うい。――瑠岬くん、もちょっと飛ばせる？」

トウヤのサインにこくりと頷《うなず》きながら、ヨミがそう尋ね返した。

乱立する枯れ木の間を縫い、足元に飛び出た太い根を飛び越え、二人は既に驚異的な速さで前進している。トウヤが頷き返すと、彼女は更に走力を上げ、グンッと一気に前に出た。

ヨミの後ろ姿が小さくなっていく。どんどん引き離される。トウヤは食い縛った歯から声を漏らすと、自らの身体を激しく鞭打《むちう》った。そして再び並走するまでになると、額に大粒の汗を浮かべるトウヤを見ながら、ヨミは涼しい顔で親指を立ててみせるのだった。

夢信《むしん》特性《明晰夢《めいせきむ》》によって己の肉体を改造できるヨミとは違い、トウヤは夢信空間に課された世界規定から逸脱できぬ凡人、覚醒《かくせい》現実と同様の物理法則下で行動する他《ほか》ない。そんな彼がそれでも彼女の脚力についていけるのは、偏《ひとえ》にその異常な精神負荷耐性の賜《たまもの》だった。

〈獏《バク》〉の攻勢が第二段階へ移行してから、幻影の顎《あぎと》は彼らへ牙《きば》を向けなくなっていた。

いや、状況を正しく述べるならば、幻影の急襲は苛烈さを増していた。ゴゴンッ、ゴゴンッ！　今も正《まさ》に、疾駆するトウヤたちの耳には、森が噛《か》み砕かれる音が聞こえてきている。

「管制室、からの、攪乱《かくらん》……っ、上手く、いってる、みたいですね……！」

【あぁ、この前は呀苑《がえん》にいいようにされて痛い目見たからな。そいつの応用だよ】

トウヤが〝奇策〟に舌を巻き、レンカの声がタダで起きてやるものかと息巻いた。

【夢信機を経由した、外部機器への逆接続だ。第二世代機《シリーズ》に接続中の数万人の《ユーザー》〝体臭イメージ〟を拝借して、〈銀鈴《ぎんれい》〉にぶち込んだ。超敏感な獣のお鼻だ、今頃ひん曲がってやがるだろうさ】

バゴォッーンッ!!　とそのとき、通信を掻《か》き消し、凄まじい爆音が空気を震わせた。

頭上にパッと橙《オレンジ》色の火花が咲き、直後、ドンドドンと地鳴りが響く。

「ウルカちゃん、派手にやってるんダヨ」

ほぁー……と走りながら口を半開きにして、ヨミがウルカの放つ銃撃に驚嘆を漏らす。

「クナハに状況を把握される前に、このまま一気に畳み掛ける！」

隆起した大岩を飛び越えながら、トウヤが右隣を走るヨミへ士気高く告げた。

「……フフッ。こうしてると、何だか半年前まで二人組《ツーマンセル》だったのを思い出すんダヨ」

枯れ木を蹴って三角跳びしたヨミが、トウヤの左隣へと位置取りを変えながら言った。

「ああ、懐かしいね……俺のほうが先輩だったのに、初日から追い越されたんだった。ちょうどあの日もこんなふうに走り回って、あっという間にヨミの背中が見えなくなって」

「でも瑠岬《るみさき》くん、今はこうしてヨミと並んで走れるようにまでなったんダヨ」

「追い付きたかったからね、きみに。俺なりに努力してきたんだ――悔しかったから」

「へぇー……そういうの気にしない人だと思ってたんダヨ」

「顔に出してなかっただけさ」

「ふむ、瑠岬くんはヨミに負けず劣らずのぽーかーふぇいす……もっと君は笑い給え。ははは」

こんなときにもマイペースを崩さないヨミに、トウヤは純粋に尊敬の念を抱いた。

〝才能〟だとか〝天才〟という言葉で、その人の目に見える部分だけを評価するという行為が、トウヤは好きではない。でも、それを踏まえても、努力では得難い才能がヨミにはあると、彼は常々そう思う。殊夢《こと》信分野に関しては、彼女は掛け値なしの天才だと。

「……俺、きみのそういう……本当に夢を見るのが好きで、楽しそうに〈獏《バク》〉をやってる姿、憧れる」

だからトウヤは、二人きりの戦場で、そんな胸の内をぽろりと零《こぼ》していた。

「俺は、この仕事を自分への言い訳にしかしてこなかった——独りになったのは、四年前に〈獣の夢〉を見たせいで。だから俺は〈悪夢《ノイズ》〉が憎くて。〈貘《バク》〉になるのが当然なんだって」

ヨミはただ黙って、疾駆しながらトウヤの独白に耳を傾けている。

「俺は自分の生き方を、悪夢のせいにしないと決められなかったんだ。中学を卒業した日にレンカさんに呼び止められるまで、俺には何もなかったから——空っぽなんだよ、俺。だからヨミみたいな、誰にも左右されないマイペースな生き方に憧れる……」

それは暗い独白だった。全てを失った少年が、歪《いびつ》な箱庭《日常》を積み上げるまでの、言い訳の物語。

「——瑠岬《るみさき》くん。ほら、これ見て」

そこへふと、ヨミが脈絡もなく手を差し出した。その手には、彼女の髪が摘まれていた。

「……？　髪がどうかしたのか？」

意味が分からず、トウヤが首を捻《ひね》る。そんな彼にヨミが返したのは——満面の笑みだった。

「ヨミの髪、この色に染めたの、何でだと思う？　——君のそれが、かっこよかったからダヨ」

ヨミが、トウヤの横顔を指差した。

走り続けるトウヤたちに、正面から風が吹き続けている。それに煽《あお》られ、トウヤの黒髪が揺れていた。……そして彼の後ろ髪は、その一帯だけ色素が抜け落ち、銀灰色になっていて。

それは額の古傷に並び、全てを失った少年に残されたもの――〈礼佳弐号《らいかにごう》事件〉の傷痕《きずあと》。

それをじっと見つめながら、ヨミが言葉を続ける。

「一年前、レンカさんにスカウトされたとき、ヨミ、ほんとは断るつもりだったんダヨ。でも、〈夢幻S.W.《会社見学》〉に行ったとき、〈悪夢《ノイズ》〉相手に危なっかしくて、でも一生懸命に一人で闘ってる君を見て、ヨミ、かっこいいなって思ったんダヨ。だからヨミは、今〈貘《ここ》〉にいる――最初にヨミに〝憧れ〟をくれたのは、瑠岬くんなんダヨ。だから君は、空っぽなんかじゃない」

トウヤは森を駆け抜けながら、何も言えないまま目を丸くしていた。

それから程なくして――トウヤは、大きな笑い声を上げた。

横腹が痛い。喉《のど》が灼《や》ける。それでも構わず笑っていると、どんどん心が軽くなっていった。

暗い森がふいに開ける。先には深い谷が口を開けていたけれど、二人は構わずジャンプした。

「――ヨミ！　ありがとう！　俺の銀灰色《これ》に、悪夢じゃない、別の素敵な意味をくれて！」

まるで身体まで軽くなったようだった。谷なんて優に飛び越え、二人は揃《そろ》ってまた走り出す。

ヨミが、トウヤの後ろにピタリとついて声援を送る。付かず離れず、一番安心できる距離から。彼の揺れる後ろ髪とその銀灰色が一番よく見える、那都神ヨミ《アタッカー・ツー》にとっての特等席から。

「君はヨミの同級生で、リーダーで、ヒーローなんダヨ――だからがんばれー、瑠岬くん」

≫≫前進中のトウヤたちより後方、二千メートル。水晶の森。

【――弾着。ヒットなし。次弾装填《そうてん》、照準を次の候補ポイントへ、薪花《シューター・ワン》ウルカ】

ガッゴンッ。

重厚な動作音を立て、極太の遊底《ボルト》が前後へスライドした。

……バゴォッーンッ!!

続いて激烈な発射音と爆風。耳栓なんて意味をなさない衝撃に目眩《めまい》を覚える。

それから十秒近い間があって、忘れた頃にようやく、遙《はる》か彼方で炸薬が地味な花火となって空中に咲いた。更に遅れて、その炸裂《さくれつ》音がやっとウルカの耳にまで返ってくる。

たった一人森に残ったウルカが陣取ったのは、高く隆起し見晴らしの利く丘の上。身を潜《ひそ》ませた木々と岩陰の間から覗くのは、先端からもうもうと硝煙を立ち上らせる銃身だった。

その銃は、〝ライフル〟と呼ぶにはあまりにも巨大すぎる代物だった。

薬室《チエンバー》から吐き出された空薬莢《やっきよう》が足元にゴロリと転がる。それは撃った本人もぞっとするサイズで、薬莢というより水道管の切れ端とでも言われたほうが納得できるほど。

『とにかくデカい弾丸を、すげぇ遠くまで飛ばす』――そんな愚直な目的《ロマン》を実現するためだけに生み出された怪物ライフルは、反動制御が考慮されておらず、持って構えるなどもってのほかだった。故にこのデカブツは、杭《アンカー》を打ち込み地面に縫い付けられた台座上に鎮座していて、

「――あったま悪いなぁ!?　これ考えた奴ー!」

【ごめんなさい、うちの設計部が悪ノリで作った武装イメージなんです、それ……】

ウルカ渾身《こんしん》のツッコミに、女性管制員《オペレーター》からも溜め息が漏れる。

【覚醒《かくせい》現実に存在しない構造体って、人工頭脳が存在を許容するだけの論理的説得力が必要で……要するにとんでもなく細かい設定構築をしないとなんですけど……『これがおれたちのかんがえたさいきょうのらいふる』とか何とか……。……馬鹿ですよね、男の子って】

「引き金《トリガー》引くだけで手が痺《しび》れる……アホみたいに飛ぶ……何これ、大砲かな……？」

【《顎《あぎと》の獣》へのヒット、本弾でも確認されず。ターゲットの推定所在位置を再計算します】

月の消えた暗闇《くらやみ》の中、どこにいるとも知れぬクナハを肉眼で探し出し狙撃《そげき》するなど到底不可能である。攪乱《かくらん》しているとはいえ、幻影の顎《あぎと》による猛攻は時間が経つにつれ激しくなってきている。しかも超大型ライフルは地面に固定されているため、ウルカは移動することができない。

今は管制室で電算機を叩《たた》く、管制員《オペレーター》だけが頼りだった。

【気象データ更新。体臭イメージの拡散範囲、幻影の出現座標、空中炸裂式榴弾《りゅうだん》の着弾半径、諸元入力。算出結果を補正……出ました。ターゲット推定位置、三つの候補に絞り込めます】

管制員《オペレーター》から砲撃の修正指示が告げられる。星屑《ほしくず》の光満ちる暗闇へ、黒鉄《くろがね》の矛先を向ける。

こんな馬鹿でかい弾丸なんだ、先輩二人が通れる風穴ぐらい、開けてみせろ——神には頼らない。それは祈りの言葉ではなく、信念の叫びだった。

「——当たれぇぇえっ!!」

カチリッ……その巨体には不釣り合いな軽い引き金を、ウルカが引き絞る。

バゴォッーンッ!!


「──グルルルル……ッ！」

神殿遺跡の屋根へよじ登ったクナハが、唸《うな》り声を上げていた。

魔狼は混乱していた。苛立《いらだ》っていた。理性よりも獣性が前に出て、拙《つたな》い言葉すら忘れていた。

月を喰《く》らい、視界を奪い、己に有利な環境を作り出したまでは良かった。ところがだ。突然、森の中に数え切れない臭いが噴き出し、敏感な嗅覚に次から次へと割り込んでくる。

それに加え、轟音《ごうおん》に耳までも不快に揺さぶられ、その怒りは頂点に達しつつあった。

「臭イ！　ウルサイ！　がじがじスル！　オ腹ト頭ガがじがじスル！　グルルルァ!!」

その巨体で地団駄を踏む。腹を立てた子供そのものの態度だった。

「バオ──」

そしてクナハが咆哮《ほうこう》を上げかけた、そのとき、
カッ！　目の前と口の中とが、紅蓮に染まり、

「──キャウゥゥウン……ッ!?」

獣の巨顎《きよがく》から吐き出されたのは、そんな細い犬の声だった。

【――弾着！　ヒット！　……焼夷弾《しょういだん》、直撃です！】

女性管制員《オペレーター》の声が熱を帯びた。

「よっしゃぁあい！」

　ウルカが野太く吠える。互いに相手が見えぬ砲撃戦で、先に星を挙げた手応えに拳《こぶし》を握る。

　しかし彼女はそれ以上の反応《リアクション》は示さなかった。跳び上がって喜ぶでもなく、トウヤに戦果を報《しら》せるでもなく、醒《さ》めた顔つきで遊底《ボルト》を引く。ガッゴンッ。薬莢《やっきょう》を排出し、片膝《かたひざ》をついた射撃姿勢から立ち上がり、放物線軌道を描くように上向けていた砲身を水平方向へ構え直した。

それは無限の直進軌道――《魔弾》の構え。

　遥《はる》か彼方に焼夷弾の紅蓮が見える。闇夜《やみよ》でそれはこの上なく目立つ的。見えさえするなら、必ず当ててやる……一撃必殺の徹甲弾を装塡《そうてん》すると、重たい遊底《ボルト》を戻して薬室へと押し込んだ。

　大望遠のスコープを覗き込む。「巨大で醜い狼のよう」と聞く、件《くだん》の〈獣の夢〉の姿は確認できない。が、何か古びた建物の陰に、焼夷弾の炎が見えた。それが奴の動きを教えてくれる。

　距離が開きすぎているため、弾丸は撃ち出してから着弾までに約十秒の時間を要す。獣の頭が覗いてからでは遅い。その前兆を捉え、悶《もだ》える敵の未来位置を予測して引き金を引くのだ。

　ゆらと、炎が大きく左右に揺れた。立ち上がる……それを予見して、ウルカは息を止めた。

　バゴォッツーンッ!!　砲撃の衝撃が足元を伝い、土埃《つちぼこり》を巻き上げる。

　引き金を引いたと同時、ウルカの心臓が停止した。《魔弾》が発動し、それは夢信《むしん》空間の物理定数を一時的に書き換え、弾道を乱す要素を全て無に帰し、弾丸を一直線に飛翔させる。

異能の代償として発生する、秒単位での心停止。目が霞《かす》む。何も考えられない。

だが、ウルカはスコープから目を離さない。その先では彼女が予見したとおり、《顎の獣《あぎと》》がヌオリと身を起こしていく。弾着まであと僅《わず》か。早く、早く。姿を見せろ。あたしが思い描いたとおりに――正《まさ》にその理想どおりのタイミングで、遺跡の陰からクナハが頭を覗かせた。

そして。望遠レンズ越し。その悍《おぞ》ましい獣の瞳《ひとみ》と、ウルカの目とが、合った瞬間――

『――――――見タナ？』

「っ……?!」

バギイイインッッッ!!

直撃だった。喉元《のどもと》のど真ん中。

大口径の徹甲弾をもってすれば、獣の首を吹き飛ばして当然の弾道だった。疑う余地もなく。

にもかかわらず。

殊《こと》貫通力に最大特化した徹甲弾が、何ものに突き刺さることもなく出鱈目《でたらめ》な方向へ弾き飛ばされていた――先ほど聞こえた耳慣れない音は、特殊合金製の弾丸が上げた悲鳴。

バクリ……と、遥《はる》か彼方で頭部を燃え上がらせたクナハが顎《あぎと》を開くのが、スコープに映る。

「はぁ……はぁ……っ！」

ウルカの呼吸が乱れた。開いた瞼《まぶた》が閉じてくれない。瞳が乾く。涙が滲《にじ》む。

【ウルカ！　後退しろ！　ウルカ!!】

「はぁっ、はぁっ、はぁっ……！」

レンカの声が聞こえる。このままだとやばいなんて、あたしが一番分かってる。

でもダメだ。身体が動いてくれない。全然、無理、こんなの。

【薪花《シュー・ター・ワン》ウルカ、精神負荷急上昇！　侵食値8を突破！　尚も上昇！　止まりません!!】

【ウルカの接続を切れぇ！　暴露時間を最小限に！　ぶっ壊して構わん!!　殺されるぞッ!!】

【駄目です！　ロックされてますっ！　電源は切断してるのに!!　何で！　何でぇ!!】

獣の顔面から血が噴き出しているのが見えた。焼夷弾《しょういだん》が直撃した痕《あと》。じゃあどうして、徹甲弾が弾かれた？　誰も答えてはくれない――唯一はっきりしているのは、禍々《まがまが》しい死《イメージ》で。

「はぁっ、はぁっ…………はっ、はっ、はっ、はっ……！」

呼吸と心拍数が限界まで上昇して――最後にウルカは、何でもなく、ぽつりと思った。

――……ぁぁ……おっきな口だなぁ……。

……………バッ……クンッ。

＊＊＊覚醒《かくせい》現実＊＊＊

……つい数秒前まで狂乱に包まれていた管制室は一転、水を打ったように静まり返っていた。

機械式ベッドの電源を引き抜いた女性管制員《オペレーター》が、棒立ちになっていて。どこかから引っ張り出してきたパイプ椅子を論理コイルにめり込ませたレンカが、肩で息をしていて。

恐る恐る、ベッドの上を見遣《みや》ると——脂汗を噴き出したウルカが、両目を見開いていた。

「…………あたし……生きてるっすか……？」

その声を聞いて、レンカと女性管制員《オペレーター》が揃《そろ》って深い安堵《あんど》の息を吐き、へなへなと座り込んだ。

「……助かりましたよ、改谷《あらたや》さん……」

レンカが見上げた先には、ヒョウゴが立っていて、

「……いやぁ……突っ立ってるだけのロートルでも、役に立っちまうもんですなぁ……」

その手に、白煙を上げる回転式拳銃を握り締めていた。

どうやっても止まらなかった夢信機《むしんき》に引導を渡したのは、中年刑事官の撃ち放った実弾であった。論理コイルには今や三発の弾丸がめり込み、風穴からバチバチと火花が飛んでいた。

【——レンカさん⁉　森が、いきなりなくなって……！　ウルカはどうなったんです⁈】

スピーカーからトウヤの声。魔狼の一噛《か》みで更地と化した森を見て、動揺が聞き取れる。

「どうにか強制覚醒に成功した……無事だよ、彼女は無傷だ」

トウヤからも安堵の声が漏れる。ヨミもその後ろでほっと息を吐く気配。

そんな中、一人苦い顔をしているのはウルカだった。

「……何でなんすか……徹甲弾を直撃させたんすよ……？　それを真正面から弾かれて……」

ベッドの縁に座り込んで頭を抱える。あの最後の数秒間の光景が頭に焼き付いて離れない。目をカッと開いて「何で……何で……？」と譫言《うわごと》のように繰り返すその姿は病的だった。

「…………〝論理障壁〟と呼ばれるものです」

シノブが、重い口を開く。

「極度の負荷《ストレス》に晒《さら》された観測者が、観測対象に対して忌避方向へ、無意識に世界規定を曲解させる生理反応。弊社が《顎の獣《あぎと》》を研究していた過程で発見された現象です——『無理』、『怖い』、『敵わない』、そういった強烈な負のイメージが、あの獣を護《まも》る障壁となって現れるのです」

「ウルカが、自分の意志で弾丸の軌道を変えたというのか……？」

「奴の前では、あらゆる攻撃が攻撃者自身の手で本能的に取消《キャンセル》される。交戦は避けてくださいと申し上げたのはそういうことです。でなければ四年もあれを放置なんてしていません」

背もたれに身を沈めて顔を上げると、シノブは苦悩の溜め息を吐《つ》いた。

「……人間は、原理的に《顎の獣《あぎと》》に勝てない。あの論理障壁を突破できるのは、クナハと生まれを同じとする呀苑《がえん》さんだけ……〈鴉万産業《からすま》〉が彼女に拘《こだわ》る、これが真の理由です」

それは生体部品《メイアとクナハ》の存在に並ぶ、最高機密の一つだったのだろう。いたずらに士気を下げてはメイアの救助すら儘《まま》ならないと、あえてここまで言わずにいたのか。「そんな大事なこと黙ってやがって」と言いたくもなったが、レンカはシノブを責めることができなかった。

〈獣の夢〉から逃げ出して、心が砕ける音を聞いたレンカには痛いほど分かるのだ——あの体験を論理障壁と呼ぶのなら、あんなもの一生知らずにいるほうが幸せだと。

「〈貘《バク》〉がどれほど足掻《あが》こうが、露払いにもならんということか、笑わせる。ふぅーっ……」

決して勝てぬと宣告された戦を前に、吐き出す息が震えた。すらりと伸びた両脚も。

そしてそんなレンカの迷いを読み取ったかのように、聞こえてきたのは二人の声だった。

【レンカさん……俺は行きますよ。それでも行きます。行かせてください】

【うい、ヨミたちじゃ勝てないことは分かった。でも、それはやめる理由にはならないんダヨ】

「きみたち……」

レンカは二人のその言葉に、ハッとさせられた。

誰も救えず、逃げ出すしかなかった四年前――そんなもの、繰り返して堪るものか！

……カツーン！　ヒールが床を踏み鳴らす音が、鋭利に、高らかに響く。

「――状況続行！　各自、持ち場に着き直せ。敵わなくてもいい……絶対に呀苑《がえん》の下に辿《たど》り着け!!」

椅子にドスンと掛け直し、深く脚を組む。負け戦を前に、レンカの瞳《ひとみ》には闘志が漲《みなぎ》っていた。

「はぁー……これ、一発撃つだけでも大目玉なんですけどねぇ……ま、今更ですわな」

拳銃に弾を込め直しながら、ヒョウゴが困り顔で笑った。

二人がニヤリと目配せする。その横で、シノブがレンカを食い入るように見つめていた。

「……んだよ、そんなジロジロと……」

「……ん？　んーふふ……いやぁ、犀恒《さいづね》さん、かっこいいなぁと思いまして」

「ふん、今更気付いたか、このサラリーマンは」

「えぇ――惚《ほ》れちゃいそうです」

「「……は？」」

レンカとヒョウゴが揃《そろ》って振り向くと、シノブがにっこりと微笑《ほほえ》み掛けてきていた。

それが真剣なトーンだったのを聞かなかったことにして、管制室の一同は正面に向き直る。

モニターには、トウヤの視界が捉えた神殿遺跡が映し出されていた。

＊＊＊　夢信空間《むしん》　＊＊＊

ここまでの疾走で上がっていた息を止め、トウヤは物音を立てるなと己に命じた。

割れ崩れた階段、倒壊した梁《はり》で半ば塞《ふさ》がれている遺跡の入り口。その両端、風化した太い柱の陰にそれぞれ身を隠し、トウヤとヨミはアイコンタクトで合図を送り合う。

瑠岬《ポラリス・ワン》センリとウルカが見つけだしてくれた、ここが呀苑クナハの根城……ここが、決戦の地。

〈獣の夢〉が支配する、弱肉強食の箱庭だった。

疲労、緊張、恐怖。様々な理由で心臓が早鐘を打ち続けている。その心音すらクナハの耳に届いているのではないかと疑心暗鬼を覚える。だからといってここで幾ら機を窺《うかが》っていても、そんなものはいつまで待っても巡ってはこない。機はこちらから作り、そして動かねば。目を閉じて深呼吸する。それを己への合図として、トウヤはハンドサインを送った。

「進め！」「進め！」「進め！」と三度。

応じたヨミが外套《マント》の下から打刀《うちがたな》を抜く。トウヤがショットガンを握る。互いの背中をカバーし合いながら、身を低くして二人は神殿遺跡へと踏み入った。

遺跡内部は、外と同じく廃墟《はいきょ》だった。崩れかけの天井、歪《ゆが》み放題の石床。散乱した瓦礫《がれき》に隠れ、奥へ奥へと進んでゆく。ちょうど中央にまで歩を運んだところで、二人は周囲を窺《うかが》った。

「………………誰もいない……？」

限界まで絞った声量で、トウヤが呟《つぶや》いた。

「瑠岬《るみさき》くん、途中に横道なんてあったんダヨ？」

「いや、そんなものはどこにも……」

神殿遺跡は広大でこそあったが、内部の構造は至って単純。一つの大空洞が形成されているだけである。小部屋どころか二階もない。待ち伏せができるような地形ではなかった。

と、そこでトウヤの視線が止まった。その眉間《みけん》に皺《しわ》が寄る。

「……どうしたの、瑠岬くん？」

「あれ……あそこにある像………メイアに、似てる気がする……」

どうやらここは礼拝堂のようだった。天井の穴から星明かりが差し、巨大な像を照らしだす。

それは恐ろしく精緻《せいち》な、女神を象《かたど》った水晶像だった。

女神が寛容と慈愛の象徴に、左手を胸へ、右手を地上へ差し伸べている。布衣《キトン》からは細い手足と胸元が覗いていて、そして目を瞑《つむ》った顔の造形は、メイアの寝顔にそっくりだった。

一体どれほどの執着があればこれほどのものを創り出せる……トウヤは思わず鳥肌が立った。

そして扇情的に覗いた像の太股《ふともも》から爪先《つまさき》までを、あまりの寒気に直視するのを憚《はばか》りながら見《み》遣《や》ってゆくと……その足元に、空間が口を開けているのが目に留まった。

「ヨミ、レンカさん……。地下に道が続いてる………あの先に、きっとメイアがいる」

ほとんど確信に近い予感に気が急いたのか、それとも偶像の放つ狂気に当てられたのか。誘われるようにフラフラと前に出てゆくトウヤの肩を、突然、ヨミが強く摑《つか》んで制止した。

「待って！　瑠岬くん！」

それ以上は、言葉なんていらなかった。

「――………アァ………アアアァ………」

それが聞こえたからだ………言葉にならぬ、嘆きの声が。

「……アァ……汚レチャッタ……ドウシテ……ドウシテ……」

偶像の足元。闇夜《やみよ》に溶け込む、岩のように大きな影。

「ぼくノ神様……ぼくダケノ神様……スグニ綺麗《きれい》ニシテアゲルヨ……」

ヌオリ……。

トウヤたちに背を向けたまま、大きな大きな影が立ち上がる。スルリスルリと、像へ頬擦《ほおず》りをする。そのたびに赤黒い血がこびりつき、女神の寝顔が悍《おぞ》ましい表情へと変わっていった。

「アァ、オカシイナァ……ドンドン汚レテク……エッエッ、エッエッ……可愛《かわい》イナァ……」

ガリガリ、ガリガリ……愛撫《あいぶ》するかのように、女神に爪が立てられてゆく。鼻を削ぎ、耳を捥《も》ぎ、両目を抉《えぐ》り、小さな口を砕き割り……あっという間に見る影もなくなってゆく。

その間も、醜い獣はハァハァと、鼻息を歓喜と愉悦に震わせているのだった。

呀苑《がえん》クナハ。その純粋で歪《ゆが》んだ愛情表現が、この獣の邪悪さをどんな言葉より雄弁に語る。

クナハはトウヤたちに気付いていない。隙だらけだった。が、彼らは一歩も動けなかった。

メイアは……本当に無事なのか？　そんな不安で全身が凍り付いてしまっていた。

そしてクナハが、像の手を——メイアの手にそっくりなそれを、握り潰《つぶ》そうとして——

「——！」

ドンッ！　と、ショットガンの銃声が神殿の空気を震わせていた。

撃ち出された散弾は外れようがない散布角だった。が、その悉《ことごと》くが不自然に四散する。

論理障壁。見えない壁が《顎《あぎと》の獣》を守護し、トウヤの前に立ちはだかった。

クナハが、振り返る。

「……。…………アァ……イタノカ……人間《ゴミ》ガ二ツ……」

それは見るに堪えない形相だった。

クナハの顔面は、無惨に焼け爛《ただ》れていた。薪花ウルカ《シューター・ワン》が視覚に頼らぬ超長距離射撃で命中させた焼夷弾《しょういだん》によるもの。ぶちまけられた燃焼剤が、紅蓮の炎で獣を焼いた痕《あと》だった。

「！　そういうことなら！」

直感して、トウヤは目を閉じ二射目を放つ。

しかし散弾はまたしても、クナハに触れる寸前で出鱈目《でたらめ》な方向へ飛び散った。

「──見タナ？　覚エテルゾ…………オ前ハ、めいあト一緒ニイタ奴ダ……」

礼拝堂跡に轟音《ごうおん》が響く。クナハが砕けた像の頭部を掴《つか》み、トウヤたち目がけて放り投げた衝撃によるもの。トウヤとヨミは左右に分かれて投擲《とうてき》を躱《かわ》した後、それの陰で合流した。

「……くそっ！　……あいつの姿を一度でも見たらもう駄目なのか……⁉」

可能性を一瞬で掻《か》き消す、それは無情な現実だった。

論理障壁とは、《顎《あぎと》の獣》が発生させているものではない。それは獣を見た側が作り出しているものなのだ。泳ぎ方を一度感覚で覚えてしまえば二度と忘れないのと同様に、一度刻み込まれた「絶対に勝てない」という障壁《思い込み》は、二度と消えないということ。

メイアと合流する他《ほか》に勝機はなかった。しかしクナハと対峙《たいじ》している現状で、どうやって地下へ向かうか……気を急《せ》かされながらも、トウヤは懸命に考えを巡らせる。そこへ、

「瑠岬《るみさき》くん、そんなに考え込まなくていいんダヨ……答えなんて、とっくに出てるでしょ？」

ヨミのそれは決断を迫る疑問符ではなく、自明の解を促す疑問符だった。

「ヨミがアイツを抑えるんダヨ。瑠岬《るみさき》くんは行って」

トウヤの顔が、苦渋に満ちた。

ウルカに次いでヨミまで置いて進めというのか……たった一人で。

「瑠岬くん、大丈夫――まだ、可能性はあるんダヨ」

そんな悪夢の中で、ヨミの声はどうしてか明るかった。

そしてトウヤは、彼女をまじまじと見つめて――驚きで声を失った。

「……ヨミ、それ《い》……！　まさか……！」

「……フフッ。ヨミの覚悟も、なかなかのもんでしょ？」

それがこの場で交わした、最後の会話だった。

クナハの気配が真後ろに迫る。打刀を握ったヨミが、床に転がる像の頭部から躍り出た。

刃と爪が競り合い火花が散る。その一瞬の瞬《またた》きに、トウヤは彼女の凛とした横顔を見た。

「行って！　瑠岬くん！　メイアちゃんを離しちゃダメ！　遠くへ行かせちゃダメ！」

観覧車《巫女の拗だと》で言っていたヨミの言葉。それを確かにもう一度聞き届け、トウヤは走り抜けた。

何も言わない。振り返らない。それは彼女への侮辱になるから。

燭台《しょくだい》を摑《つか》み取り、トウヤは像の足元から、地下へと下る階段を転がるように駆け下りた。

頭上に響く激しい剣戟《けんげき》の音が、いつまでも鳴り止まなかった。

顎《あぎと》の奥で、クナハが喉《のど》を鳴らして威嚇《いかく》した。

メイアを横取りしに来た人間を迎撃せんとした先刻、突然顔面に撃ち込まれた炎の塊。その高熱に敏感な鼻を焼かれたために、クナハは臭いを嗅《か》ぎ分けることができなくなっていた。故に神殿遺跡に人間が二つ入り込んだことにも気づかず、延《ひ》いてはそのうちの一つに地下道への進出まで許してしまった——今の魔狼は、癇癪《かんしやく》を起こした子供のように苛立《いらだ》っている。

「バオ——グギッ……」

怒りに任せて咆哮《ほうこう》を上げようとする。が、クナハはそれもできないでいた。

頰の筋肉が重い火傷で突っ張って、口が開かなくなっているのだ。

「……そう、もうあの幻影は出せないんだね…………ウルカちゃんの意地、届いてたんダヨ」

足元で、一つ残った人間が何事か言っている。銀色の髪に、頭が左右非対称の形をしている人間だった。メイアの綺麗《きれい》な長い黒髪とは似ても似付かない。

「……変ナノ……」と、だからクナハは思ったままのことを口にした。

「ム……まさかそれ、ヨミの髪のこと言ってるんダヨ？　だとしたら心外《じ》。誠に遺憾」

〝シンガイ〟も〝イカン〟も、何のことか分からない。クナハは急に焦れったくなった。

「ウルサイ、壊レロ」

鋭い爪が、虚空に五条の筋を引く。

そこにギィンと、六条目の閃《ひらめ》きが舞った。

「——太刀筋が素人《しろうと》。そんなの簡単に捌《さば》けるんダヨ」

刃を立て、刀身を斜めに倒して掲げたヨミが呟《つぶや》いた。

彼女は刃をレールに見立て、そこにクナハの爪を乗せ、攻撃の軌道を逸《そ》らす。

クナハが呆気に取られている間に、ヨミが《明晰夢《めいせきむ》》によって肉体《イメージ》を加速させ斬《き》り返す。

対してクナハも黙ってはいない。太刀筋は素人でも、瞬発力と力《パワー》は紛れもなく獣のそれ。ヨミの高速移動をしかと捉え、クナハは後ろ足の爪でもって蹴り掛かった。

一人と一頭が交差して、鋼の撓《しな》る音が響き渡る。そしてビシャリと、血糊が跳ねて。

よろり……と、ヨミの身体が揺れた。左腕に掠《かす》り傷《きず》。裂けた戦闘服越しに血が滲《にじ》む。

血の匂い。クナハがにやりと笑う。背後へ抜けたヨミに対峙《たいじ》せんと、巨体を振り返らせる。

そこで更に、よろり……。……次に身体を揺らしたのは、クナハであった。

何が起きたか分からなかった。血の匂いが更に濃くなる。どこから匂っているのかと、頭をキョロキョロとさせる。やがてクナハは、それが自、分、の、後、ろ、足、か、ら、の、出血であると気付いた。

「……手応えあり。ヨミの銀髪《かみ》への侮辱は、瑠岬《るみさき》くんへの侮辱と同じ……お仕置きなんダヨ」

クナハに背中を向けたままのヨミが、打刀を素早く振り抜く。

刀身にこびり付いていた獣の血が払い飛ばされ、遺跡の床を赤く染めた。

ヨミのほうも振り返る。そして彼女と対面するや、クナハは何が起きたのか理解した。

グルルルと、喉《のど》が唸《うな》る。

「……オ前……！　――ぼくヲ、見テナイナ!?」

目許《めもと》に構える打刀。そこから覗くヨミの両目は――閉じたままになっていた。

「神殿《ここ》に来てから、ずっと目を瞑《つむ》ってたんダヨ……うい、見えないのにも、段々慣れてきた」

ロングスカートに深く入ったスリットから脚を晒《さら》し、腰を落とす。顔の横に構えた切っ先をぴたりとクナハの鼻先へ向け、その呼吸は僅《わず》かも揺らがぬ明鏡止水。

蔽目《へいもく》の女剣士が、ここに名乗りを上げる。

「那都神《なとがみ》流真剣術師範代、那都神ヨミ――推して参る」


……燭台《しょくだい》に灯《とも》した灯りを頼りに、トウヤは闇の中を進んでいた。

偶像の足元から地下深くへと伸びていた階段。その先には、長いトンネルが広がっていた。燭台の光では終端が見えない。足元と壁面にはのっぺりと無個性なタイルが敷き詰められていて、常に壁に手をついていなければ自分がどちらから来たかも分からなくなるほど。

地下深くまで潜ったせいか、管制室との通信は完全に途絶していた。聞こえるのは雑音だけ。

孤独の中、思考が零《こぼ》れて渦を巻く。自然と考えていたのは、〈礼佳弐号事件《らいかにごう》〉についてだった。

この四年間、第二の〈礼佳弐号事件《らいかにごう》〉が起きなかったのはただの幸運でしかなかったのだと、トウヤたちは今宵《こよい》知ることとなった。《顎《あぎと》の獣》があの事件以来姿を現さなかったのは、失ってしまった片割れを探し回ることに執心していたからに過ぎなかったのだと。

そんな獣が、殺戮《さつりく》衝動をすら忘れて探していたものを――呀苑《がえん》メイアをとうとう見つけた。

ならば。明日から一体、世界に何が起きるのか――答えはたった一言に収束する。

悪夢が始まる……未だ嘗《かつ》て誰も見たことのない、悪い悪い夢が。

あるいは、獣《クナハ》の要求するとおりに少女《メイア》を生贄《いけにえ》とすれば、どうにかなるのかもしれない。悪夢をもたらす天災が、機嫌を直して大人しくなってくれるのかもしれない。きっと真実を知ったなら、大勢の人たちがそうしろと言うだろう。〈鴉万《からすま》産業〉がそうしたように。

呀苑メイアなんて人間は、この世に存在しないのだから。彼女が消えても、〝消えた〟という記録すらどこにも残らないのだから。誰も、悲しんだりなんてしないのだから。

いいや、違うと。トウヤは首を横に振る。そんな誰かの言葉なんていらないと。

トウヤにとって重要なのは、胸の奥底から噴き出したドロドロの中に見た〝問い〟である。

俺はメイアをどうしたいのか。メイアとどうありたいのか。メイアに、どうして欲しいのか。

「行っちゃ嫌だ」と。トウヤはあの展望台でそう答えた。けれどそれは〝彼の願い〟だ。

〝彼女の答え〟を、トウヤはまだ得ていない。

「――だから、その答えをきみの口から聞くまでは……引き返してなんか、やるもんか」

そうしてトウヤは孤独に進む。進む理由を己に告げる。その意志だけを篝火《かがりび》として。

そして――長いトンネルを抜けた先に、淡い光が差し込んだ。

苔むす神殿の最深部。割れた岩盤の隙間からは星明かり。足元には水晶の光。それら弱い光たちが束になって、洞窟《どうくつ》を――祭壇を、照らしだしていた。

そこにポツンと屹立《きつりつ》する、石柱が一本。それから人影。

「メイア……！」

声を僅《わず》かに弾ませて、トウヤが脚を速めた。石柱へ駆け寄ってゆく。

足元を流れる透明な地下水の跳ねる音が、彼の逸《はや》る気持ちを代弁した。

パシャパシャパシャ！　パシャパシャ。パシャ、パシャ……パシャ……。………。

そしてトウヤは、石柱に届くずっと手前で、立ち止まっていた。

「……え……」と、絶句して。


――夢だと言って欲しかった。梅雨入り前の、六月の熱気に魘《うな》されただけの悪夢なのだと。

けれど人間は、醒《さ》めない夢を創ってしまった。

ガラス管と伝導流体、バラバラにした人間と、二人の赤子を敷き詰めて。

銀色の中、小さな鼓動に乗って真っ赤な血が巡りゆく。ぐるぐる、ぐるぐる、ぐるぐると。

「――――そん、な……」

黒い茨《いばら》に喰《く》われた磔刑《たっけい》の魔女――その閉じた瞳《ひとみ》を見上げて、トウヤは夢の終わりを予感した。

≫神殿遺跡、上層。

「――ふぅー……ふぅー……」

礼拝堂に、ヨミの荒い呼吸が響いている。

【那都神《アタツカー・ツー》ヨミ……もういい、限界です……！】

蔽眼《へいがん》の闇の中、男性管制員《オペレーター》の押し殺した声。

血の滴る音。額にも生温かいものが流れる感触。けれど、

「……まだ……まだ、やれるんダヨ」

【っ……分かっているんですか那都神《アタツカー・ツー》ヨミ!?覚醒現実《こっち》ではきみの身体が、血塗《ちまみ》れで……っ！】

「全部掠《かす》り傷《きず》なんダヨ……全然、大したことない」

【しかし……！　こんなことを続けていたら……！】

そのとき気配。管制員《オペレーター》の声を頭から追い出し、集中し切ったヨミが地面へ打刀を立てた。

直後、ガイィイン……！　と、刀身に重い手応え。全身をバネにして衝撃を地面へ拡散させる。それでも吸収しきれなかった衝突エネルギーが、ヨミをザリザリと後方へ押しやった。

「グルルル……！　邪魔ダ……邪魔ダ邪魔ダ邪魔ダ！　邪魔ダァッ！　オ前ェェエッ!!」

クナハの苛立《いらだ》つ声が肌を震わせる。目を閉じていてもその憤怒の相が見えるよう。

「……それはよかったんダヨ」

そんな状況でも、ヨミの心は僅《わず》かも乱れない。再び、打刀を構え直して。

「ヨミが邪魔なら……それなら、尚更……この程度で、引き下がってなんかいられないんダヨ」

「ッ……グゥラァァァァアッ！　人間《むし》クズッ！　コノッ……！　……人間《むし》クズゥッ!!」

クナハが怒りのあまり言葉に詰まる。烈火の如き激情に釣り合うだけの語彙《ごい》が出てこない。咆哮《ほうこう》こそ封じたものの、獣のカタコトはそれだけで十分恐怖を煽《あお》った。見える恐怖は言わずもがな。見えない恐怖、それも自ら目を閉じ続けることの、何と克服し難いことか。

認識とは即ち情報である。情報とは理解へ、そして理解はやがて支配へと至る。常人ならば、薄目を開けてこの見えぬ恐怖に形を与え、明確にこれが恐怖であると理解し、その中に僅かなりとも心の平穏を得ようとしたことだろう。〝未知〟という恐怖に勝るものはないのだから。

しかし。那都神《なとがみ》ヨミは今正《まさ》にそれをやってみせている。

目を閉じたまま、ヨミが地面を蹴った。《明晰夢《めいせきむ》》によって世界規定を曲解し、己の肉体《イメージ》を改変させ、不可視の域に達した高速移動でクナハの後ろ足に斬《き》り掛かる。

後手に回ったクナハは両前足の爪を交差させた。左右合わせて十条にもなる鉄の硬度の爪撃《そうげき》は、人の身体より遥かに細かい編み目をなし、躱《かわ》せる道理のない一撃となってヨミを迎え撃つ。

しかして次の刹那《せつな》、ビシャリと散ってみせたのは、濃い獣臭を放つ鮮血で。

「グギッ……?!」

クナハの呻《うめ》きが狼狽《ろうばい》に震えた。ヨミが一手、先をいく。

意識が最も依存する視覚《感覚》を自ら封じたヨミの知覚は研ぎ澄まされていた。獣の気配に合わせて跳躍し、爪撃の網の目を頭から飛び込む姿勢で潜《くぐ》り抜けると、斬りつけたのはクナハの右後ろ足。これまでの攻防で既に流血させていた斬り傷へ、更に刃を走らせたのである。

が。クナハもただいたずらに先の二の舞で終わりではなかった。

獣の股下を抜けようとしたヨミに対し、クナハは身を翻すより先に長い尾を力ませる。ゴワゴワとした毛が一斉に逆立ち、密集し、硬くなった。無数の刃を生やした獣の尾は、さながら変幻自在の鋸《のこぎり》。それは予測不能の波打つ軌跡を纏《まと》い、ヨミへと襲い掛かった。

——ザリンッ！　ドシャッ。

肉を削ぐ手応え。転び倒れる音。匂い立つ、女の血の香り……ニヤァと、獣の頬が上がった。

「っ……ごほ……ッ」

高速移動の慣性に振り回され、瓦礫《がれき》の上を数度跳ね転がったヨミが俯《うつぶ》せで倒れていた。その身体が、自身の広げる血溜まりで見る見るうちに濡れそぼつ。

【……改谷《あらたや》さん、構えてください】

レンカの感情を排した声。ヒョウゴがヨミの眠る夢信機《むしんき》へ拳銃を向ける衣擦《きぬず》れが聞こえた。

「……待って……レンカさん……」

ヨミが懇願するように言った。消耗と出血とで倦怠感《けんたいかん》に包まれる身体を起こしながら。

【ダメだ。強制覚醒《かくせい》させる】

「あと、一分でいい、から……」

【いい加減にしろ！　死ぬ気か貴様っ!!】

レンカが堪らず語気を強めた。しかしそんな指揮者の耳に返ってきたのは。

「──今ヨミのこと起こしたら！　ヨミ、レンカさんのこと一生恨むんダヨ!!」

全員が初めて耳にする、ヨミの怒声であった。それに気圧《けお》され、通信にしんと沈黙が下りる。

ヨミが目を閉じたまま、放してしまった打刀を探し求めて地面に手を這《は》わす。

「……瑠岬《るみさき》くんの、時間を、稼が、ないと……っ。ウルカちゃんが、繋《つな》いで、くれた、可能性……ここで、ヨミが、潰《つぶ》しちゃったら……ヨミ、みんなに合わせる顔が、ないんダヨ……！」

がっしと、ヨミの拳《こぶし》に打刀が収まる。それを杖にして立ち上がる彼女をモニターに見て、その背から闘気が立ち上るのを認めて……レンカは、ヒョウゴの拳銃を握り止めていた。

【犀恒《さいづね》さん……?!】

どうすんですと、ヒョウゴが声を上擦らせる。

【……今ので二十秒経過だ。あと四十秒で叩《たた》き起こす。そのときはこの犀恒レンカを一生恨め】

「……フフッ、十分なんダヨ」

最後の譲歩を見せたレンカに、ヨミがとびきりの笑顔で返した。

片手の震える刃を正中線に沿って立てる。そこに両手を添えれば、ピタリ……と静止して、

「………相手にとって、不足無し……」

ふぅーっと吐き出された静かな呼気が、常夜の冷気に白く曇った。

それを見ていたクナハが、闇に浮かび上がる双眼を細めた。

「………何デ？」

クナハには、理解できなかった。

この小さな人間《おもちゃ》は、なぜこうも立ち塞《ふさ》がるのか。なぜ、何度痛めつけても挑んでくるのか。

クナハには、ヨミの握り締めるその〝一念〟が、全くもって、理解し難かった。

「ドウシテ？　オ前ガ持ッテル、〝ソレ〟ハ何？」

那都神《なとがみ》ヨミが、目を閉じたまま睨《にら》み付ける。獣の問いに、答えてみせる。

「――犬畜生に、この〝刀〟の重みは、分かりっこないんダヨ」

……その一言を、きっかけに。今一度、獣は手負いの剣士へと襲い掛かった。

侮辱に憤ったからではない。闘気に当てられたからでもない。焦っていたからですらもない。

呀苑《がえん》クナハは知っていた。自分の強さを理解していた。得心していた。直感していた。

なればこそ。それを実行し、証明する。ただそのために、獣は爪と尾を繰り出したのである。

「…………」

これに対し、ヨミは後手へと回った。

先手有利の高速移動を発動させず、打刀を中段に構えたまま立ち尽くす。

それは誰が見てもヨミ側の絶対的不利であった。傷の蓄積と失血で動けないのだと。クナハも、管制室に詰める者たちも、そう考えて疑いもしなかった。

全てあえての選択であったと――――其《そ》を識《し》るは、那都神《なとがみ》ヨミを置いて他《ほか》になし。

変幻自在の鋸《のこぎり》の尾と、剛堅鋭利の爪撃が、嵐の如く飛来する。

その中を…………ヨミの身体は靡《なび》いていった。

ふわり、ふわりと。獣の殺気に身体を揺らす。紙一重のところを、幾重の斬撃《ざんげき》が吹き抜けてゆく。決して倒れぬ彼女を置き去りに、飛び掛かったクナハがどんどんと通り過ぎてゆく。

まるで幻術。直撃必至の一波一波を、ヨミはそのようにして全て躱《かわ》し抜けていった。

それはどんな嵐に揉《も》まれようとも折れることのない、葦《あし》のように――――そして、一閃《いっせん》。

クナハの何十にも及ぶ連撃の向こう。ヨミが打ち放ったのは、たった一筋の剣閃であった。

クナハの右後ろ足。二度の斬《き》りつけで骨に届いたその刀傷へ。寸分違わず、斬撃が重なる。

「グギャァァアアッ!!!!?」

血飛沫《ちしぶき》の音。獣の悲鳴。どさりと、両断された足首が落ちる震動。

それから、銃声がヘッドセットの向こう側から聞こえて――――》》》ヨミが目を開けると、あてがわれた何枚もの血塗《ちまみ》れのタオルの上から、ウルカが彼女のことを抱き締めていた。

ここは、覚醒《かくせい》現実……。

「……うい……ねぇ、ウルカちゃん…………ヨミも、ちゃんと……届いたかな……？」

「バカ……バカァ！　無茶苦茶しすぎっすよぉ！　那都神せんぱぁーいっ!!」

ウルカがヨミに抱き付いたまま身体を揺らす。押し付けられた涙が、少しだけ傷に沁《し》みた。

「――ギ、ギッ……グギィイイイ……ッ！」

ヨミが強制覚醒を経て〈銀鈴《ぎんれい》〉から離脱した直後。クナハは瓦礫《がれき》の上をのたうち回っていた。風にそよぐ葉の如く舞ったヨミの一太刀。その一閃に斬り落とされた右後ろ足からはどす黒い血が流れ続けている。ウルカの針の穴を通す一撃によって顔面に喰《く》らった炎の熱さと並び、それは、《顎《あぎと》の獣》がこれまで味わったことのないものであった。

「ギィイイイッ……！　グギャァアッ!!　……痛イ……痛イ痛イ痛イィイイイイッ!!」

全身を突き上げ、次から次へと押し寄せてくる大波。痛覚の奔流に呑まれ、溺《おぼ》れる。

「ギッ、ギッ、グッ……！　――エッエッ……エッエッ……！　エギャギャギャギャ！」

そこへ突如、獣の意識に異変が起きた。

〝痛い〟という言葉の意味と実感が、ここに初めて対をなす。

認識は情報へ。情報は理解へ。……理解はそして、支配へと。

「……………。……………ソウイウコト……そういうことだったんだ……！」

論理障壁という絶対の壁に護《まも》られてきた獣にとって、それは天啓にも等しい光であった。

目の前を覆っていた霞《かすみ》が晴れていくようだった。いつしか悲鳴は、収まって。

「あぁ、これが〝痛み〟……これが〝恐怖〟……これが、〝生きている〟ということ……！」

痛みの奔流に溺《おぼ》れていた獣の意識が、突然、流暢《りゅうちょう》な人語を纏《まと》って浮上する。

ここに、五感は啓《ひら》かれて————呀苑《がえん》クナハが、人となった証《あかし》だった。

「あははははっ！　あはははははははははっ!!」

彼が、諸手《もろて》を天に掲げた。歓喜に満ちる。世界《せかい》は斯《か》くも美しいと。

「全部！　全部分かったよ、僕!!　…………あぁ、だから……きみに、会いに行かなくちゃ」

片足を失った身体を引《ひ》き摺《ず》り、べっとりと血の筋を引いて、クナハが地下道へ鼻先を向けた。

「夢の終わりへ……僕の願いを、叶えるために……メイア、メイア……あぁ、メイア……」


——ブチリッ。ブチリッ……。

神殿遺跡地下、最深部————祭壇の静謐《せいひつ》を破り、何かを引き千切《ちぎ》る音が続いていた。

ブチリッ。ブチリッ。その音は祭壇の頭上、メイアと同化し手足を石化させている石柱から聞こえてきている。合わせてドサドサと地面に降るのは、鋭い棘《とげ》を生やした蔓《つる》の切れ端。

メイアに絡み付いた黒い茨《いばら》を、石柱によじ登ったトウヤが素手で引き千切っているのだった。

「はぁ……はぁ……っ。……あっ……！」

蔓を握り締めるたび、鋭い棘が掌《てのひら》に突き刺さる。それは恐ろしく真に迫った痛みだった。

メイアの身体は何重にも絡み付いた茨に覆い尽くされてしまっていた。辛うじて顔だけは覗いていたが、トウヤが幾ら呼び掛けても彼女は反応を示さない。ただ力無く半開きになった口《くち》許《もと》が、精巧な蠟人形《ろうにんぎょう》のように沈黙を発するばかりで。

ブチリッ。ブチリッ。茨を引き千切るたびに脳に電撃が走る。流れ出る血が蔓を湿らせる。

「…………それが、どうした……！　俺は、頑丈なのだけが取り柄だろ……！」

本能が止めるのも無視して、茨を摑《つか》む。手に穴が空きそうだった。指が千切れそうだった。

「たかが、その程度……！　メイアのほうが、もっとずっと痛いはずだろ……！」

蔓を千切るたび、新たな蔓が顔を出す。途方に暮れそうだった。挫《くじ》けてしまいそうだった。

「ウルカが……ヨミが！　繫《つな》いでくれた時間なんだ！　一秒でも……無駄になんかするなっ！」

己を奮い立たせる。痛みが鈍くなってきたのは、意識があまりの激痛に痛覚を遮断したのか。

「……レンカさんも！　亜穏《あのん》さんも！　みんな、何年も何年も悩んできたんだ！　苦しんできたんだ！　それに比べたら……こんなの、全然！」

やがて左手に違和感があった。不思議に思って目の前に持ち上げてみる。

ボロボロになったそれは震えるばかりで、指が動かなくなっていた。

「はぁ、はぁ……！　まだ……まだ、こっちは動く！」

左手を投げ出すと、トウヤは右腕一本を両手分酷使して茨を掻《か》き分けていく。

ブチリッ。ブチリッ。蔓の切れ端が積み上がってゆく。メイアに絡み付いていた無数の茨が、少しずつ数を減らしてゆく。激痛で引き延ばされた、気の遠くなるような時間をかけて。

「まだ……動く……っ！」

爪が剝《は》げる。指先がズタズタになる。一本また一本と、残された指も動かなくなってゆく。

「まだ……まだ……まだ……まだ……！」

けれど、人差し指一本だけでも、まだ動くなら。トウヤは決して、止まらなかった。

そしてメイアの傷だらけの身体が、蔓《つる》の隙間に遂に覗いた。残る茨《いばら》は、たった一層。

それが限界だった——もう、右手も全く動かなくなっていた。

血塗《ちまみ》れの両腕をぶら下げ天を仰ぐ。岩盤に走った亀裂の向こうに、星の光が微《かす》かに見えた。

「はぁ、はぁ……。……。……メイア……なぁ、聞いてるか……？」

彼女の名を呼んでみる。痛くて痛くて、身体中に冷たい汗を噴き出しながら。

「どうしたんだよ……夢の中でまで、寝る奴があるかよ……」

強がった口調で、泣き出しそうになりながら。

「起きろよ、メイア……返事、しろよ……」

トウヤは彼女に呼び掛け続けた。メイア。メイア。メイア。と。

ガブリッ——……そして両手を潰《つぶ》したトウヤが、茨に食らい付いた。

呻《うめ》き声。口の中に鉄の味。噎《む》せ返る。それでも歯を食い込ませ、ブチブチと食い千切《ちぎ》った。

「ツ………お前は、勝手な奴だ……勝手に現れて、勝手に俺のことを願いにして、勝手に俺の前から消えようとして……それで悪い夢は忘れろなんて……自分勝手すぎるんだよ……！」

ガブリッ。ブチブチッ。食い千切った蔓を吐き捨てながら、同時に悪態を吐《つ》いていた。

「迷惑なんだよ。忘れたくても、忘れられないんだよ。分かれよ、それぐらい！　バカ野郎!!」

ガブリッ。ブチブチッ。他人にそんなことを言うなんて、自分でも信じられなかった。

またあのドロドロが。汚い感情が。熱を持った狂おしい心が。人間らしさが胸を一杯にする。

一度知ってしまったこの気持ちを、もう手放したくないと思った。

失うばかりだった人生で、こんなにも激しく何かを求めたのは初めてのことだった。

それがどんなに悪い夢だったのだとしても。忘れられるはずがない。忘れたくない。忘れたりなんてしない、絶対に。だから――

「――目を開けろ！　この世の全てに裏切られても！　それでもお前は生きてるじゃないか！　だったら！　帰る場所がないわけなんてない！　だから！　起きろ!!　メイアァアアッ!!」

ガブリッ！　彼女に絡み付いていた最も太い蔓に、茨の幹に、トウヤが全身で噛《か》み付いた。

全身をてこにし、獲物の急所を食い破らんとする。命を削って。魂を燃やして。

獣の如く。

「ぐぅぅぅぅっ…………あぁぁっぁああぁっ!!」

ブチブチブチィッ！

それは植物の断末魔だった。根を断ち切られた茨が見る見る萎《しぼ》み、幹も蔓も崩れてゆく。

トウヤがメイアを引き寄せた。茨が枯れたのに併せて彼女と同化していた石柱にもひびが入り、メリメリと音を立てると、次の瞬間、二人は宙へ投げ出されていた。

落ちてゆきながら、ひしと抱き締める。独りぼっちにならないように。させないように。

そしてドサリと、塵《ちり》へと帰した茨《いばら》の降り積もる祭壇に、トウヤは倒れた。

自分の呼吸と鼓動。それから少し冷たい体温と、トクントクンと伝わってくる、他人の心音。

「…………。…………馬鹿ね、あなた……」

——透き通った、氷のような声が聞こえた。

それは突き放すような冷たい声だったけれど。トウヤはそれを、懐かしいと思った。

「……バカは、どっちだよ……」

喉元《のどもと》が詰まって痛くなった。熱いものが込み上げてきた。

「こんな遠くまで、迎えに来させて……俺もヨミもウルカもみんな、ヘトヘトだ……」

嬉しかった。認めるしかなかった。けれどそんなこと、死んでも彼女には言いたくなくて。

「逃げなさいって、言ったのに」

トウヤの上に身を重ねたまま、メイアが囁《ささや》く。

「追いかけてくるなとは、言われてない」

メイアを抱き締めたまま、トウヤが応える。

「……痛かったでしょう?」

「……すっごく痛かった」

「怖かったでしょう?」

「めちゃくちゃ怖かった」

「あなた、わたしのこと嫌いでしょう?」

「嫌いだよ……見かけだけは姉さんにそっくりで、俺の思い出も、俺の居場所も、全部変えていっちゃうお前みたいな奴……大っ嫌いだ」

「……ふふっ、変な人なのね……」

そう小さく笑うと、メイアは身を起こした。

「……わたしは、死ねればそれでよかったのよ。わたしの生まれ故郷は〈銀鈴〉《ここ》だから。覚《かく》醒《せい》現実なんて悪夢の中で、生きたいだなんて思えない……そんな理由、見つからなかったもの」

「全部聞いたよ………今なら俺にも、きみの気持ちが少しは分かると思う」

家族を失い空虚に呑まれたトウヤが、これまで一度も自殺を考えなかったといえば嘘になる。

彼がその一線を踏み越えずにいられたのは、センリという存在があったから。

一方のメイアにはそれがなかったのだ。〈銀鈴〉《ぎんれい》という箱庭で、真に孤独だった彼女には。

「…………でも、それでも――」

もう傷の痛みも、感触も、彼女の手を握ることもできなかったけれど、

「――死ぬな、メイア。俺が絶対に許さない。俺が、きみの呪いになる」

トウヤは心の中で、おとぎの国の死にたがりのお姫様の手を、固く固く握り締めて、

「きみが生きたい理由になれなくても……きみが死ねない理由ぐらいには、俺がなってやる」

彼は彼女を睨《にら》み付けた。切れない因縁を結ぶように。解けない呪いをかけるように。

そんなトウヤを見下ろして。メイアは、不思議そうに小首を傾げた。

「？　ねぇ、トウヤ？」

「……何だよ」

「どうしてあなた、泣いてるの？」

「……。……泣いてない」

「嘘よ、思い切り涙が出てるじゃない」

「そんなもの出てない」

「⁇　そうなの？　じゃあ、その目から流れているものはなぁに？」

茶化すのではなく、メイアが真顔でそう尋ねた。

「………鼻水だ。知らないのか？　ヘトヘトのボロボロになると、人間は目から鼻水が出る」

断固として泣いていることを認めたくないトウヤが、こちらも真顔でそう言い切った。

新たな知識に「ふぅん、そうなの」と感心して頷《うなず》いて、それからメイアがふふっと笑った。

「そう………あなたが、わたしに、呪いをかけてくれるの」

メイアが目を閉じ、胸に手を当て、自分の鼓動を確かめる。

「何だか不思議……チクチクしてて、ふわふわもしてるわ。これ、変わった呪いなのね？」

立ち上がったメイアが、トウヤへ手を差し伸べた。その姿はあの女神像にそっくりだった。

それから今になってようやく、トウヤはメイアのことをまじまじと見る。

彼女の服は中央から真っ二つに切り開かれて、喉元《のどもと》からへその下まで素肌が丸見えになっていた。これもまた女神像と同じ、布切れを肩から垂らしているだけも同然で。

本人《メイア》は全く無関心なのだから質《たち》が悪い。どぎまぎしながら、彼は腕を伸ばしていった。

「トウヤ……わたし、あなたに会えて良かったわ――――全部、あの人の言ったとおりだった」

そのとき急に彼女の口から、誰かも分からない三人称が飛び出した。

「……あの人……？」

「あの人がね、約束してくれたのよ？『私たちが、あなたと喧嘩《けんか》してあげる』って」

何かを語るメイアの手が、トウヤの伸ばした腕を迎え、その手首を掴《つか》もうとする。

「それからね？　あの人は確か、こう言ったの。『それで、喧嘩が終わったら、――――


――――ボンッ。


……それは水風船が割れたような音だった。

突然聞こえた間の抜けた音に、トウヤが腕を差し出したまましきょとんとする。

彼女の手は、彼の腕の先にはもうなかった。

「……メイア？」

メイアが地面に横になっていた。さっきまで自分の脚で立っていたのに。

「メイア……？」

呼び掛けても、返事はなかった。

彼女は寝転がったまま、目を見開いて固まっている。

それから遅れて、足元が赤黒く染まっていった。

おかしいな――トウヤは不思議に思った。何でメイアの胸に、花なんて咲いてるんだろう。

ぞっとするほど美しい花だった――それは魔女の血を滴らせた、一輪の真っ黒な薔薇《ばら》だった。

…………ズルリ、ズルリ……。

「――あぁ……やっと咲いたんだね。よかった、よかった」

地下道から、何かを引《ひ》き摺《ず》る音。それから聞こえる、流暢《りゅうちょう》な人語。

「これで、儀式を始められるよ――――僕の最後の願いを叶える、大事な大事な儀式をね」

前足だけで這《は》う黒い影。意識の形を人へと至らせてなお、その本質は歪《ゆが》んだままの、醜い獣。

二人と一頭。三者三様。はじまりの夢の、ここが等しく――――――夢の終わり。

「――――クナハァァァァァァアアアアアアアアアアアアアアッッッ!!!!」

第九章　夢の終わり

――うるさいなぁ。と、トウヤは思った。

誰かが大きな声で叫んでいる。絶叫がキンキンと響いて、耳が痛い。

その誰かは軍服調の戦闘服を着ていた。制帽に隠れてよく見えないが、随分若いのに後ろ髪が銀灰色をしている。若白髪にしたって量が多い。それから額に古傷の痕《あと》もある。きっと過去に何か辛いことがあったんだろうなぁと、トウヤは〝彼〟のことを気の毒に思った。

〝彼〟は大きな獣に、たった一人で立ち向かおうとしているようだった。武器も持たず、両手がボロボロなのにもかかわらず、獣に真正面から突っ込んでゆく。絶叫を繰り返しながら。

トウヤはそれを見て、バカだなぁ、と思った。

〝彼〟はやがて獣に体当たりした。けれど捨て身の突進が届くことは決してない。

〝彼〟の本能が急制動をかけ、論理障壁《見えない壁》となって〝彼〟自身を傷つける。

トウヤの眺める前で、『ちくしょう、ちくしょう』と、〝彼〟は体当たりを繰り返しながら譫《う》言《わ》のように叫び続ける。『何でお前は、俺から全部奪《と》ってくんだよ』と。

ああ、事情は知らないけれど、きっと〝彼〟は何か大切なものをこの獣に奪われたんだなぁと、トウヤは悲しい気持ちになった。同情した。共感した。まるで他人事《ひとごと》には思えなかった。

それと同時に、やっぱりバカだなぁ、とも思う。

少し不幸なだけの凡人が、魔物に敵うわけがないのに。それができるのは本物の英雄か、深い森の奥に住む魔女ぐらいのものだ。

──魔女？　……魔女って、誰のことだっけ？

何か忘れているような気がした。トウヤが考え込んでいると、〝彼〟の絶叫が再び聞こえる。

『メイアが何をした！　メイアがお前に何をしたぁ!!』

『メイアに呪いをかけたんだ！　俺が！　メイアに！　絶対に死ぬなって!!』

『なのにお前は！　俺の大好きだったものを全部奪《と》ってってたくせに！　俺の大嫌いなものまで……奪《と》ってくのかよぉぉぉおおおおっ!!』

メイア…………そうだ、呀苑《がえん》メイアだ。

メイアはどこに行ったのだろう。〝彼〟の無駄な足掻《あが》きから目を逸《そ》らし、トウヤは振り返る。

祭壇の上にメイアの姿があった。何だ、いるじゃないかと、トウヤは胸を撫《な》で下ろす。

でもその直後、トウヤはどうしてだろう。と思った。

メイアはどうして動かないんだろう？

メイアはどうして喋《しゃべ》らないんだろう？

メイアはどうして……息をしていないんだろう？

どうして目を閉じない？　どうして目を開けない？　どうして血を流している？　どうして鼓動が止まっている？　どうして胸に黒い薔薇《ばら》なんて咲いている？　どうして？　どうして？

どうしてどうしてどうしてどうしてどうしてどうしてどうしてどうしてどうして——

「——うるさいなぁ、さっきから」

そして鬱陶《うっとう》しげな、魔物の声がした。

直後、クナハがまるで虫を扱うかのように〝彼〟の身体を握り締めた。

メシリッ。身体が内側から軋《きし》む。それからボキリと、骨の折れる音がして、

「ッ……あぁぁぁあああぁぁぁあああっ!!!!!」

現実逃避していた意識が引き戻される。彼《トウヤ》はクナハの手の中で悲鳴を上げていた。

「……メイアが僕に何をしたって？　言ってる意味が分からないなぁ」

前足で摑《つか》んだままのトウヤを鼻先へ持ってくると、クナハは小さな彼を覗き込む。

「何をしたとか、されたとかじゃない。メイアは僕のものなんだ。ただそれだけのことさ」

「……うおぇッ……！　っ……だったら、なんで……何でっ、メイアを殺した……!!」

クナハにほんの僅《わず》か力を籠められただけで、トウヤの口から血と吐瀉物《としゃぶつ》の混ざったものが噴き出す。それでもトウヤは糾弾した。「殺した」という言葉が喉《のど》に詰まって、窒息しかけながら。

「？　殺した？　僕が？　メイアを？　あはははははっ！」

クナハが盛大に高笑いする。焼け爛《ただ》れた顎《あぎと》から、どうやって出しているかも分からない声で。

「そんなことするわけないじゃないか。メイアは僕の玩具《もの》。そんな勿体ないことしないよ？」

爛々《らんらん》と輝くクナハの巨大な目には智慧《ちえ》の光と、無邪気な邪悪が蠢《うごめ》いている。言葉の端々に狂

気が垣間見え、その意味を考えるより先にトウヤは怖気が走った。

「メイアは死んでないよ。でも、生きてもいない。メイアにはね、〝鍵〟になってもらうのさ」

「……か、ぎ……？」

「そうさ！　そうさ！　そのために僕はこの〝お花〟を創ったのさ！　〝茨《いばら》〟はあっ、ちのメ、イ、アとこっ、ちのメイ、アを切り離すため！　〝蕾《つぼみ》〟はメイアを〝鍵〟にするため！」

トウヤの言葉に、クナハは訊《き》かれてもいないことまで嬉々として語り返してゆく。

「それでね、それでね！　〝お花〟は〝道〟を開くために咲いたのさ！　あはははは っ！」

クナハの饒舌《じようぜつ》は止まらない。トウヤに聞かせたいのではなく、ただ喋《しやべ》りたいのだ。誰が聞いていようが聞いていまいが、魔物にとってはどうでもいいこと。

「でも、〝道〟を開くだけじゃあ駄目だったんだ。メイアをあっ、ちとこっ、ちでバラバラにしちゃうと、あっ、ちのメ、イ、ア、がどこにいるのか分からなくなる。だから僕は〈鴉万産業《あいつら》〉に言ったのさ。あっ、ちのメ、イ、アを〈銀鈴《ぎんれい》〉の所にまで持ってくれれば、〈銀鈴《ぎんれい》〉をくれてやるってね！　そうすれば後は、〝道〟を辿《たど》ればいいだけだからね。僕、頭いいでしょう！　あはははは っ！」

トウヤはそれをなす術《すべ》なく聞いているしかなかった。獣の斬《き》り落とされた足を見る。そこまで届いたヨミは本当に凄《すご》いと思った。無事を祈りたかったが、今はそれすらできなくて。

やがてトウヤを摑《つか》んだまま、クナハは〝儀式〟と呼んだ何かを着々と進めていった。

左前足にトウヤを、右前足に死体同然のメイアを摑む。そして祭壇の中央に彫り出された水晶のベッドにメイアを寝かせると、彼女の身体に変化が起きた。

　メイアに咲いた黒い薔薇《ばら》から、夜が滲《にじ》み出した。そうとしか形容できなかった。液体でも気体でもない何かが次から次へと流れ出て、メイアを真っ黒に染め犯してゆく。

「〈鴉万産業《あいつら》〉は約束を守らなかった…………けれど、けれどね……それももう、関係ない」

　白銀の肌のメイアが黒く塗り潰《つぶ》れてゆくのを満足そうに観察しながら、クナハが独り言つ。

「〝道〟を辿る方法は、二つあるんだ…………一つは、最初から道が分かっていること。そしてもう一つの方法は──道標《みちしるべ》があること」

　そこでクナハが、トウヤにぐっと目を近づけた。その巨大な眼球にトウヤの顔を押し付ける。

「──お前が。僕を案内するのさ…………メイアのいる所まで」

「……はぁっ、はぁっ、はぁっ……ッ！」

　クナハの目の粘液がトウヤの頬をねちょりと濡らす。至近距離どころか完全に密着した状態で獣ののたくる虹彩に覗き込まれて、もう恐慌寸前だった。

　その恐怖が、悍《おぞ》ましい予感を連れてくる──クナハが、何をしようとしているのか。

　嫌だ。そんなの聞きたくない──トウヤのそれは、クナハと自分、その両方に向けた言葉で。

　そして。

「メイアは、僕のものだから──だから僕が、メ、イ、ア、に、な、る」

　せめて「やめろ」と叫びたかった。「やめてくれ」と懇願したかった。でも駄目だった。

クナハがトウヤを頭上へ掲げる。長い長い調理の仕上げに果汁を搾《しぼ》るかの如く締め上げられると、堪える間もなく血反吐《ちへど》が溢《あふ》れた。それがビチャビチャと祭壇へ降り注ぎ、メイアを汚す。

いや。水晶のベッドの上に、メイアなんてもういなかった。

それはメ、イ、ア、だ、っ、た、もの。少女の輪郭をした、ただの立体的な影の塊に過ぎなかった。

愕然《がくぜん》となっているトウヤを、クナハが祭壇へと近づける。眼前にメイアだったものが迫ってくる。唇が触れ合いそうになって、トウヤは首を振って必死に抗《あらが》った。

「いやだ！　いやだいやだいやだいやだいやだいやだいやだぁっ!!」

目を閉じてしまいたいのに、恐怖にカッと見開かれた瞼《まぶた》がその先で貼り付いて下りてこない。

とうとうメイアだったものと口付けさせられる。でも、もうそこには何の感触もなくて。

どろりどろりと、影が揺れた。メイアだったものが、その形さえ失い始める。

それは肉体の退行。時間の早戻しだった。トウヤがそれに気付いた頃には、影は赤子の形になっていて。それでも退行は止まらず、その果てにあったのは……ただのゼリー状の塊だった。

それはもう、魔女でも人間でもなく――――人工の夢を演算するだけの、〝部品〟。

「あ……あぁ…………嘘だ……………メイア、メイアぁあ……っ！」

「さぁ、〝道〟は開いた…………行こうか、あっ、ち、の、メ、イ、ア、の所へ……」

クナハがトウヤを〝部品《クナハ》〟の中へ、そこに開かれた闇の中へ沈めてゆく。

永遠の夜に生じた悪夢は、そのようにして魔女《メイア》が現実と呼んだ世界《悪夢》へ手を伸ばしていった。

――あぁ……………何て酷《ひど》い、夢だろう……。

今夜は見ないで済みますようにと何度も願った、あの日の夢より尚暗い。〈獣の夢〉へと呑まれながら、トウヤはそっと、目を閉じた。

＊＊＊ 覚醒現実《かくせい》 ＊＊＊

ウルカとヨミが医務室へ担ぎ出されたことで、管制室は幾分広くなったように感じられた。状況は目下継続中であったが、室内は不気味なほど静まり返っていた。

「ッ……どうした瑠岬《るみさき》……！　……何だ……さっきから、一体何が起きている……!?」

レンカの握り締めた拳《こぶし》の下で、ミシ……ッと論理コイルのフレームが軋《きし》む。

「瑠岬トウヤ《アタッカー・ワン》、右上腕部と肋骨《ろっこつ》を骨折……！　状況、未だモニターできません！」

トウヤとの通信が途絶してから三十分以上が経過していた。覚醒現実の彼の肉体に損傷が現れたということは、今正《まさ》に〈銀鈴《あちら》〉では《顎の獣《あぎと》》と交戦中ということ。

だが戦況がどうなっているのか、レンカたちには何も把握できないでいた。

メイアの救出に成功したのだとすれば、怪我《けが》に目を瞑《つむ》ってでも戦闘を継続させるべきとレンカは考える。そうしなければ、他《ほか》の誰よりも、トウヤ本人が後悔することになるから。

だが、もしもそうではなかったら？

もしもトウヤがメイアの救出に失敗し、《顎の獣《あぎと》》に一方的に嬲《なぶ》られでもしているのだとしたら、一刻も早くヒョウゴの銃で夢信機《むしんき》をぶち壊さなければならなかった。

獣《クナハ》の恐怖と、同居人《トウヤ》の覚悟。その両方を知っているからこそ、レンカは決断できずにいた。

「呀苑《がえん》の生命徴候《バイタル》はどうなってる！」

「呀苑メイア《ウイッチ・ワン》、脈拍・体温・血圧、共に正常。脳波が若干乱れていますが、問題な――ひっ!?」

そのときだった。ストレッチャーに眠っているメイアを振り返った管制員《オペレーター》が悲鳴を上げた。

「……っ!?　さ、犀恒《さいづね》さん……！　こりゃあ……っ！」

ヒョウゴも顔を青くしている。ベテラン刑事官ともあろう者がである。

「どうした!?　急変でも――」

そこから先に言葉は続かなかった。レンカもまた、息を呑んで固まってしまったからだった。

……呀苑メイアが、目を開けていた。

それは朗報のはずだった。が、喜ぶ者は一人もいない。

その光景が、あまりに不気味だったからである。

赤色灯の下、メイアの瞳孔《どうこう》は異様に大きく開いていた。その視線は天井の一点を見つめて微動だにしない。まるで等身大の人形だった。一目で異様と分かるほどの。

「呀苑……！　意識が戻ったのか!?　呀苑っ！」

レンカがメイアを揺する。返事はない。それどころか、あらゆる反応がなかった。

管制員《オペレーター》の声が震える。

「おかしいです、こんな…………呀苑《ウイッチ・ワン》メイアの脳波、眠ったままです……！」

「何を言っている!?　ど――」

――ニヤァッ……。

そのとき突然、メイアの口角が吊り上がった。顔の形が歪《ゆが》むほどに。

「なっ……!?」

動揺したレンカが後退《あとずさ》る。その横ではヒョウゴが驚きのあまり尻餅をついた。

〝笑み〟と呼ぶには邪悪に過ぎる。それはあらゆる尊厳を踏《ふ》み躙《にじ》る、悪魔の如き表情だった。

「…………状況を中止してください」

そう発したのは、椅子に座ったままのシノブだった。

「何だと……？　待て！　状況が不明すぎる！　今下手に動けばどう転ぶか――」

「わたくしにも何が起きているのか理解できません。ですが」

睨《にら》み付けるレンカに対し、こめかみを突いてみせながら、更に鋭く、シノブが睨み返して、

「これは考え得る限りで最悪の状況だと、わたくしの勘が言っています。いえ、想像の範疇《はんちゆう》なんてもうとっくに超えている…………状況中止です、即刻に」

「っ……！　くそッ!!」

逡巡すること三秒。毒突いたレンカが「状況中止！」と叫んだのと、全く同時、

「犀恒《さいづね》部長！　――瑠岬《ポラリス・ワン》センリ消失、信号ロスト！」

管制員《オペレーター》の一人が声を張り上げた。

更に、同時に――――バ、ツ、ン、ッ！

それは瞬間的な停電。時間にして一秒にも満たない、ごく短時間の動力遮断であった。

室内が一瞬夜に塗り潰《つぶ》れ、レンカたちが反応するよりも先に再び明かりが灯《とも》る。停電対策の施されていた精密機材は稼働しつづけ、単純構造の測定器たちが一斉に再起動していく。

バチリッ……――――ザザッ。

モニター群にノイズが走った。灰色一色の画像が波打つ。

たった一秒。その間に多くのことが起こりすぎていた。誰もが指一本動かせずにいた一秒間。

そこへ――「…………………姉……さ、ん……」

スピーカーから聞こえてきたのは、瑠岬《るみさき》トウヤの声だった。

＊＊＊　一秒の祈り　＊＊＊

バ、ツ、ン、ッ……。
》》》覚醒《かくせい》現実より、一秒前――――それは、月の冷たい夜の記憶だった。

落ちてきそうなほどの、大きな月。夜露が滴るかのように、流れ星が尾を引いて。雪の如く白い星明かりが、骨の芯《しん》から熱を奪っていく――そんな夜の出来事だった。

広い坂道に、青い屋根と白い壁の民家が建ち並ぶ。無数の路地を流れる風に、聞こえてくるのは吹奏楽団の楽しげな旋律。海の匂い、穏やかな波の音。提灯《ちょうちん》の灯り。大勢の笑い声。

それはどこにも存在しない海辺の街。〝お開きを間近にしたお祭りの、気怠《けだる》くて幸福な瞬間〟を切り取って永遠にした世界。理想と幻想と郷愁を詰め込んだ、現実よりもリアルな空間。

〈礼佳弐号《らいかにごう》〉と名付けられた機械の見た、共有されたある日の記憶《ゆめ》の再生だった。

……ポヨン……ポヨン……。

優しい潮風がそよぐ路地裏で、何かが壁にぶつかり跳ね転がっていた。

ゴム鞠《まり》のような、影のように黒い物体だった。それが誰の手から投げられたというわけでもないのに、ひとりでに壁に向かって跳ね続けていた。ポヨンポヨンと、意思を持つかのように。

「――ねぇ、何してるの？」

そんなゴム鞠に向かって、話し掛ける声があった。

幼さと急速な成長の間で揺れる、あどけない少女の声だった。

ゴム鞠がくるりと振り返り、顔のない顔で、少女のことを見上げた。

『…………帰れなくなっちゃった』

ゴム鞠が、ポヨポヨと震えて声を発した。それは感情のない、氷のような声だった。

「あなた、何なの？」

少女が小首を傾げた。さらさらとした長い黒髪が背中に揺れた。

『？　あなたこそ、何？　物凄《ものすご》く、変な形をしている』

ゴム鞠《まり》が少し扁平《へんぺい》に潰《つぶ》れて問い返した。それがゴム鞠なりの、疑問を表す身振りだった。

「……ふふっ！　あら、どっちが変なのかしらね？　可笑《おか》しなコ！」

それを見て笑みを浮かべると、その場にしゃがみ込んだ少女が小さな手をさっと差し出した。

『？　なぁに？　これ？』

「あなた困ってるみたいだから、帰り道、私が一緒に探してあげる！　はい、握手！」

ゴム鞠が暫《しばら》く固まって、少女の手をじっと見つめていた。

『〝あくしゅ〟って、なぁに？』

「えぇ?!　あなた、握手も知らないの？　そんなまんまるな身体をしてるからよ」

『どうすればいいの？　あなたと似たものを出せばいいの？　それなら持っている』

そう言うと、ゴム鞠がズルリと、己の中からそれを取り出した。

それはとても大きくて、そして醜い、骨だけでできた手だった。

少女が一瞬ぎょっとした。けれどすぐに笑顔に戻ると、その醜い手とぎゅっと握手をした。

「……あら？　あなた、女の子なのね。だったら尚更ほっとけないわ！」

少女がゴム鞠の醜い腕を引いて歩き出した。少女の高い体温が、ゴム鞠の中をさわさわとさせた。ゴム鞠がピョンピョンと何度も跳ねた。それがゴム鞠なりの、喜びを表す身振りだった。

それから暫く、少女とゴム鞠は互いの手を握り合って、幻の街を当《あ》て所《ど》なく彷徨《さまよ》い歩いた。

少女のほうは見晴らしの良い丘と、大きな運河のある街から来たと話した。ゴム鞠のほうは銀色に輝く森がどこまでも続く、星の綺麗《きれい》な場所から来たと言った。

お腹が空くと、二人は祭り屋台でたこ焼きを買い、それを分け合った。ゴム鞠は少し縦長になって身体の真ん中に穴を開け、たこ焼きをそこへ放り込んだ。ゴム鞠は幾つも食べながら何も言わなかったけれど、一つだけ『おいしい』と言ってピョンピョンと跳ねた。「ふふっ、そぉ。あなたはカレー味が好きなのね」と、少女はそれを見てにこにこ笑った。

「――見つからないのねぇ、あなたが通って来たっていう道」

方々《ほうぼう》を歩き回った末、とうとう少女が音を上げて座り込んだ。そこは街外れの浜辺だった。水平線から伸びる銀河の尾。ゆったりとした潮騒。夜光虫の淡い光。頬を撫《な》でる海風。

『？　何してるの？』

少女がふぅと一息ついていると、その横でゴム鞠が焦《じ》れったそうにポヨポヨ跳ねた。

「何って、見て分からない？　私、歩きすぎて疲れちゃったわ」

『？　〝つかれる〟ってなぁに？』

ズルリと骨の腕を生やして、ゴム鞠が少女の腕をガシリと乱暴に摑《つか》んだ。

『わたしは困ってる。ここは思ったとおりにならない世界。木は生えないし、星座も描き変えれない。いや、いや。あなたはわたしの思いどおりになるんでしょう？　立って。立って』

「痛ぁいっ！　…………ちょっと、やめて！　乱暴しないで！」

『⁇　どうしてあなた、動かないの？　それともさっきの〝たべもの〟がないとダメなの？』

ゴム鞠《まり》が少女を無視して縦に伸びて、穴に骨の手を突っ込んでゴソゴソと弄《まさぐ》った。そしてグチョグチョになったたこ焼きを取り出すと、『はい、これでいいの？』と少女に差し出した。

ペチンッ。少女が骨の手を払いのけた。零《こぼ》れたたこ焼きが砂の上に落ちた。

「…………わがままね、あなた。ダメよ、そんなことしちゃ。私、怒ったわ。もう口なんて利いてあげないんだから、ふん！」

ザァッと打ち寄せる潮騒と、波の泡が弾けるシュワシュワという音がいやに大きく聞こえた。永遠に終わらないお祭りの気配も、この浜辺には届かなかった。

『？　どうしたの？　どうして黙るの？　ねぇ？　どうして？』

コロコロ、ツンツン、ポヨンポヨン。口を噤《つぐ》んだ少女の周りをゴム鞠が転がって、骨の手で突いて、跳ね回った。自分が何をしたのか分からなくて扁平《へんぺい》になった。

それでも少女が口を利かないでいると、やがてゴム鞠が、しゅん……と萎《しぼ》んでしまった。

そんなゴム鞠があんまりにも気の毒になってしまって、少女が小さな溜め息を吐《つ》いた。

「……。…………あなたね、ごめんなさいも言えないの？」

『………　〝ごめんなさい〟ってなぁに？　……　〝おこってる〟ってなぁに？』

潰《つぶ》れたあんパンのような姿になっていたゴム鞠が、声を震わせた。

『〝いたい〟って、なぁに？　わたし、分からないの……何だかチクチクする……』
「……はぁ、呆れたわ。あなた、なぁーんにも知らないのね。感情が分からないの？　だから
そんな氷みたいに冷たい声なのよ」
少女が大きな溜め息を吐いた。お尻に付いた砂を払って、すっくと立ち上がった。
少女のことを見上げたゴム鞠が、ブルブルと震えた。それはゴム鞠なりの寂しさを表す身振
りで、やがてしょんぼりと下を向いてしまった。
そこにツンと何かが触れた。ゴム鞠が俯《うつむ》けていた視線を上げると、間近に少女の顔があった。
「あなた、とっても甘やかされて育ったのね。苦しいことも悲しいことも、何にも知らずに」
ツン、ツンと、少女の細い指がゴム鞠を突いた。少女の高い体温がゴム鞠へと伝わった。
「大事に大事に、愛されて育ったのね……何て幸せなコ。まるでおとぎの国のお姫様
――それじゃあ私が、あなたと初めてケンカした人ってことになるのね。ふふっ」
そしてにこりと、少女が笑った。もう一度、その小さな手を差し伸べて、
「元気を出して、変わった姿のお姫様。私たちが、あなたとケンカしてあげる。あなたにいろ
んな感情《こと》を教えてあげる。楽しいことも嫌なことも、みーんなみんな教えてあげる。それで、
ケンカが終わったら、――――」
気がつけば、二人は再び手を握り合っていた。お互いを二度と傷つけないように、優しく。
けれど決して離れないように、ぎゅっと。

『――バオォォォォォォォオオォッ』

幻の街から恐ろしい獣の咆哮《ほうこう》が聞こえたのは、そんなときだった。

……永遠に終わらないはずだったお祭りは、大きな獣の牙《きば》と爪で呆気なく終わってしまった。路地裏の胸躍る秘密は溶けてなくなり、吹奏楽団の楽しげな旋律ももう聞こえない。海の匂いも、穏やかな波の音も、大勢の笑い声も、別の悍《おぞ》ましい何かに入れ替わっていた。

『クナハ！　クナハ！　やめて！　やめて！』

ゴム鞠《まり》が小さな声で何度も呼びかけていたけれど、大きな獣の咆哮は止まらなかった。それはどこまでも純粋で、それと同じくらいどこまでも邪悪な鳴き声だった。

【――アタッカー・ワン！　アタッカー・ワン!!　応答しろ！　そいつはただの〈悪夢《ノイズ》〉じゃない！　実働班の心肺停止！　死んでるんだよ、本当に……っ！　撤退しろ！　レンカぁっ!!】

少女の足元に転がる通信機から声がした。必死に誰かを呼んでいた。逃げろと叫んでいた。

そのすぐ傍《そば》に、大人の女が立っていた。折れた槍を杖にして、震える脚で立っていた。

「はぁーっ……はぁーっ……馬鹿野郎！　退けねぇよ……退けねぇだろうが……！　ガキが二人、まだ生き残ってんだよ………ここで逃げたら、私は……私を、一生許せねぇ……っ！」

『バオォォォォォォオオォッ――』

その大人の女は、とうとう獣には敵わなかった。

「――………ごめんよ……ごめんよぉ……っ！」

泣き叫びながら、大人の女が逃げてゆく。黒い髪の、少年と少女を置き去りにして。

一人きりでこの獣に立ち向かおうだなんて、誰にもできはしない。

「……大丈夫………私、あなたといれば、いくらでも勇気が湧いてくるわ」

たった三人だけ残ったその場で、〝恐怖〟そのものにじっと見下ろされながら、少年を守るようにして、少女が、少女とゴム鞠が手を握り合っていた。

そして少女が、祈りを捧げていった。

――ああ、神様……私はどうなっても構いません。だからどうか、お願いです。

――この子たちを、どうか守ってあげてください。

――きっとこれから悲しくて、辛いことがたくさんあるのだろうけれど……どうか、どうか……この子たちがどうか………それでも笑っていられますように。

少女が祈り続けた。その祈りが、夢の世界の規定《ルール》を変えたことにも気付かずに。

光の粒が舞い上がった。蛍のように。流星雨のように。世界中に。いっぱいに。

そして獣の冷たい爪が、振り下ろされた。

少女がまともな形を留めていた、その最後の数秒間――――〝私の声が君に届いていますように〟と、振り返ったその先で、最後に少女がそう祈った。薄紅色をした瞳《ひとみ》で。

それが、全てが始まったあの夜に、少女が少年に託した言葉。

「…………ねぇ、トウヤ…………──」

──この子《メイア》と、お友達になってあげてね？

ラ、ア、ア、ア、ア、ア、ア、ア、ア、ア、アッ

咆哮《ほうこう》が、轟《とどろ》いて。

バチリッ……──ザザッ。

「…………………姉……さ、ん……」

長い長い祈りの記憶の一秒が──現在《トウヤ》へと、追い付く。

＊＊＊ **夢信《むしん》空間** ＊＊＊

「──……？」

夢から現実へと繋《つな》がっていた道は、消えていた。

クナハが、毛むくじゃらの右前足を天に伸ばしたまま呆然《ぼうぜん》としている。

眼前にあるのは、仄《ほの》かに光り輝く銀色の、深い深い死んだ森。

ここは、はじまりの夢……夢信空間〈銀鈴《ぎんれい》〉だった。

覚醒現実《新しい世界》へと続く〝道《闇》〟ではない。

〝道〟が閉じた──なぜ
閉じたのではない。閉じられた──誰に？

決まっている──そんな邪魔をする者は、一人しか。

「……何を、した……？」

クナハが肩越しに振り返る。半月形に尖《とが》らせた目に怒りを宿して、背後の気配へ問い質《ただ》す。

「………………何もしてなんかない」

獣のその問いに、応える声。

「ただ俺は、〝道〟を閉じただけだ。お前を、覚醒《かくせい》現実へ行かせるわけにはいかないから」

森を吹き抜けてきた風に、バサリと外套《マント》の翻る音。

「〝あの声〟が、力を貸してくれた。姉さんの最後の言葉も、〝あの声〟が教えてくれた」

目深に被《かぶ》った制帽の下から鋭い目を覗かせて、瑠岬《るみさき》トウヤが立っていた。

肩幅に開いた左右の脚でどっしりと。根を張るように。不動の意志で。

「だからお前とは……〈銀鈴《ここ》〉で決着をつけなきゃいけない」

「……。……答えになってないよ。ただの人間《おもちゃ》の戯れ言なんて」

クナハが魔狼の巨体を怒《いか》らせた。全身の毛が逆立ち、長い尾が天に昇る龍の如くいきり立つ。

「〝お花〟をどうした、〝鍵〟をどうした！　僕が開いたあの〝道〟を！　どこへやった!!」

クナハの絶怒を一身に受け、しかしトウヤは一歩も退かず、

「あんな真っ暗なだけの夢なんて、見なくていい――もうとっくに、そんなものいらないんだ」

たった一秒の間に見た、機械の記憶《ゆめ》。それがトウヤに幾らでも勇気を与えてくれた。《顎《あぎと》の獣》に一歩も怯《おび》えなかった少女《センリ》の背中が、トウヤをいくらでも奮い立たせてくれていた。

それから、もう一人――トウヤの背後から、ポヨン、と。黒く小さなゴム鞠《まり》が転がり出た。

影だけからなるその不定形の存在は、中心に一つだけ、小さな小さな光の粒を抱いていた。

ポヨンポヨンと、ゴム鞠が跳ねる。光の粒が踊る。それはどんどんと輝きを増し、自らの形を変えてゆく。茨の退行呪い《いばら》《のろい》を受けた身体を、再び急速に成長させる。

鞠から赤子へ。赤子から幼子へ。幼子から、少女へと。

「――ええ、そう……わたしは、あの子の創ったこの光に、人間《わたし》の形を教えてもらったの」

風に舞う黒髪。すらりと伸びた手足と白銀の肌。怪しい宝石のように澄んだ、暗紫色の瞳《ひとみ》。

「何でもない出会いだったけれど……それでもわたしはあの子のことが、大好きだったから」

夢へと溶けたその身をここに、再び人へと至らせて。呀苑《がえん》メイアが、瑠岬《るみさき》トウヤと並び立つ。

「グルルル……！　もう起きなくてよかったのに……！　メイア、メイア！　メイアァァッ!!」

ここまで積み上げてきた野望と欲望と衝動を台無しにされ、クナハの癇癪《かんしゃく》が沸点を超えた。

鋸《のこぎり》の尾が、予測不能の軌道を描いて二人に向けて打ち下ろされる。

——ガシッ。ググッ。………然《しか》してその凶刃は、空中で停止していた。

「ぐっ……？　がっ……⁉」

《魔女の手》。あの日、少女と繋《つな》いだその手で、メイアがクナハの怒りと悪意を受け止める。

「……《ねじ切りなさい》」

ビシッ……グシャアッ。

鋸の尾が凄まじい力で握り潰《つぶ》され、長かったそれが魔女の呪言どおりに中程からねじ切れた。

「いぎぃぃぃぃぃぃいいいいっ⁉」

力負けするなど、獣にとって初めてのことで。その激痛に、クナハが悲鳴を上げた。

「クナハ。わたしたち、あの日同じ夢《道》に迷い込んだのに、全然違う存在《もの》になってしまったわね」

悶《もだ》える魔狼を捨て置いて、メイアが心臓の真上で輝く光の粒を両手に包み、目を閉じる。

「わたしは、魔女になったわ。わたしの願いを——あの子と交わした約束を、果たすために」

それはあまりに短く儚《はかな》い出会いと別れだったけれど。メイアにとっては大切な大切な、初めての〝大好き〟の詰まった思い出。それを決して零《こぼ》れぬように胸に抱き、魔女は問う。

「クナハ。あなたは一体、何になったの？　醜い獣？　それとも、獣の皮を被《かぶ》った殺人鬼？」

「グルルル……！　僕は、そんなものになりたいだなんて、願ったことなんてないよ……‼」

千切《ちぎ》れて短くなった尾を抱え、口角から泡を噴き出しながら、クナハが唸《うな》る。

「僕は、僕は……！　ただきみのことが、羨《うらや》ましかったんだ！」

殺戮《さつりく》を尽くした〈礼佳弐号《あのまち》〉で、クナハが何よりも強烈に抱いた感情《もの》は、〝羨望《せんぼう》〟だった。

「……産まれてみたかったんだよ、僕も！　だから僕はきみになる！　そのためになら人間《おもちゃ》も箱庭《世界》も《顎の獣《この身体》》だって、どうなったって構うものかっ！　あはは、あはははははっ!!」

それがクナハの根源衝動。独占欲でも破壊の愉悦でもなく、ただ「産まれたかったから」と。

その底の無い羨望が、この無邪気で邪悪な獣をここにまで至らしめたのだと。

「そう……。……ええ、分かったわ……」

それを獣自身の言葉でしかと聞き届けると、メイアは胸の前で重ねていた手を静かに解いた。

「クナハ……………あなたは結局、何にもなれなかったのね」

そして滔々《とうとう》と、彼女は嘗《かつ》ての生体部品《片割れ》へ告げていった。

「他人《わたし》になるためにいくらでも誰かを傷つけて、何もかも壊し続けて、あなた自身の形すら残さないというのなら……そんなのは嵐と同じよ。ただの災害。生きているとは言えないわ」

感情の乏しい己の心を燃え上がらせて、メイアは彼女の言葉で語る。

この四年間。ただ未練なく死ぬことを目的に生きてきたメイアと、産まれるためにいくつもの死を積み上げてきたクナハ。どちらが正しいということはない。どちらも十分、歪《ゆが》んでいる。

ただ、その過程でメイアは多くの人と出会った。偶然から紡がれた細い糸が、絡み合って大きくなった。対してクナハはひたすらに、己の衝動に溺《おぼ》れていった。そして今、ここにいる。

「あなたは、あなたの望みのために、とっくにあなた自身を殺していたのよ――」

それが答えで、それが決して変わらぬ結果。今、この時をもって――魔女が獣へ、宣告する。

「クナハ――最初から死んでいるものはね、どうやったって、産まれることなんてできないわ」

「…………………」

……昨日までのクナハであれば、メイアのその言葉を気にも留めなかっただろう。

ただ気色の悪い笑い声で一蹴し、もう一度綺麗《きれい》な蝶を捕まえようと手を伸ばしたことだろう。

が、今は違っていた。

「……あ……あぁ……あ、あ……あぁぁ……」

クナハが、声にならない声を漏らしていた。

ここまでに重ねた〝痛み〟でもって急速に理性を拡大させたクナハには、メイアの言葉が、その核をなす言霊が、想いが、強烈に突き刺さっていた。言葉の刃に、心を引き裂かれていた。

ボタボタと、滴り落ちる水の音。それは千切《ちぎ》れた尾からの流血ではなく、何かもっと透明な。

それは涙だった。獣の目から溢《あふ》れ出た、大粒の涙だった。

――どうして？　どうしてそんなことを言うの、メイア？

――僕は、きみになりたいだけなのに。それ以外のものなんて、なんにもいらないのに。

――なのにどうして、そんな酷《ひど》いことを言うの？　僕はこんなにも、きみが欲しいのに。

――酷いよ、酷いよ。どうして、どうして……どうしてどうしてどうしてどうして……

クナハのそれは……〝失恋〟と。そう呼ぶのが相応《ふさわ》しかった。

「――ああぁぁぁあああああぁぁあっ!!」

慟哭《どうこく》が響く。気づけばクナハは三本足で疾駆していた。

「いらない！　いらないいらないいらない！　お前みたいな奴はもう！　いらないぃぃっ!!」

〝羨望《せんぼう》〟が一方的な〝恋〟となり、〝失恋〟を経て噴き出した次の感情は〝逆恨み〟。胸に穴が空きそうな喪失感に、幼い心は耐えられなかった。どうしようもならなくなったクナハは、それをもたらした原因《メイア》の排除を選んだのである。

そこに、割って入る影。

クナハとメイアの間に、トウヤが立っていた。いつかとは逆。魔女を己の背中に庇《かば》って。

クナハが獣性を剝《む》き出しにする。火傷で動かなくなっていた顎《あぎと》を、野性の力でこじ開ける。

巨大な幻影の顎《あぎと》がトウヤとメイアの背後に現れ、クナハの爪と併せて前後から襲いかかった。

「バオォォォォォォォォオ゙オ゙ッ!!」

「――――」

それでもトウヤは、絶対に退かなかった。

嘗《かつ》て少女が守り抜いた少年こそがトウヤであると、クナハは知らなかった。覚えてもいなかった。人間《おもちゃ》は壊すためにある。それが理性を高めても尚、クナハが改めなかった価値観だった。

故に。人の絡める因縁の妙を、獣が知り得るはずもなし。

「――――見たな？」

「!!!!!????!」

　バッキィイインッッッ!!

　激しい衝撃が駆け巡った。何かがクナハの挟撃を受け止めた。

　否。受け止めたのではない。引っ込めたのだ。クナハ自身が。無意識に。本能的に。

「グルルルッ……！」

　飛びすさったクナハが、これまでにない威嚇《いかく》を見せる。

　それは〝動くな〟という脅迫ではなく、〝近づくな〟という、拒絶であった。

　クナハの本能が、トウヤの内に、〝恐怖〟を見ていたのである。

＊＊＊　覚醒《かくせい》現実　＊＊＊

「──論理障壁!?」

　瞬間停電と通信の回復を経て。モニターに釘付けになっていたレンカが驚愕《きょうがく》の声を上げた。

「どうして、瑠岬《るみさき》が?!」

「瑠岬トウヤ《アタッカー・ワン》、脳波変調！」

　レンカの疑問に管制員《オペレーター》が応える。それは会話ではなく、個別の驚嘆が繋《つな》がっただけの事実。

「彼の意識が、何か……何かとコンタクトしています！　しかもこれは、〈銀鈴《ぎんれい》〉の外部?!」

「夢信空間《むしん》への並列同時接続だとでも言うのか……⁉　あり得んぞ、一つの意識で二つの夢を同時に見るなんて……接続先は⁈」

「ルート解析中！　識別コードを取得できれば――」

そこで電算機を操作していた管制員《オペレーター》が息を呑み、言葉が切れた。

いても立ってもいられない一同が駆け付けて、押し合い圧《へ》し合いでモニターを覗き込む。

そして一様に、皆が黙り込んだ。そこに表示された、一行の文字列を見つめて。

それは識別コード――トウヤの意識が今、何の夢を見ているのかを示す英数字の羅列である。

コードを読めようが読めまいが関係なかった。この場にいる者ならば誰だって、そのたった一行を目にすれば、因果を感じずにはいられなかった。

四年前へと繋《つな》がる因果……〈獣の夢〉と〈眠り姫〉。それは何かが終わり、そして何かが始まった、遠い遠い場所《ゆめ》を指す名。


―――――――――――――――――――――――――――――――――――[Raika - No.2]

＊＊＊夢信空間＊＊＊

目深に被《かぶ》られていた制帽が、巻き起こった風に飛ぶ。

「――今なら、分かる……あの〈礼佳《ゆめ》〉の中で、姉さんに何があったのか……」

　ザリッ、ザリッ……ここまで一歩も退かず動かずを貫いていたトウヤが、前へ踏み出す。

「姉さんは、お前にバラバラにされたんじゃない……」

　ザリッ、ザリッ。ゆっくりと、立ち止まるような速さで。メイアと共に。

「姉さんは、あのとき………自分の意志で夢信空間に溶けていったんだ」

　ザリッ、ザリッ──ズルッ、ズルッ。二人が一歩進むたび、クナハが一歩後ろに下がる。

「フゥーッ、フゥーッ……グルルル……ッ！　フゥーッ、フゥーッ、フゥーッ……！」

　動悸がする、冷汗が噴き出す──恐れていた。そのときクナハは、畏怖《いふ》していた。

　夢の世界の絶対強者であるはずの《顎《あぎと》の獣》が。たった一人の少年に対して。

「──嘘だぁぁぁぁあああっ!!」

　クナハが叫んだ。獣の咆哮《ほうこう》ではなく、怯《おび》えた子供の声で。

　ズズッ、ズズズッ、ズズズズズッ……無数の幻影が現れ、トウヤとメイアを覆い囲む。

「食べちゃえよぉぉぉぉおおっ！　グルルルルァアアアア!!」

　全方位から一斉に、幻影の顎《あぎと》が食らいついた。肉片は疎《おろ》か骨の欠片《かけら》、纏《まと》った布の一切れに至るまで消し尽くす乱撃。疑いようもなく、そのはずなのに。

　………ザリッ、ザリッ、ザリッ。

　二人の足音は消えなかった。消し飛んだのは、幻影たちのほうで。

「俺は、何もしてなんかない……俺はただ、思っただけだ──それが、〈こいつ〉の力なんだ」

ググッ……バキリッ！　トウヤの古傷が開く。額から後頭部にかけてばっくりと。

「〝溶け合って、紡ぎ合う〟——それが姉さんの夢信《むしん》特性……姉さんの、祈りだったんだ」

傷から迸《ほとばし》るのは鮮血ではなく、光の粒子。その光の向こう、どこかへと通じる〝道〟が開く。

「……《頭蓋《ずがい》の獣》。だから、俺はそう呼ぶ。姉さんの——〈礼佳弐号〉の見ている夢を！」

……ギョロリ！

トウヤの開いた〝道《光》〟の向こうに——クナハは、大きな大きな瞳《ひとみ》を見た。

『——ラァアアアアアアアアアアアアアアアアッ』

《頭蓋の獣》が——もう一体の〈獣の夢〉が、美しく澄んだ声で啼《な》いた。

【〈礼佳弐号《らいかにごう》〉から〈銀鈴《ぎんれい》〉へ大規模な演算介入を観測！　上書きされていきます！】

光の粒が、世界に満ちる。

【人工頭脳同士の直接干渉……機械が機械の夢を侵食するのか……？　そんなこと……】

魔狼の喰《く》らった月が昇る。千切《ちぎ》れた星座が物語を取り戻す。

【逆侵食指数、10を突破……理論上の最大値を超えています……あの事件のときと同じ……】

濁った水晶の枯れ木たちが息を吹き返し、透き通った若葉を伸ばす。

【〝礼佳《らいか》シリーズ〟は四年前に凍結されたはず……それがどうして、今になってこんな……】

困惑と感嘆の声が聞こえる。トウヤ自身にも、説明なんてできなかった。

けれど一つだけ分かる。直感する。この美しく啼く〈獣の夢〉は、少女《センリ》が遺してくれたもの。

悪夢を屠《ほふ》り、祓《はら》い清める夢の使者――――〈貘《バク》〉を名乗るに、これほど相応《ふさわ》しい者はいない。

丸い月の柔らかな光が降り注ぐ。知らない星座が輝いて、未知の神話で夜空を飾る。水晶の森に果実が実り、種を結んで大地が息吹く。

それはこの世のものとは思えぬ、優しい愛がいっぱいに詰まった箱庭だった。

「あぁ、懐かしい……………わたし、ようやく……帰って来れたのね……」

記憶のままの故郷を目にして、メイアの頬に涙が流れた。

「――バオォォォォォォォオオオッ！」

そしてそんな優しい夢に、その咆哮《ほうこう》だけが不釣り合いで。

半狂乱になったクナハが、再びトウヤへ爪を立てた。牙《きば》を剝《む》く。幻影の顎《あぎと》で食い掛かる。

「お前！　お前っ！　お前お前お前ぇぇぇぇえっ!!　何てことするんだよ！　全部元に戻っちゃったじゃないか！　せっかく僕が壊《つく》したのに！　酷《ひど》い！　酷い!!　酷いよぉぉぉぉおっ!!」

「……………………」

論理障壁に阻まれながら、クナハのそれは、どうしようもなく虚ろな主張だった。

壊すことでしか満たされず、自身の存在を実感できぬ、哀しく空しい、〈悪夢《ノイズ》〉の姿だった。

「……お前が壊した夢を全部、元どおりに戻せても…………お前の罪は、消えやしない」

瑠岬《ポラリス・ワン》センリが瞬《またた》いた。星の形を解き、一条の光となる。瑠岬《アタッカー・ワン》トウヤと呀苑《ウイッチ・ワン》メイア、二人を貫き、揺らぎ踊って、包み込む。祈りで紡いだ糸のように。絡んだ因縁を手繰るように。

「復讐《ふくしゅう》に意味はないって知っている。お前の境遇に少しは同情も感じてる。でもダメだ。お前が俺たちから奪うなら、俺たちはせめてこの手が届く限りで、奪い返さなくちゃならないんだ」

夢現《ゆめうつつ》…………祈《センリ》りと願《メイア》い、そして呪《トウヤ》いが重なり合って、

「呀苑《がえん》クナハ――――〝俺たち〟が、お前を裁く」

「……ッ……グルルル……！　……僕が！　僕が一番なんだっ！　この夢《せかい》で！　僕の思いどおりにならないことなんてないんだぁぁぁぁああっ!!」

クナハが吠える。爪を振り下ろす。傲慢《ごうまん》と怒気を纏《まと》って。

そして、その咆哮を掻《か》き消して、

『ラァァァァァァァァァァァァァッ』

トウヤの額の傷痕《きずあと》が燃え上がり、そこから目だけを覗かせた《頭蓋の獣》が再び啼《な》いた。

論理障壁が極限にまで増大し、クナハの爪撃を迎え撃つ。何もない空間に火花すら散る。

グッシャア！　反発した魔狼の力が自身の強度を凌駕《りょうが》して、クナハが自らをへし折り砕く。

「ぎゃぁぁぁぁぁぁぁあっ!?」

右前足の爪と骨が粉々に砕け、それらが内側からクナハを切り裂き、血を噴き出した。

『ラァァァァァァァァァァァァッ』

《頭蓋の獣》が、三度《みたび》啼く。

再生の音色がトウヤを包み、茨《いばら》で傷つき動かなくなっていた両手のイメージを復元する。

「──レンカさぁぁぁぁんっ!!」

トウヤが腹の底から声を張り上げレンカを呼んだ。師弟《ふたり》には、合図はそれで十二分《じゅうにぶん》。

【武装イメージ転送開始！　バーゲンセールだ！　片っ端から送り込め!!】

儚《はかな》く醜い愚かな獣へ──〈貘《バク》〉が今、鉄槌《てっつい》を下す。

鞘《さや》を走る刃の音。月光を引いて残像を描くと、ヨミの打刀《うちがたな》が既に一閃《いっせん》を放っていた。

「《この刃は、どんなものでも斬《き》り落とす！》」

トウヤが思うままに、《頭蓋の獣》が世界規定を曲解させる。

トウヤの太刀筋は瞬間的に剣聖の域に届き、一太刀でクナハの左前足を肩先から両断した。

「ぐがぁぁぁぁああっ!!!?」

両前足が使い物にならなくなったクナハが、千切《ちぎ》れた尾と左後ろ足とで仰《の》け反《ぞ》る。

ガシャリッ。そこへ遊底《ボルト》が前後して、露《あら》わになった獣の腹へウルカのライフルが火を噴いた。

「《この弾丸は、止まるまで何度でも戻ってくる！》」

クナハの腹部を貫通した弾丸が、意思を持ったかのように軌道を変える。それは夜空を旋回すると、クナハの背後から新たな風穴を開けた。その間もトウヤは弾倉が空になるまで撃ち続け、全ての弾丸が獣の周囲をグルグルと巡り、凶悪な蜂の如く襲い続けた。

「ぶぐっ……がばっ……げぶっ……ぎっ……あばぁっ!!」

全身を蜂の巣にされたクナハが、白目を剝《む》いてビクビクと痙攣《けいれん》する。

そのまま前方へ倒れてゆくと、獣の足元で長い黒髪がふわりと揺れた。チィイ……両手に嵌《は》めた革手袋のジッパーを閉め、拳《こぶし》を握ったメイアが沈み込む。

「………往生なさい」

——ズッ……ッ……ドンッッッ!!!!

猛烈な風圧がメイアを中心に巻き起こり、水晶の森の枝葉を揺らした。頭上に倒れてきたクナハの鳩尾《みぞおち》へ魔女のアッパーカットが炸裂《さくれつ》し、獣の巨体を数メートルも浮き上がらせる。

「うっ……っ……ぐぇぼぉっ!!」

大きく開いたクナハの口から、何とは限らずあらゆる体液が撒き散った。

ピッピッピッピッ……いつの間にか獣の腹には、大量の爆薬が括《くく》り付けられていて——

「《その爆風は、真上にだけ向かう!》」

物理法則が変更されたと同時、時限装置が作動してトウヤのダイナマイトが大爆炎を上げた。爆風は宣言どおり真上に不自然な指向性を伴って、クナハだけを上空へかち上げる。

「……っ……かっ……ッ……!」

満身創痍《まんしんそうい》の醜い獣は、最早断末魔さえ漏らせなかった。

尚も上昇してゆくクナハを見上げて、二人は互いの手を握る。彼の右手と、彼女の左手。《頭蓋の獣》の放つ光が、更に強く輝き夜を照らした。センリの星の糸が改めて二人を結び付けると、メイアの《魔女の手》が光を取り込み、その輪郭を浮かび上がらせていった。

「……なぁ、メイア」

「なぁに？　トウヤ」

「姉さんがきみに約束した言葉の意味…………きみはまだ、分からないままなのかな」

「ええ、そうね。よく分からないわ。だってわたしは、ずっと独りで生きてきたんですもの」

トウヤの問い掛けに、氷のような冷たい声でメイアは答える。

そんなやりとりをもう何度繰り返したかも数え忘れた。きっとこいつといる限り、これからもこんなことばかりなのだろうとトウヤは思う。

けれど。それでも。少しずつでも。変わっていくものも、あるのだと思う。

「……けれどね。言葉の意味は、分からなくても──今わたし、胸の奥がぽかぽかしてるわ」

「……。…………そう……」

今はそれだけで、きっと十分なのだろうと。トウヤは、そう思った。

「メイア。行こう」

「トウヤ。行きましょう」

「俺たちの手で」

「わたしたちの手で」

「「──今日、この悪夢を、終わらせよう」」

光を纏《まと》った《魔女の手》が、天に掲げた掌《てのひら》を握り締め、

……《照らしなさい》……

クナハは、これまで一度も見たことのない〝それ〟に包まれて、眠るように溶けていった。

――あぁ……あったかいなぁ……本当に、綺麗《きれい》だなぁ……………………

斯《か》くて、常夜の夢に――――陽《ひかり》が差した。

――さぁ、そろそろ起きよう

もうすぐ、朝がくる――

終章　きみを呼ぶ声

≫≫二週間後。

「――――その後も、いろいろ大変だったんだ」

静かで清潔な室内に、先ほどから声が聞こえてきていた。開け放たれた昼下がりの窓辺には真っ白なカーテンが風に揺られて踊っていて、すぐ近くの林から緑の匂いが香ってきている。

個室の病室で、彼はかれこれ二時間ほど、椅子に腰掛けてずっと一人で喋《しゃべ》り続けていた。

彼の話の内容は、誰も知らない夢物語。

おとぎの国の死にたがりのお姫様と、一途すぎた醜い獣と、それに立ち向かった四人の少年少女と、それから大勢の大人たちの物語。

青年の語りは、ちょうどその物語の後日談に差し掛かっているところだった。

「――ウルカには怪我《けが》はなかったんだけど、夢信症《むしんしょう》になっちゃってね。重症化しかけてたらしいんだけど、レンカさんの応急処置のお陰で後遺症の心配はないって。先週まで隣の病室に入院してたんだけど、気付いてた？『あたしも個室がいい！』って、ずっと文句言ってたよ」

「――那都神《なとがみ》は逆で、怪我のほうが酷《ひど》くってさ。血塗《ちまみ》れになってるの見たときはどうなっちゃうんだろうって思ったよ。でも、物凄《ものすご》く綺麗《きれい》な斬《き》り傷だったらしくて、治りが早くて、傷痕《きずあと》も残らないだろうって。いや、これは先生から聞いた話で、俺が見たわけじゃないよ……？」

「──まぁ、そんなこと言ってる俺が一番遅い退院だったんだけど。右腕《利き腕》が折れちゃってるから、暫《しばら》く不便だよ。それにあんなことがあったから、夢信適性の経過観察をさせろっていろんな人がうるさくてさ。当分の間は通院生活になりそうなんだ。お陰で簡単に病室《ここ》に来れるようになったから、それだけは役得だけどね。うん、良いほうに考えるようにしてるよ」

そう言って青年が覗き込んだベッドには、長い黒髪の少女がいた。少女は深く目を閉じて、ほとんど分からないほどの小さな寝息を立てて、穏やかな寝顔を浮かべて眠っている。

二週間前の騒動以降も、少女は──瑠岬《るみさき》センリは、結局一度も目を覚ますことはなかった。

けれど青年はここまで終始、一生懸命に言葉を選びながら、ゆっくりと喋《しゃべ》り掛けている。

なぜならば、彼は知っているから。

「本当にいろんなことがあったけど……あの夢の中で姉さんに会えて、俺、嬉しかったよ」

四年間眠り続けている〈眠り姫〉は、ずっと弟のことを見ていて、弟の声を聞いていたから。

だからもう、寂しくなんてなかった。

「──あぁ、そうだ」

そして彼はもう一つ、思い出して、

「あいつのこと、まだ話してなかったね」

カーテンが舞い上がる。そよ風が、どこかずっと遠い場所から雨の匂いを運んでくる。

「あいつとは…………あれから会ってないよ」

もう、季節は梅雨に入っていた。

当時のことを思い出し、青年の顔が曇る。

「……亜穏《あのん》さんの読みどおり、〈鴉万《からすま》産業〉の偉い人たちはあいつを、クナハとの交渉材料にする気だったんだ。なのに監視役《亜穏さん》と連絡が取れなくて、それで大慌てで部下を何人も〈夢幻S.W.《俺たちのところ》〉に送り込んできて……あっと言う間で、どうにもできなかった」

〝彼女〟が連れ去られていくのを、青年は止めることができなかった。それが青年の見た、彼女の最後の姿。以来、彼の下には何の音沙汰もない……何とも呆気ない、それが事の顛末《てんまつ》。

「——話はこれで終わり。それじゃ、そろそろ行くよ。また明日。おやすみ、姉さん」

最後にセンリの小さな手を握り締めて、そして青年は病室を後にした。


「——おっそいぜぇ、君ぃ……」

病院の玄関を出ると、そこには丈の短いスーツ姿で愛車《スポーツカー》に寄り掛かっているＯＬがいた。

「待ちくたびれちまったよ。こんな綺麗《きれい》なお姉さんに放置プレイとはいい度胸だ」

携帯灰皿片手にそう冗談めかして、犀恒《さいづね》レンカは唇を尖《とが》らせた。

「あれ、レンカさん、診察そんな早かったんです？　今日は精密精神分析《カウンセリング》で、時間かかるって」

「ん？　んー……そのはずだったんだけどな……」

火の点《つ》いていない煙草《タバコ》を口先で揺らしながら、レンカが難しい顔をする。青年と目も合わせ

ない。彼が何も言わずにいると、やがて彼女は観念して、病院のロゴ入りの紙袋を取り出して、

「…………お薬、減らすことになりました。恐慌と不眠、ちょっとよくなってるって」

短くそう答えた。気恥ずかしそうに。言い難《にく》そうに。もしかすると、申し訳なさそうに。

そんなレンカに、青年は、

「え。なんだ、良かったじゃないですか」

「……。……君さぁ、そんなあっさり言ってくれるなよ……。私は…………」

その後に言葉が続かず、レンカが呻《うな》る。プラプラと煙草が揺れる。そうしていると、煙草は火を点けられることもなく地面にポトリと落ちてしまった。「あ」と、レンカの少し真抜けな声。

それが普段彼女が吸っているのとは違う銘柄であることに青年が気付くと、人影が伸びた。

「『罪が軽くなっちまったみたいで怖い』──なぁんて、そんなこと考えてんでしょうや」

慣れた手つきで新たに煙草を差し出したのは、チノパンツにフライトジャケット姿の中年男。

「そこは素直に喜んどきゃいいんですよ、ねぇ？」

落ちた煙草を「あーぁ」と惜しみながら、改谷《あらたや》ヒョウゴが世話焼きな笑みを浮かべた。

「……だってぇ……事件が解決した途端によくなるとか、現金すぎんだもん、私のカラダ……」

ヒョウゴの前でいじいじしているレンカという図は新鮮で、青年は思わず笑ってしまう。

「ほら、あんた笑われてますよ」

「誰のお節介のせいだと思ってんだよ、このおっさん……」

それはまるで、ヤンチャな叔父と姪《めい》のやりとりのようで。

だから青年は、そんな言葉を口にする。

「改谷《あらたや》さん、レンカさんのことお願いします——この人、俺には素直になってくれないから」

それを聞いたヒョウゴはきょとんとして、やがて煙草《タバコ》を咥《くわ》えると、ふっと穏やかな顔になる。

「…………そりゃあそっくりそのまま、ワタシがあなたに言わにゃならん言葉ですよ」

「？　何ですか？」

「いいえ、何でも。冴《さ》えない中年おやじのぼやきなんて、聞こえなくていいっちゅう話ですよ」

「改谷さん、漫談に呼んだわけじゃないんですけど？　それとも〈警察機構〉って暇なんです？」

「っとぉ、そうでした——おぅい、はいどうぞぉ、出てきちゃってぇ」

レンカに小突かれ居住まいを正したヒョウゴが向いた先には、白い乗用車《セダン》、覆面の警察車輌があった。後部座席に人影が揺れる。そしてドアの奥から、聞こえてきたのは——

「——はーい！　どぉーもぉー！　ご無沙汰しておりまーぁっす！」

蒸し暑い梅雨であるにも拘《かか》わらず、ベージュのトレンチコートを着込み、手には革手袋、瞳《ひとみ》を隠す黒い丸眼鏡に、中折れ帽《フェドーラ》をひょいと持ち上げて——民間諜報《ちょうほう》会社〈鴉万《からすま》産業〉、自称しがないサラリーマン、亜穏《あのん》シノブが完璧な営業スマイルを浮かべて現れた。

「「……げぇ」」と、声を重ねたのはレンカと青年である。

「ハハッ！　いやぁこれは、熱烈な歓迎、ありがとうございます！　わたくし、リピートのお客様の嫌そぉーな顔を見るのがやりがいですので大変結構でございますよ！　八十五点！」

「ったくもぉ…………今回は約束《アポ》ありだっつぅのに、何なんだよこのウザさ……」

「あらぁ？　どうされましたか犀恒《さいづね》さん？　そんなにわたくしに会いたかったんですかぁ？」

「やば、こいつの顔見たら何かどっと疲れてきた……帰りてぇ……」

レンカががくりと肩を落とす。着こなしていたスーツまで型崩れを起こしたように見えた。

大人たちの会話を聞くに、この場で事情を知らないのは自分だけのようだと青年は理解した。

ここに集うのは全員、二週間前《あの騒動》に関わった者たち。組織の垣根を越え、それぞれが自分の大事な何かをかけて闘った者たちである。そんな者たちが、再び一堂に会して、

「…………レンカさん、これって、ひょっとして……？」

青年のそんな問い掛けに、ニッ……と、レンカが悪い笑みを浮かべた。

「受けた仕事は最後までやり切るのがプロだ。私たちの二週間《汚い成果》を見せてやるよ、君にね」

それを合図に、まずはヒョウゴが小脇に抱えるセカンドバッグをごそごそとやり出した。

「はいはい、古い伝手《つて》を回ってきましたよ。元市長に役所職員、ちょっとアレな弁護士やらね」

そう言って中年刑事官が取り出したのは、一枚の書類袋だった。

「こいつがないと、何かと不便でしょうからね。いろいろと職権濫用《ゴニョゴニョ》してきましたわ」

味気ない茶封筒には、無機質な書体で〝戸籍証明書在中〟とゴム印が押してあって——この国で、個人の存在を証明する紙切れ…………青年が受け取ったそれは、ずしりと重たかった。

「さて、それでは次は、わたくしから」

珍しく自ら脱帽してみせると、次はシノブが口を開いた。

「……この二週間、我々〈鴉万産業《からすま》〉は〝観察対象α〟の今後の処置について協議を重ねて参りました。《顎の獣《あぎと》》を殲滅《せんめつ》せしめたことでその有用性が証明された今、αを筆頭とした実働班の立ち上げ案が上長から提出されまして、多数決の結果、賛成が過半数を得るに至りました」

「……え……？」

シノブの抑揚を欠いた言葉の羅列に、青年は言葉を失った。

観察対象α、処置、有用性……それはまるで、機械を扱うような言い回しで。

「そんな……」と、青年が声を震わせる。するとそこへ、

「――――ま、全部却下したんですけっど。ハハッ」

口角を悪戯《いたずら》げに持ち上げると、シノブは実に楽しそうに笑ってみせた。

「「……は？」」

「あれ？　分かりません？　この期に及んでうちのリーダー級職員があーだこーだうるさかったので、もう面倒臭くなっちゃいましてね。全部ひっくり返してなかったことにしたんですよ」

「いや、だから……何でそうなんだよ」

レンカが解せぬと、眉間《みけん》に皺《しわ》を寄せると、

「おや……？　あー……そういえばわたくし、言ってませんでしたっけ？」

皆の反応が鈍いことに心当たりを見つけて、シノブがこれはうっかりと頭に手をやった。

「これは大っっっ変申し遅れました………わたくし、亜穏《あのん》シノブと申します。本案件の担当部署、〈鴉万産業〉サービス四課にて、課長を務めております。どうぞよろしく」

十秒ほどだろうか。その場がしーんと静まり返った。そして皆が一様に、顔を引《ひ》き攣《つ》らせて、

「「「………えぇぇぇ……」」」

「何でこんなのが課長なの？」「こいつの会社どうなってんの？」「課長補佐《ワタシ》より偉いとかほんまですかいや……」――そういった感想が凝縮された『……えぇぇぇ……』だった。

皆を置いてけぼりにしたまま、パンッと景気よく両手を打ち鳴らし、シノブが告げる。

「はい！　と、言うわけで！〈鴉万産業〉は本時刻を持ちまして、〈銀鈴《ぎんれい》〉対策チームの解散を宣言します。これに併せて本案件に関する一切の資料も、課長権限にて永久凍結といたします。……おやおや？　ところでそちらの彼がお持ちの書類《それ》、どこかで聞いたことある女性のもののようですねぇ――あれぇ、誰だったかなぁ？　忘れちゃったなぁ。資料を見れば思い出すかもしれませんが、たった今永久凍結しちゃったからもう分かんないなぁ。ハハッ」

「亜穏さん………あなたって、本当に……」

青年はもう、ただ苦笑いするしかなかった。

すっとぼけ続けながら、シノブが丸眼鏡を外す。

「……彼女は、先ほど市内に入りました。どこに向かったかは……貴方なら、お分かりですね？」

それは胡散臭《うさんくさ》い言動とは真逆の、どこまでも真摯《しんし》で、どこまでも優しい山吹色の瞳《ひとみ》だった。

そこに突然、キィーッ！　と、甲高いブレーキ音が割って入った。

「──せんぱーいっ!!」

病院の敷地の外から、自転車に跨《また》がり腕をブンブン振り回している女子高生が一人。

「……ウルカ！」

青年が後輩の名を呼ぶと、彼女は返事代わりに自転車《愛車》の荷台を親指で指して、

「──乗りな！」と、実に男前な見得を切った。

逸《はや》る気持ちを抑え、青年が振り返る。大人たちは何も言わず、ただ穏やかに笑っていた。

青年は深く頭を下げて、書類袋をレンカに預けると、さっと背を向けて走り去っていった。

……シュボッ。と、ライターが灯《とも》る。

「…………私が送ってってやるつもりだったけど…………ま、いっか」

煙草《タバコ》の煙が湿った風に溶けて消える。梅雨の晴れ間に照らされて、何もかもが眩《まぶ》しく見えた。


「──普通っ。こういうのはっ。逆っ。なんっ。っすけどっ」

前のめりでペダルを踏みながら、声が揺れる。

「まぁっ。ウルカっ。ちゃんはっ。普通のっ。女の子じゃっ。ないんってぇっ！」

ギプスを嵌《は》めた青年を荷台に乗せて、薪花《まきはな》ウルカが自転車で駆け抜けていた。

青年が説明するまでもなく、彼女は向かう先を心得ていた。しかも彼の知らない近道まで知っているという。大学病院の所在する小高い丘を下って市街地へ。商業区を抜けて住宅街へ。

「先輩っ。しっかりっ。摑《つか》まっててっ。くださいよっ。そうっ。腰に腕を回してっ。ぴったり身体をくっつけるんっすっ。グ、グへへッ……我が世の春がきたーっ！　もう夏だけどーっ！」

「お前、ほんと元気だなぁ……先週まで入院してたって話、嘘なんじゃ……？」

何やら別の理由でハァハァ言い出している後輩の背中を借りながら、青年が呆れて言った。

「そりゃあもうっ。元気と射撃とお節介がっ。あたしの取り柄なんっでっ」

煌《きら》めく新緑がトロトロと通り過ぎてゆく。さらさら流れる小川に沿って、自転車は進む。

「それにっ。あたしっ。もっともっと全力で生きてやろうってっ。思ったんっすよっ！」

「うん」と、青年は少女の背中を抱き締めたまま相槌《あいづち》を打つ。

「あのときっ。《顎《あぎと》の獣》のでっかい口を見たときっ。あたしっ。死んじゃうのかなぁってっ」

「うん」

「そしたらっ。やり残したことがいっぱいっ。いーっぱいっ。頭に浮かんできたんすよっ」

「うん」

「だったらもっとっ。今やりたいことは今やり切ってっ。次のやりたいこともやり切ってっ。その次の次の次のやりたいこともやってやろうってっ。思ったんすっよっ！」

「うん………そっか」

夏には少し早起きな蝉《せみ》が何匹か、姿も見せずに鳴いている。周囲はすっかり民家が疎《まば》らな田舎道で、この世界で動いているのは二人乗りした自転車だけで。

「だからっ。先輩っ――――いつかあたしっ。あなたに全部っ。伝えてみせるっすからねっ」

今この瞬間にできること、今はここまでしか言えないこと………そんな全部を出し切って、キキィーッ！　と、ブレーキの音が甲高く響いた。

それはここに、まず一つ。彼女がやりたいことをやり切った証《あかし》。

「…………。…………ウルカ、俺――」

「だぁーまらっしゃい！」

青年の言葉を、ウルカが息を切らせながら遮った。ビシッと右手の山肌を指差して、

「あたしは、ここまで止まらなかったっすよ！　だからあなたも、立ち止まるんじゃあない！」

青年が目を向けた先には石段と、山腹に朱色の鳥居があった。そしてその下に、ちょこんと、

「……おぉー…………配達早かったんダヨ、ウルカちゃん」

左右非対称の髪を、綺麗《きれい》な銀色に染めた少女が、頬杖《ほおづえ》を突いて座っていた。

「那都神《なとがみ》！」

青年が少女の名を呼び、石段を駆け上がると、

「あいや待たれい」

ヨミは掌《てのひら》を突き出して、青年を制止した。わけが分からず、彼は鳥居の前で立ち止まる。

「この山は、裏半分が神社《うち》の土地、神域なんダヨ。えへん、地主の前であるぞ、ひかえおろー」

ヨミは何だか眠たそうに立ち上がると、その場で腰に両手を当ててふんぞり返った。

「ここを通りたくば、貴様の修行の成果を見せてみよ」

鳥居を境に俗世側に青年を置き、その彼岸、神域側からヨミが問う。マイペースな彼女の口振りには緊張感の欠片《かけら》もなかった。妨害する気なんて元からないのだとすぐに分かる。

けれど。これはそういうことではない。禁足地だから入っちゃダメとか、迷信なんか信じないとか、そんな一般論を持ち出しているのではない。その問いはもっと、個人的なもの。

世の中にとっては無意味で、だからこそ、たった一人にとって何よりも重要なこと。

今ここに、世界一どうでもよくて、世界一大切な儀式が執り行われる。

「……那都神、頼む。ここを通してくれ。あいつに最初に会うのは、俺じゃなきゃダメなんだ」

青年が、主張する。

「ふむ………その理由《こころ》は何なんダヨ？」

少女が、その真意を問う。

胸に手を当て目を閉じて、息を整え、青年は思い返していった。

「――……あの夢の中で、俺はあいつに呪いをかけたんだ」

真処女機〈銀鈴《ぎんれい》〉で、はじまりの夢で見たことを。

「お前なんか大嫌いだって。死んだら絶対に許さないって。死ねない理由ぐらいには、俺がなってやるって………この二週間、ずっとそのことを考えてた」

暗黒の夢と、〈獣の夢〉に見たことを。

「それで今日、ここまで来て分かったよ――そんなの全部、俺の思い上がりだったんだ」

それから、覚醒《かくせい》現実で見てきたことを。

「姉さんも、レンカさんも、改谷《あらたや》さんも、亜穏《あのん》さんも、ウルカも、那都神《なとがみ》も。誰か一人でもいなかったら、俺は今、ここに立ってない。だから今、俺はここにいる。それが良い結果なのか悪い結果なのか、どちらなのかは分からないけど……そんなのどっちだっていい。関係ない」

今まで見てきた全てのことを思い返して、自分の心を整理して、

「そう、関係ないんだ。そうする理由を、理由の理由を、そのずっと前の理由まで、散々散々考えて………結局理由なんて、どこにもないって分かったんだ」

そこには己の中の空虚を埋めようと、理由を求め続けていた嘗《かつ》ての少年の姿はなかった。

「――俺は、〈貘《バク》〉になれて
よかった」

「――レンカさんに、那都神に、ウルカに、みんなに会えて
よかった」

「――今はただ、心の底からそう思える！」

そうして青年は、己の答えを口にする。他の誰の言葉でもない、自分で見つけた言葉で――

「だから俺には、あいつに会いたい理由なんてなくて――もう一度会いたいだけなんだ！」

小高い山の上から、そよ風が吹き下りた。木漏れ日が揺れる。紫陽花《あじさい》の、甘い香り。

ヨミのジト目が、むむっと深くなった。

「ふむ………この謎《なぞ》かけに、理由《こころ》なんて最初からないってことなんダヨ？」

「そうだ」と、青年がきっぱり、何の根拠もなく言い切ってみせる。

「滅茶苦茶なんダヨ。支離滅裂なんダヨ」

「うん。自分で言っててもそう思う。でも、それ以外に言葉が見つからない」

「……君、変わったね」

「？　そうかな……？」

「うい。何だか前より、おもしろくなった」

そう言うと、ヨミは青年が見ている前でクルリと、舞うように一回転してみせた。

「ところで君、ヨミのこのかっこ、どう思うんダヨ？」

不意に、彼女はそんなことを訊《き》いてきて。だから青年は、目をぱちくりとさせた後、

「うん。凄《すご》く似合ってるよ」

そう、ただ思ったことを口にした。

翼のように広がる袂《たもと》。木漏れ日を浴びて眩《まぶ》しく輝く白衣《びゃくえ》。鳥居と同じ鮮やかな朱色をした緋袴《ひばかま》に、足元は足袋に草履を履いて――神域への導き手、那都神の巫女《みこ》がそこにいた。

「可愛《かわい》いんダヨ？」

「うん、可愛い」

「それは君の言葉を借りるなら、『理由なんてなくて、ただ可愛い』ってことなんダヨ？」

「うん、そういうこと。言葉なんていらないぐらいに」

「……………うい……。……フフッ」

滅多に見せない笑顔をいっぱいに浮かべると、ヨミは手を差し伸べた。

「うむ、よろしい、ごーかく。通るが良いんダヨ。導いてしんぜよー」

「何だか物凄《ものすご》く俗っぽい巫女《みこ》様な気がするなぁ」

「いーのいーの、那都神《うち》神社は〝気楽に自由に〟がモットーなんダヨ」

その手を取り、鳥居を潜《くぐ》り神域へと踏み入った青年に、ヨミが山頂へと続く石段を指し示す。

そこでふと、彼女は不思議なことを口にした。

「今朝ね、ヨミ、夢を見たんダヨ。ヨミの立ってる後ろから、誰かが囁《ささや》き掛けてくる夢。『もうすぐあの子が帰ってくるよ』って。だからヨミ、巫女装束を引っ張り出してきたんダヨ」

それを聞いて、青年は少し戸惑った。

「…………え？　レンカさんから、連絡があったんじゃ……？」

「ううん？　レンカさんとは何にも話してないんダヨ。これは、ヨミが勝手にしてること」

ただ夢を見たからと。たったそれだけのことを根拠に、ヨミはここで待っていたと言う。ウルカに青年を迎えに行くよう告げたと言う。

「……夢占いで決めたって？　そんなこと……」

さすがに信じられなかった。そんな偶然があるのだろうかと、青年が眉《まゆ》を顰《ひそ》めていると。

「ううん、違うよ？　夢占いなんかじゃない」

ヨミはもう一度、首をふるふると振って否定した。それから、当たり前のことのように、

「だって、あれは、使婢《つかわしめ》――神様の使いの夢だったんダヨ」

そして次の彼女の言葉で、青年はハッとさせられた。

「あんなに眩しくて、綺麗な声で啼く獣が、夢の中でだって嘘を吐《つ》くわけないんダヨ」

朱色の鳥居を、サァッと見えない風が通り抜けた。

ヨミもウルカも、決着《あのとき》は管制室にいなかった……あの獣のことは、知らないはずなのに。

――あぁ……そういうことも、あるんだなぁ。

優しい風が揺れる参道で、青年は、大きくて穏やかなものに包み込まれたような気がした。

「ヨミたちは、ゆっくり追い付くから――だから君は、早く行ってあげるといいんダヨ」

「こらっ、せんぱーい！　いいですかっ。イチャコラしやがったら許しませんからねー！」

ヨミが親指を立てる。ウルカが神域を跨《また》ぐギリギリの所で左右にステップを踏んでいる。

そんな二人に見送られると、青年はどうしようもなく、笑顔が溢《あふ》れた。

「うん――ありがとう！」

そして彼は、走り出した。

真っ直ぐ続く石段を、一息に駆け上がる。麓《ふもと》と山頂にそれぞれ鳥居の建てられた一本道の神域は、まるで時間からも空間からも隔てられているような、そんな不思議な道だった。

ここが、最果て――――青年は、そう思う。

広い広い世界のほんの片隅に、砕けた欠片《かけら》を寄せ集めて。自分の形を作り直して積み上げた、ささやかで、歪《いびつ》な形をしていた、小さな小さな箱庭。

その箱庭に果てがあるなら、その世界に終わりがあるなら。それはきっとこんなふうに、ひっそりとしていて、何でもなくて、少しだけ特別なんだろうと、そう思う。

そうだとしたら。箱庭の果てのその先は、どんな景色が広がっているのだろう。

――いってきます。

誰かに向けて。何かに向けて。彼はそう、大切なおまじないを告げた。

ラァァァァァァアッ。と、美しく澄んだ啼《な》き声が聞こえた気がした。

あのときは気付かなかった、茂みに隠れていた参道を抜け、青年の前に、世界が開ける。

「――呀苑《がえん》、メイアーっ！」

声の限りに、彼女を呼ぶ。

「みんなで、迎えに来たぞぉーっ！」

……廃墟《はいきょ》と化した展望台の傍らに、街を見下ろす背中が一つ。

夜のように真っ黒なワンピースを着て。長い黒髪がそよ風に靡《なび》くのを、くすぐったそうに指で押さえて。

「──あぁ…………何だか、とても懐かしい感じがするわ」

裸足で、柔らかな土の上に立って。少女が振り返り、嬉しそうに笑った。

「……ねぇ？　瑠岬《るみさき》トウヤ──わたしたち、お友達になりましょう？」

あとがき

長月東葭《ながつきとうか》と申します。ページ数の関係で短くなりますが、ご挨拶《あいさつ》させていただきます。

ある日僕の周りでいろんなことが重なったことを機に、「自分の人生だし、やりたいことをやってみよう」と思い立ち、細々と公募に作品を出すという日々を送っていました。そんな折、第十五回小学館ライトノベル大賞・優秀賞という身に余る栄誉をいただく運びになりまして、ただただびっくりしています。人生何が起こるか分からないですね、やってみるもんだなぁ。

以下、たくさんの方々への謝辞を。

一次選考で偶然目に留まった拙作を猛プッシュしてくださったという担当編集の渡部《わたべ》様。二次選考で拙作を高く評価してくださったという「チラムネ」の裕夢《ひろむ》先生。ゲスト審査員として講評をしたためてくださったカルロ・ゼン先生（何度も読み返させていただきました）。

素敵なデザインのキャラクターたちとイラストを生み出してくださった東西《とうざい》先生。

人生の分岐点で、いつも軽率に僕の背中を押してくれる友人のＯくん。

いい歳して夢を追いかけだした無責任な僕を、何も言わずに応援してくれた家族。

編集部の皆様、デザイナー様、校閲様、印刷所様、営業様、書店様、作品に関わってくださった全ての皆様——そして他《ほか》でもない、今こうしてこの物語を読んでくださっているあなた。

ありがとうございます。

眠りの中でも、現実でも。素敵な夢が見れますように。

GAGAGA
ガガガ文庫

貘 -獣の夢と眠り姫-

月東薇

行　2021年7月26日　初版第1刷発行

行人　鳥光 裕

集人　星野博規

集　渡部 純

行所　株式会社小学館
〒101-8001 東京都千代田区一ツ橋2-3-1
［編集］03-3230-9343 ［販売］03-5281-3556

バー印刷　株式会社美松堂

刷・製本　図書印刷株式会社

rinted in Japan ISBN978-4-09-453015-5